圖解系列

圖解

應用文

── 職場‧大考‧生活必勝絕招100回

簡彥姈／著

閱讀文字

理解內容

觀看圖表

圖解讓
應用文
更簡單

五南圖書出版公司 印行

自序

　　提到「應用文」三字，直覺反應是先師　張仁青教授的大作《應用文》一書，這是我深入研讀應用文的發端。無論學生時代為了應付考試，努力誦讀；或初為人師基於備課之需，細細鑽研；時至今日，仍然不時翻閱，溫故而知新。即使　張教授仙逝多年，其人已遠，但字裡行間依舊隱藏著老師當年的談笑風生、妙語如珠，往事歷歷，令人回味無窮。

　　繼《圖解中國文學史》之後，應五南圖書出版公司　黃文瓊主編之邀，再著手撰寫《圖解應用文——職場‧大考‧生活必勝絕招 100 回》；我一度猶豫不決，畢竟身為後生晚輩，豈敢在孔老夫子面前賣文章？後來，有感於時代變遷，隨著網路世代的崛起、法律條文的修訂，時下無論寫作習慣、考試趨勢或職場生態等都與幾十年前大相逕庭，似乎應該為現代人編寫一本更淺顯易懂、簡單實用的應用文工具書。

　　於是，我以　張教授《應用文》為藍本，加上自己多年教學的心得，將本書規劃為 12 章：「題辭」、「對聯」、「束帖」、「書信」、「公文」、「會議文書」、「單據、書狀與契約」、「企劃書」、「啟事、便條與名片」、「履歷自傳」、「簡報、演講與廣告」和「蒐集資料」，共 100 回。

第 1 章　題辭：題字以贈人的文辭，多以四言單句為主。在日常婚、喪、喜、慶等人際往來中，我們經常藉由題贈精粹簡約的文辭向人表達由衷的情意。由於題辭必須具備內容（文辭）與形式（書法）雙美，缺一不可，可見是一門極精緻的實用藝術。

第 2 章　對聯：形式對偶、意義相關的聯語，始終是古今中華兒女的最愛，不只騷人墨客為之著迷，上至帝王將相，下至販夫走卒，各行各業，節日慶典，古蹟名勝，敦品勵學，各種應景的對聯層出不窮，妝點出絢麗繽紛的華人世界。

第 3 章　柬帖：亦即一般喜慶婚喪、交際應酬邀約用的「書面通知」。雖然各類請柬、喜帖、訃聞、邀請函等都有固定的格式、語彙可以直接套用，但身為一名知識分子必須確實掌握柬帖相關知識，避免因誤用而貽笑大方。

第 4 章　書信：是人與人之間溝通思想、聯繫情感的重要媒介，無論實體書信、傳真信件或電子郵件等都必須遵守約定俗成的寫作原則，應有的禮貌不可少，特殊用語不可不知，如此一來，才能展現現代公民基本的人文素養。

第 5 章　公文：依《公文程式條例》明定，舉凡為處理公務而作、至少有一方是機關，又符合一定程式的文書，都可以歸為公文之屬。公文的種類繁多，以「令」、「呈」、「咨」、「函」、「公告」五種為主，另有「書函」、「簽」、「報告」、「定型化表單」……，不勝枚舉。其中「開會通知單」、「會議紀錄」、「提案」，我們姑且於「會議文書」一章探討；「聘書」、「證明書」、「證書或執照」、「契約書」等，則納入「單據、書狀與契約」一章。在各種公文中又以「函」最為重要，因為它的寫法最具代表性，只要掌握函的寫作要領，撰寫其他公文時便可依此類推，易如反掌；而且函的使用範圍也最廣，適用於一般機關之間的公文往返，或個人向機關提出「申請函」，機關回復個人時仍使用函。因此，各種上行函、平行函、下行函成為歷來大考中「公文寫作」出題的大本營。

第 6 章　會議文書：由於我們召開一切會議，都應依《會議規範》100 條之規定進行，故所有的會議文書亦以《會議規範》為最高指導原則。然而，什麼是「會議文書」？舉凡從會議開始的「開會通知單」到最後的「會議紀錄」，整個過程中相關的所有文書資料，如「議事日程」、「開會程序」、「簽到單」、「提案單」、「選舉票」等等，皆屬於「會議文書」的範疇。

第 7 章　單據、書狀與契約：凡訂單、發票、借據、領據、收據等，皆統稱「單據」；而證明書、志願書、遺囑、切結書、委託書等，均屬於「書狀」；當兩個以上的當事人，對某一事情彼此互相同意，根據法律、條例或習俗等就能成立一個「契約」。書狀與契約性質相近，都是必須信守約定，且有關權利義務的文書。由於書狀、契約都具有法律效力，一般事情較單純者使用書狀即可；如涉及重大事項，則以雙方當事人擬訂契約為宜。

第 8 章　企劃書：無論職場上經營、管理，或私人旅遊、購屋等，企劃書都是現代人日常生活極重要的規劃工具。俗語說：「計畫永遠趕不上變化。」一針見血點出企劃書的特質，可見企劃書要具有彈性空間，內容必須與時俱進，再三檢討、修訂，才能真正切合實際需求。

第 9 章　啟事、便條與名片：啟事，乃向人陳述事情，以達廣告周知之效；便條，是簡易方便的字條，屬於書信的一種，但內容、形式均較書信更簡化；名片，即印有主人姓名、機關職銜、聯絡資料等訊息的小紙片。現今遞送名片已成為重要的社交禮儀之一，而且名片具有簡短留言的功能，可代替便條使用，簡單又方便！

　　第 10 章　履歷自傳：即「履歷表」和「自傳」的合稱，是一種自我推銷的文書，無論升學或求職都必定會用到它。因此，撰寫一份出色的履歷自傳，絕對能讓人留下美好的第一印象，在競爭激烈的場合中助您脫穎而出。

　　第 11 章　簡報、演講與廣告：簡報，就是以簡明扼要的方式，向他人介紹自己的產品、業務、計畫、研究成果、行銷策略等的報告；演講，指在特定時間、公開場合針對某個議題，向臺下聽眾鮮明、完整地發表自己的主張或看法；廣告，無論以經濟利益為考量，或無關乎商業行為，凡將其商品、服務、理念、政策等推廣出去，廣泛告知大眾，都稱之為「廣告」。由於簡報、演講與廣告同為向群眾宣傳，性質近似，故本書列在同一章。

　　第 12 章　蒐集資料：無論日常學習、升學考試、職場提案等，蒐集資料都是必備的一門功夫。唯有善用圖書館、掌握電子資源，才能快速蒐集到豐富又有用的各種資料，讓我們在學業、工作或生活中交出亮麗的成績單，並贏得勝利的果實。

第 1 至 5 章題辭、對聯、柬帖、書信和公文為職場、公職、教師甄試、升學考試的兵家必爭之地，附上實例演練與考古題詳解，為讀者逐一剖析，深入淺出，保證一看就懂。第 6 至 12 章從會議文書到蒐集資料，則以職場、日常實用為主，著重於寫作範例說明，偶爾遇到各類試題，也會詳加解說。總之，《圖解應用文——職場・大考・生活必勝絕招 100 回》以淺顯易懂的文字、活潑生動的圖解，幫助您快速掌握應用文相關知識和寫作技巧，讓您一學就會，輕鬆應付各種考試及公、私場合，事半而功倍。

　　本書寫作期間正值暑假，一如洪亮吉〈與孫季逑書〉所說：

　　　　傭力之暇，餘晷尚富；疏野之質，本乏知交。雞膠膠，則隨暗影以
　　　　披衣；燭就跋，則攜素冊以到枕。

在夜間暑修課之餘，日復一日，筆耕不輟，終於完成全書，欣喜之情，自是難以言喻。最後，感謝　文瓊主編的精心規劃，感謝　邱師燮友、　嚴師紀華的關懷與鼓勵，以及家人的支持與包容，很慶幸我能一本初衷，生活在文學的國度裡，長久以來，讀書、寫作、教學、研究，自得其樂。

簡彥姈 2018.10.3

第 12 章　蒐集資料

附錄

今天，應用文了沒？

	講授內容		文學花絮

第 1 講 題辭

 弄玉： 父王，女兒今生 非他不嫁

第 2 講 對聯

 老嫗： 敢惹老娘？ 找死！

第 3 講 柬帖

 劉文叔： 娶妻當得陰麗華

第 4 講 書信

 王羲之： 露個小肚肚， 抱得美人歸

講授內容		文學花絮

第 5 講

 公文

 駱賓王：
一起打倒武則天
這妖女吧！

第 6 講

 單據、書狀與
契約

 王褒：
便了，讓你嘗嘗
我的厲害！

第 7 講

 啟事、便條與
名片

 禰衡：
唉，一張名片怎
麼也投不出去

第 8 講

 履歷自傳

 毛遂：
俺本非囊中物，
是您沒眼光

第1章
題　辭

UNIT 1-1
題辭概說

題辭的意義

何謂「題辭」？顧名思義，就是題字以贈人的文辭。題辭主要用於日常人際往來中，為了因應婚、喪、喜、慶等情況，藉由精粹簡約的文辭，以表達對受贈者由衷的祝福、哀悼、讚頌、慶賀、期勉、警惕、紀念等心意。

題辭通常以四言單句為主，如以「鵬程萬里」題畢業紀念冊，以「眾望所歸」賀當選，以「源遠流長」高懸於宗祠之上。但題辭並不限於四言句，也有一言者，如結婚「喜」字、祝壽用「壽」字、辦喪事時用「奠」字。二言之題辭，如「平安」、「喜樂」等較常見；三言者，如「福祿壽」、「平安歸」等時有所聞；另如「多子多孫多福氣」則為七言題辭。不過，一般題辭仍以四言為大宗。

題辭通常書寫在匾額、掛軸、錦旗、鏡屏、冊頁……，或直接題刻於石上、壁間。由於題辭是極精緻的文化產物，務求其內容與書法雙美：即所題文辭必須切題應景，含意深遠；所寫字體必定兼具藝術性，展現出漢字的線條之美。可見題辭熔文學之精鍊、書法之美感於一爐，唯有內涵與外觀俱佳，始能相互輝映，相得益彰。

題辭的發展

題辭脫胎於古代「頌」、「贊」、「銘」、「箴」等文體。據劉勰《文心雕龍‧頌贊》云：

> 頌者，容也，所以美盛德而述形容也。……贊者，明也，助也。昔虞舜之祀，樂正重贊，蓋唱發之辭也。

是知頌、贊的功用在於頌揚、讚譽，以彰明美善為主。又同書〈銘箴〉云：

> 銘者，名也，觀器必名焉，正名審用，貴乎盛德。……箴者，針也，所以攻疾防患，喻鍼石也。

足見銘、箴多用在勉勵、針砭，以避免過失為目標。總之，頌、贊、銘、箴四體，乃題辭之源頭；今日風行的題辭便由此演變而來。

我國題辭興盛於唐、宋時期，與當時近體詩格律的純熟、楹聯蔚為流行關係密切。唐、宋文士開始將概括精當的詩句、聯語廣泛運用到題贈上，搭配精美的書法藝術，再套以約定俗成的格式、行款，即可贈與他人，既美觀、大方又實用。於是，題辭以贈人的風氣，由此而興。

元代在異族統治之下，文化氛圍低落，讀書人沉居下僚，過著捉襟見肘的窮困生活，自然沒有太多閒功夫與人交際應酬，更別說經常題辭以贈人了，因此題辭風氣大不如昔。

明、清之際，隨著科舉考試的恢復，讀書人社會地位提升，題辭再度受到重視，創作數量日益豐富，內容題材更形多元，終於使之成為文人士子間交際來往的一種重要文體。

時至今日，伴隨科技文明的日新月異，在 3C 產品、網際網路、AI 人工智慧等如影隨形地環伺下，題辭已悄悄改頭換面，以一種更輕盈、更精巧的方式融入我們的世界。虛擬牌匾、電子賀卡、Line 貼圖標語等另類題辭充斥，儼然成為日常生活的一部分。

 題辭的發展

頌者，容也，所以美盛德而述形容也。

頌

贊者，明也，助也。昔虞舜之祀，樂正重贊，蓋唱發之辭也。

贊

銘者，名也，觀器必名焉，正名審用，貴乎盛德。

銘

箴者，針也，所以攻疾防患，喻鍼石也。

箴

「頌」、「贊」的功用在於頌揚、讚譽，以彰明美善為主。

「銘」、「箴」多用在勉勵、針砭，以避免過失為目標。

題　辭

| 唐　宋 | 元　代 | 明　清 | 現　代 |

唐　宋

★由於近體詩格律純熟、楹聯流行的關係，我國題辭興盛於唐、宋時期。

★文士將概括精當的詩句、聯語廣泛運用到題贈上，搭配精美的書法藝術，再套以約定俗成的格式、行款，即可贈與他人，既美觀、大方又實用。

元　代

★至元代，題辭風氣大不如昔。

★在異族統治之下，文化氛圍低落，讀書人沉居下僚，過著捉襟見肘的窮困生活，沒有太多閒功夫與人交際應酬，自然不常題辭以贈人了。

明　清

★明、清之際，題辭成為文士間交際來往一種重要文體。

★隨著科舉考試恢復，明、清讀書人的社會地位提升，題辭再度受到重視，創作數量日益豐富，內容題材更形多元，堪稱蔚為發展。

現　代

★時至今日，伴隨科技文明日新月異，在3C產品、網際網路、AI人工智慧等如影隨形伺下，題辭已悄悄改頭換面，以一種更輕盈、更精巧的方式融入我們的世界。

★虛擬牌匾、電子賀卡、Line貼圖標語等另類題辭，儼然已成為日常生活的一部分。

UNIT 1-2 題辭的種類

題辭不僅適用於祝賀、弔喪、讚譽、勸勉、警惕……，亦可用於名勝、古蹟、住宅、公司、行號等，內容之繁複，不勝枚舉。以下從內容與形式兩方面，略作說明：

依內容區分

依題辭之內容，可概分為四類：

1. 慶賀類：用在壽誕、婚嫁、升遷等喜事，以示慶賀的題辭，如福祿雙壽、百年好合、宏圖大展等，都十分應景且討喜，能傳達誠摯的祝賀之意。

2. 哀輓類：人生在世，有生必有死，當周遭的親朋好友辭世時，我們除了內心哀慟、不捨，也可以藉由題辭表達這份傷感。但使用哀輓類題辭一定要特別留意，必須考量死者的信仰、身分、地位、功業、德操及題贈者與死者之間的關係；否則，弄巧成拙便不妙了！如「駕鶴西歸」輓佛教徒，「蒙主恩召」輓基督徒，千萬別搞錯！「抱痛西河」是輓人喪子之痛，「響絕牙琴」謂痛失知音，「立雪神傷」則為追悼師長。題贈時，務必了解題辭的含意，慎選合宜的題辭，才不致貽笑大方。

3. 題名類：諸如園林、亭閣、工廠、店鋪、宅院、居室、學校、醫院等，題辭於牌匾之上，亦時有所聞。如「柳暗花明」以題園林，「貨殖報國」以題商店，「百年樹人」以題學校，「仁心仁術」以題醫療院所……，皆可彰顯各景物、行業的特色與精神。

4. 題贈類：有道是：「君子贈人以言。」在日常人際往來中，無論尊卑之間、師生之間或朋友之間，以勸勉、鼓勵之辭相互題贈者，屢見不鮮。如以

「淡泊明志」勉人淡泊名利，修身養性；以「學無止境」勉人學海浩瀚，應力學不輟；「友誼長存」期許彼此間情誼長長久久，直到永遠。

依形式區分

依題辭之形式，則可分為五類：

1. 幛軸類：所謂「幛」，即古人於布帛上題字作為慶弔的禮物以贈人。如結婚時送喜幛，祝壽時用壽幛，弔喪時有輓幛。幛上的題字，有用一言者，但以四言題辭最常見。「軸」就是書卷的桿子。有「立軸」、「橫軸」之分：前者可以直幅豎掛，後者適合掛在牆上，皆方便捲起收藏。依場合不同，同樣有喜軸、壽軸、輓軸之別。

2. 匾額類：「匾額」，即題字於木板，高懸在園亭、門戶、大廳或書房上方的橫額。如臺北大龍峒陳宅懸掛著「樹德之門」匾額，紀念祖先陳維英曾捐白銀三千兩給學海書院，以振興地方教育。又臺南天公廟的「一」字匾，提醒世人：千算萬算，不如老天一算！

3. 像贊類：「像贊」又稱「題像」，即在畫像上題辭。從前照相技術未發明，可為生人或亡者題像。但現代多用於往生者，在其遺像上題以簡要的贊辭，頌揚遺德，聊表追思之意。

4. 冊頁類：在各種活動中，常備有留言簿、紀念冊，以供與會人士題辭留念，或藉此發表意見等。凡寫在書冊上的題辭，皆屬於此一類。

5. 其他類：題辭的種類五花八門，如獎盃、獎牌、錦旗、鏡屏、花圈、花籃……上面的題字，都可列為題辭之屬，繁不備載。

 題辭的形式

幛軸類

所謂「幛」，即古人於布帛上題字作為慶弔的禮物以贈人。

「軸」即書卷的桿子。

（資料來源：故宮典藏圖像資料庫）

匾額類

「匾額」，即題字於木板，高懸在園亭、門戶、大廳或書房上方的橫額。

如素有「老師府」之稱的臺北大龍峒陳宅，至今懸掛著「樹德之門」匾額，以紀念其先人陳維英曾遵照父親遺囑，捐贈白銀三千兩給學海書院，功在振興地方教育，而獲此殊榮。

又臺南天公廟的「一」字匾，提醒世人：千算萬算，不如老天一算！

像贊類

「像贊」又稱「題像」，即在畫像上題辭。

★從前照相技術未發明，可為生人或亡者題像。

★如國畫大師張大千就喜歡在自畫像上題辭，此即為生人題像之實例。

★現代多用於往生者，在其遺像上題以簡要的贊辭，頌揚遺德，聊表追思之意。

★如弘一法師圓寂時，就有人為他畫下遺像，並題辭留念。

冊頁類

在各種活動中，常備有留言簿、紀念冊，以供與會人士題辭留念，或藉此發表意見等。凡寫在書冊上的題辭，皆屬於此一類。

其他類

題辭的種類五花八門，如獎盃、獎牌、錦旗、鏡屏、花圈、花籃……上面的題字，都可列為題辭之屬，繁不備載。

UNIT 1-3
題辭的作法

題辭是一門精緻的文學藝術，務必做到言簡意深，耐人尋思。因此，寫作時應該留心其意涵的概括攝收、修辭的鍛鍊琢磨。以下歸納出題辭的寫作要領有四：

一、取材適當

題辭寫作，首重得體。針對不同的人、事、時、地、物，必須贈以不同的題辭；故在寫作之前，一定要先認清當時的場合、在場人士的身家背景、題贈者與受贈者間的關係……，才能精準寫出既切題又應景，且合乎情境的題辭。

一則合宜的題辭，除了可以與人建立良好的人際關係，亦可展現個人的才學風度，在交際應酬上無往而不利。反之，如果稍有不慎出了差錯，必定落人話柄，成為別人茶餘飯後取笑的素材。如「音容苑在」部長、「高鵬滿座」委員，一字之差，貽笑四方。

二、用辭典雅

題辭通常以四言單句為主，要用如此簡短的文字傳達出題贈者對此一人、事、時、地、物的態度，怎能不教人嘔心瀝血、千錘百鍊呢？由此可見寫作題辭時，遣辭用字宜精確嚴謹，修辭鍛句應凝鍊流利，用辭力求典雅雋永，切忌粗俗鄙陋。

所以，想要創作出既得體又具有深度的題辭，不妨從古典文學中培養練字鑄句的修辭功夫。

三、音韻和諧

題辭雖然體製短小，仍應講究音韻和諧；唯其如此，讀起來才能音節響亮，兼具聲音上的美感。然而，何謂「音韻和諧」？即平仄分明之意。

中國語言文字自古以來有四聲之分，古代漢語分為平、上、去、入四聲，現今國語有第一、二、三、四聲之別。古音平聲、當今國語第一、二聲，屬於「平聲」；而古音上、去、入三聲、今日國語第三、四聲，歸為「仄聲」。但由於國語入聲字消失的緣故，我們必須借助方言加以辨識，如「黑」、「屋」、「國」、「菊」等尾音短促的字音，即使今天國語讀第一、二聲，它們仍應列入「仄聲」。

題辭的音韻，必須合乎「平開仄合，仄起平收」的原則。如「白頭偕老」為「仄平平仄」，屬於平開仄合；「永浴愛河」為「仄仄仄平」，屬於仄起平收。一般來說，「一三五不論，二四六分明」，只須看第二、四字即可。當然，也有一些題辭並不合於這樣的原則，如「女界典範」為「仄仄仄仄」，不合格律；「天作之合」為「平仄平仄」（按：「合」為入聲字），亦不合律也。

雖然題辭以內涵為本，以格律為末；但是如有可能，自然當以音義雙美為優，追求盡善盡美。

四、行款正確

題辭除了正文，還有上、下行款。無論直式或橫式題辭，正文的字體最大，放在中間。上、下行款通常為直書，分別置之右上方、左側中部，字體略小於正文。上行款包括領受者的稱謂、禮事敬辭，二者之間要空一格；下行款包括題贈人自稱、署名、表敬辭。如具有紀念價值，亦可加上致贈日期。

題辭的行款

直式

南極騰輝

黃公世伯　八秩大壽

世晚陳迪諾　拜賀

橫式

鳳侶鸞儔

要文吾兄
愛咪小姐　嘉禮

陳迪諾　敬賀

囍

身為「花粉」，她的歌聲、笑容常在我心……

②

不如送花向她道賀吧！

他山試金石

明日之星歌唱比賽

①

本屆冠軍是——3號的花花小姐！

③

音容宛在

花花小姐

石頭　敬賀

④

非也！「**音容宛在**」表達對死者的懷念，為輓聯題辭。石兄應題「**餘音繞梁**」才對！

UNIT 1-4
實用職場大全（上）

我們依婚、喪、喜、慶等場合，將常用題辭分為四大類：婚育、哀輓、壽誕和喜慶。先看婚育、哀輓類題辭：

婚育類

1.賀訂婚：如「文定吉祥」，出自《詩經‧大雅‧大明》：「文定厥祥，親迎于渭。造舟為梁，不顯其光。」謂文王娶親，於渭水造舟，使舟舟相連，形成浮橋，親迎太姒，場面盛大。文定，即今所謂訂婚也。

2.賀結婚：如「螽斯衍慶」，出自《詩經‧周南‧螽斯》：「螽斯羽，詵詵兮，宜爾子孫振振兮。」祝人多子、多孫、多福氣之意。另有「鶼鰈情深」、「天作之合」、「五世其昌」等。

3.賀嫁女：如「桃夭及時」、「桃灼呈祥」、「宜室宜家」，均出自《詩經‧周南‧桃夭》：「桃之夭夭，灼灼其華。之子于歸，宜其室家。」此乃賀嫁女之詩；祝福美麗的新娘子嫁到夫家，能使一家和睦、人丁興旺，開枝散葉。

4.賀生子：如「熊夢徵祥」、「弄璋誌喜」，同出於《詩經‧小雅‧斯干》。由於「維熊維羆」（夢見熊或羆）是生兒子的徵兆；「載弄之璋」的「弄璋」則暗喻兒子將來品格如玉，是個君子。

5.賀生女：如「祥徵虺夢」、「弄瓦誌喜」，亦出於《詩經‧小雅‧斯干》。由於「維虺維蛇」（夢見虺或蛇）是生女兒的前兆；「載弄之瓦」的「弄瓦」指逗以紡錘，隱含女兒長大後能負起紡織的重任，成為稱職的家庭主婦。

6.賀生孫：如「樂享含飴」，脫胎自「含飴弄孫」一語。由於老人家和小娃兒都牙口不好，老爺爺、老奶奶含著麥芽軟糖逗弄小孫子，用來祝福人家可以享受祖孫間的天倫之樂。

哀輓類

1.輓男喪：老年男子之喪，我們通常會稱讚其德行，如「高山仰止」、「南極星沉」等；中年男子辭世，則緬懷其音容相貌，如「音容宛在」、「人琴俱杳」（用王徽之感嘆王獻之「人琴俱亡」的典故）等；少年男子隕歿，往往惋惜其「天不假年」、「玉折蘭摧」等，隱含無限傷悲與沉痛。

2.輓女喪：老年女子之喪，多半稱頌其此生功德圓滿，重登仙界，如「駕返瑤池」、「瑤池赴召」等；中年女子去世，則感念她對家庭的貢獻，如「彤管流芳」、「母儀足式」等，任勞任怨，為家人付出，真是賢妻良母的典範；少年女子夭折，一般都痛惜其「蘭摧蕙折」、「鳳去樓空」等，正當花樣年華，卻跨鳳成仙，遠離凡塵。

3.輓親友：如子夏西河講學期間，因喪子，哭到雙目失明；後用「抱痛西河」、「喪明之痛」，輓人喪子之痛。又「風木興悲」，用《韓詩外傳》皋魚喪親，而有「樹欲靜而風不止，子欲養而親不待」之嘆，輓人父母之喪。「立雪神傷」，據楊時、游酢拜見程頤時，程門立雪的典故，以輓師長之謝世。

4.輓各行業：如「廣陵響絕」，用嵇康臨死前感慨〈廣陵散〉從此成為絕響，以弔音樂界人士之喪。「甘棠遺愛」，用《詩經‧召南‧甘棠》：「蔽芾甘棠，勿翦勿伐，召伯所茇。」以悼政界人士之死。又因《史記‧貨殖列傳》記財貨流通的情況，故以「貨殖流芳」憑弔工商界人士。

 職場教戰守策

婚育類

賀訂婚
「文定吉祥」，出自《詩經・大雅・大明》，謂文王娶親，於渭水造舟，使舟舟相連，形成浮橋，親迎太姒，場面十分盛大。

賀結婚
「螽斯衍慶」，出自《詩經・周南・螽斯》：「螽斯羽，詵詵兮，宜爾子孫振振兮。」祝人多子、多孫、多福氣之意。

賀嫁女
「桃夭及時」、「桃灼呈祥」、「宜室宜家」，出自《詩經・周南・桃夭》，祝福新娘子嫁到夫家，能使一家和睦、人丁興旺，開枝散葉。

賀生子
「熊夢徵祥」、「弄璋誌喜」，出於《詩經・小雅・斯干》。由於夢見熊或羆是生兒子的徵兆；「弄璋」則暗喻兒子品格如玉，是個君子。

賀生女
「祥徵虺夢」、「弄瓦誌喜」，出於《詩經・小雅・斯干》。夢見虺或蛇是生女兒的前兆；「弄瓦」指以紡錘逗弄女孩，隱含女兒長大後能成為一位稱職的家庭主婦。

弄瓦之喜

賀生孫
「樂享含飴」，指老爺爺、老奶奶含著麥芽軟糖逗弄小孫子，用來祝福人家可以享受祖孫間的天倫之樂。

哀輓類

輓男喪
★輓老年男子之喪：用「高山仰止」、「南極星沉」。
★輓中年男子辭世：用「音容宛在」、「人琴俱杳」。
★輓少年男子隕歿：用「天不假年」、「玉折蘭摧」。

輓女喪
★輓老年女子之喪：用「駕返瑤池」、「瑤池赴召」。
★輓中年女子去世：用「彤管流芳」、「母儀足式」。
★輓少年女子夭折：用「蘭摧蕙折」、「鳳去樓空」。

按：「彤管」，指一種紅色筆桿的筆，古代內史用來記錄后妃之事跡。彤管流芳，謂女子生前美德值得宮廷女史用彤管記載，以流傳後世。

輓親友
★輓人父母之喪：用「風木興悲」、「皋魚之痛」。
★輓師長之謝世：用「立雪神傷」、「桃李興悲」。
★輓人喪子之痛：用「抱痛西河」、「喪明之痛」。

按：周代孝子皋魚因父母已經辭世，不能克盡孝道；而有「樹欲靜而風不止，子欲養而親不待」之嘆。

各行業輓
★憑弔音樂界人士：用「廣陵響絕」。
★輓政界人士之喪：用「甘棠遺愛」。
★哀悼工商界人士：用「貨殖流芳」。

UNIT 1-5
實用職場大全（下）

再來談壽誕、喜慶類題辭：

壽誕類

1. 祝男壽：一般常用「松柏長青」、「南極騰輝」、「松鶴延齡」、「齒德俱尊」、「德碩年高」等。也有依年紀來分，如「壯圖大展」祝三十壽，「智者不惑」祝四十壽，「樂知天命」祝五十壽，「年徵耳順」祝六十壽，「從心所欲」祝七十壽，「春盈杖履」祝八十壽，「福備九疇」祝九十壽，「百齡錫眉」祝百歲大壽。

2. 祝女壽：常見的題辭有「慈竹長青」、「春滿瑤池」、「蟠桃獻頌」、「萱庭集慶」、「懿德延年」等。另有按年齡作區分，如「桃熟三千」賀三十壽，「四旬洽慶」賀四十壽，「百歲平分」賀五十壽，「萱開周甲」賀六十壽，「懿德古稀」賀七十壽，「八仙獻壽」賀八十壽，「瑞兆期頤」賀九十壽，「大齊衍慶」賀百歲大壽。

3. 祝雙壽：如「弧帨同懸」，據《禮記‧內則》載：「子生，男子設弧於門左，女子設帨於門右。」鄭玄注：「弧者，示有事於武也。帨，事人之佩巾也。」後世遂稱男子生日為「懸弧令旦」、女子生日為「帨辰」。另如「椿榮萱茂」、「星月爭輝」、「福祿雙星」、「仙偶齊齡」、「壽域同登」等，皆適用於賀雙壽。

喜慶類

1. 賀畢業：如「鵬搏九霄」、「壯志凌雲」、「前程似錦」、「君子務本」、「朝乾夕惕」、「好古敏求」等，無論祝福前途光明或勉勵進德修業之語，均可用作畢業贈言。

2. 賀得獎：如以「黼黻文章」、「繡虎雕龍」等，賀作文比賽得獎；以「筆走龍蛇」、「鐵畫銀鉤」等，賀書法比賽得獎。而「健筆凌雲」一辭，適用於作文、書法二類。又用俞伯牙所奏「高山流水」，喻琴聲之妙，以賀音樂類競賽脫穎而出。用「優孟衣冠」，藉優孟著孫叔敖衣冠，模仿其舉止，形神畢肖，適時提醒楚莊王勿忘撫恤忠良後代，以稱讚演技精湛，賀戲劇競賽之優勝。另如「一鳴驚人」、「懸河唾玉」、「立論精宏」、「發揚正論」等，可賀演講比賽得名；「允文允武」、「智勇兼全」、「健身強國」、「龍騰虎躍」等，可賀體育競技活動之勝出。

3. 賀升遷：如「鵬程發軔」、「初展鴻猷」、「其命維新」、「德業日新」等題辭，適用於祝賀升遷。表達祝福榮升者從此以往，日新又新，精益求精，再展宏圖。

4. 賀當選：如「眾望所歸」、「民之喉舌」、「造福桑梓」（桑梓，指故鄉）、「痌瘝在抱」等，皆為賀當選之題辭。或謂其當選為民心所向，實至名歸；或勉其替百姓權益發聲，為民喉舌；或著眼於造福鄉里；或願其了解民間疾苦、苦民所苦……，莫不道出對當選人的深切期許。

5. 賀各行業：如「功在桑梓」、「明鏡高懸」等賀政界；「術精岐黃」、「聖手佛心」等賀醫界；「化育菁莪」、「杏壇春暖」等賀教育界；「貨殖報國」、「業紹陶朱」等賀商店。其中「陶朱」指范蠡助越王句踐復國後，經商致富，人稱「陶朱公」；紹承陶朱之業，即祝福人家生意興隆、財源滾滾之意。

 職場教戰守策

壽誕類

祝男壽		祝女壽		祝雙壽	
壯圖大展	祝 30 壽	桃熟三千	賀 30 壽	弧帨同懸	「懸弧令旦」指男子生日、「帨辰」為女子生日。
智者不惑	祝 40 壽	四旬洽慶	賀 40 壽		
樂知天命	祝 50 壽	百歲平分	賀 50 壽	椿榮萱茂	香椿謂男性長輩或父親、萱草即女性長輩或母親
年徵耳順	祝 60 壽	萱開周甲	賀 60 壽		
從心所欲	祝 70 壽	懿德古稀	賀 70 壽		
春盈杖履	祝 80 壽	八仙獻壽	賀 80 壽	星月爭輝、福祿雙星、仙偶齊齡、壽城同登,皆適用於賀雙壽。	
福備九疇	祝 90 壽	瑞兆期頤	賀 90 壽		
百齡錫嘏	祝 100 歲大壽	大齊衍慶	賀 100 歲大壽		

喜慶類

賀畢業 鵬搏九霄、壯志凌雲、前程似錦、君子務本、朝乾夕惕、好古敏求,無論祝福前途光明或勉勵進德修業之語,均可用作畢業贈言。

賀得獎 黼黻文章、繡虎雕龍:賀作文比賽/筆走龍蛇、鐵畫銀鉤:賀書法比賽/高山流水:賀音樂類競賽/優孟衣冠:賀戲劇類競賽/一鳴驚人、懸河唾玉:賀演講比賽/允文允武、智勇兼全:賀體育競技活動。

賀升遷 鵬程發軔、初展鴻猷、其命維新、德業日新,適用於祝賀升遷;表達祝福榮升者從此以往,日新又新,精益求精,再展宏圖。

賀當選 眾望所歸、民之喉舌、造福桑梓、痌瘝在抱,為賀當選之題辭。或謂其當選為民心所向,或勉其替百姓權益發聲,或著眼於造福鄉里,或願其了解民間疾苦,莫不道出對當選人的深切期許。

賀各行業 功在桑梓、明鏡高懸:賀政界/術精岐黃、聖手佛心:賀醫界/化育菁莪、杏壇春暖:賀教育界/貨殖報國、業紹陶朱:賀商店。

 實用百寶盒

＊據《幼學瓊林》云:「故鄉曰梓里。」

● 梓里善人:指故鄉的大善人;適用於有關慈善事業之題辭。

＊又《詩經・小雅・小弁》云:「維桑與梓,必恭敬止。」桑梓,指故鄉家園。

● 造福桑梓:為造福鄉里之意。

● 功在桑梓:對地方百姓有功勞,即造福鄉親之意。 ┐ 適用於賀勝選、政界之題辭

● 桑梓福音:為鄉里的福音。 ┘

☆桑梓之光:指鄉里之光;賀勝選、得獎之題辭。

★桑梓流光:指鄉里的榮耀;適用於輓男子之喪的題辭。

UNIT 1-6 公職考試集錦

無論哪一類公職考試，題辭都是兵家必爭之地，平常就要格外留意，隨時做好準備，上了考場才能臨機應變，見招拆招，快速求得正解。

1.【 】下列不適用於賀喬遷的選項是：（107 年公務員初等）
(A) 里仁為美 (B) 潭第鼎新 (C) 良禽擇木 (D) 德必有鄰

2.【 】複選：下列題辭何者適用於祝女壽？（106 年一般行政初等）
(A) 北堂春暖 (B) 美輪美奐 (C) 壽徵坤德 (D) 慈竹風和 (E) 椿庭日永

3.【 】適逢母校七十週年校慶，劉義擬以題辭表達校友祝賀之意，下列題辭何者不適合？（106 年身障五等）
(A) 功宏化育 (B) 如解倒懸 (C) 濟濟多士 (D) 儒林菁莪

4.【 】下列「題辭」，何者使用正確？（105 年鐵路）
(A) 祝賀嫁女可用「紅袖添香」 (B) 祝賀生女可用「慶叶弄璋」 (C) 祝賀診所開業可用「杏林春暖」 (D) 祝賀遷居可用「群賢畢至」

5.【 】友人新居落成，下列題辭，何者不適合使用？（104 年合作金庫）
(A) 噦鳳棲梧 (B) 堂構維新 (C) 輝增彩悅 (D) 大啟爾宇

6.【 】某國中正逢六十週年校慶，校友會擬致贈匾額祝賀，題辭當為：（102 年地方五等）
(A) 甲第宏開 (B) 萱開周甲 (C) 杏林春暖 (D) 絃歌不輟

7.【 】王奶奶過八十歲生日，下列何者不適合用來作為她的壽辰題辭？（101 年調查五等）
(A) 蓬萊春滿 (B) 日永椿庭 (C) 萱茂北堂 (D) 寶婺星輝

8.【 】下列題辭何者適用於醫院開業？（101 年原住民五等）
(A) 近悅遠來 (B) 祕傳金匱 (C) 杏壇之光 (D) 高朋滿座

9.【 】下列題辭何者使用最為適切？（100 年司法五等）
(A)「潤色鴻業」用於美術館 (B)「鵬飛鷹揚」用於軍警界 (C)「氣象惟新」用於氣象局 (D)「絃歌盈耳」用於歌舞廳

10.【 】下列題辭何者適用於哀輓？（100 年司法五等）
(A) 之子于歸 (B) 高山仰止 (C) 出谷遷喬 (D) 卓然鶴立

11.【 】請由下列與題辭相關的對話中，選出正確的運用：（97 年司法四等）
(A) 甲：鄭老師的兒子要結婚，你要送的賀辭想好了嗎？／乙：我想用「之子于歸」可以吧？ (B) 甲：令尊今日八十大壽，我已派人送了一幅喜幛，不知是否已經送達？／乙：收到了，「瑞藹萱堂」是對家父和氣待人最大的讚美。 (C) 甲：昨日王太太生了男孩，可是不知道賀辭該寫什麼才好？／乙：我認為「弄瓦徵祥」應該很適當。 (D) 甲：有位商界大老過世了，可以麻煩您嗎？／乙：他在商界舉足輕重，我幫你送上一幅「端木遺風」。

1. 【B】(A) 里仁為美：賀遷居。 (B) 潭第鼎新：指大戶人家的華屋落成；適用於賀新居。 (C) 良禽擇木：賀喬遷。 (D) 德必有鄰：賀遷居。

2. 【A.C.D】(A) 北堂春暖：「北堂」為婦女的住所；祝福女子青春永駐。 (B) 美輪美奐：形容房屋裝飾極華美；適用於賀新居。 (C) 壽徵坤德：祝女壽也。 (D) 慈竹風和：祝女壽。 (E) 椿庭日永：只適用於祝男壽。按：香椿是一種落葉喬木，天生長壽，故用「椿庭」代稱男性長輩。

3. 【B】(A) 功宏化育：教化培育學生的功勞宏大；適用於教育界。 (B) 如解倒懸：彷彿把人從倒吊中解救下來，比喻救百姓於水深火熱之中。 (C) 濟濟多士：人才眾多貌；適用於教育界。 (D) 儒林菁莪：用「菁莪」比喻英才；適用於教育界。

4. 【C】(A) 紅袖添香：「紅袖添香夜讀書」，是說書生有年輕貌美的女子伴讀；適用於賀男士新婚。 (B) 慶叶弄璋：賀生子。 (C) 祝賀診所開業可用「杏林春暖」。 (D) 群賢畢至：所有賢達人士都齊聚一堂；賀餐飲業。

5. 【C】(A) 嚶鳳棲梧：「嚶」音ㄏㄨㄟˋ，指鳥叫聲。與「鳳棲高梧」相近，形容選擇適合自己的地方安居；賀新居落成。 (B) 堂構維新：指新居建築新穎；賀新居落成。 (C) 輝增彩帨：「帨」音ㄕㄨㄟˋ，佩巾、手帕；賀生女之題辭。 (D) 大啟爾宇：賀新居落成。

6. 【D】(A) 甲第宏開：「甲第」，既指古代科舉「三甲」及第，兼指皇上所賜「進士宅」；適用於賀新居。 (B) 萱開周甲：賀女子60歲生日。 (C)

7. 【B】(A) 蓬萊春滿：海外蓬萊島為神仙的居所，故用以祝賀女子永保青春，長生不老。 (B) 日永椿庭：只適用於賀男壽。 (C) 萱茂北堂：只適用於祝女壽。按：萱草為女性長輩之代稱。 (D) 寶婺星輝：寶婺，星座名，又借指女神；祝女壽。

8. 【B】(A) 近悅遠來：適用於飯店、旅館或餐廳之賀辭。 (B) 祕傳金匱：金匱，指張仲景的中醫名著《金匱要略》；適用於醫療院所之題辭。 (C) 杏壇之光：杏壇，孔子授徒講學的地方；賀教育界。 (D) 高朋滿座：賀客盈門，適用於餐飲業。

9. 【B】(A) 潤色鴻業：稱讚某人的文學著作佳。 (B) 鵬飛鷹揚：祝賀軍、警之升遷。 (C) 氣象惟新：祝人新居落成。 (D) 絃歌盈耳：指讀書聲充滿耳際，用以比喻講習不休、學風鼎盛之意；適用於教育界。

10. 【B】(A) 之子于歸：賀女子出嫁。 (B) 高山仰止：比喻品德崇高，令人景仰；輓老年男子之喪。 (C) 出谷遷喬：祝人喬遷或升遷之喜。 (D) 卓然鶴立：比喻人才出眾，卓然不群；賀當選或勝出。

11. 【D】(A) 之子于歸：賀嫁女。 (B) 八十大壽應送「壽幛」；瑞藹萱堂：賀女壽也。 (C) 弄瓦徵祥：賀生女。 (D) 端木遺風：孔子的學生子貢（端木賜）善於經商，因而致富；用來輓商界人士之喪。

絃歌不輟：指師生吟詠不絕；適用於教育界。

UNIT 1-7 教師甄試寶典

「題辭」為歷屆教師甄試的熱門考題，絕不可掉以輕心。茲解析如次：

1. 星輝南極：賀男壽。（102年教育部、104年新北市）

按：「南極仙翁」是古代傳說中的老壽星，故以此象徵男人長壽之意。

2. 堂北萱榮：賀女壽。（102年教育部）

按：或作「北堂萱茂」，亦賀女壽也。因為古代「北堂」位於屋舍東房後方，為主婦所居，故為女性、母親之代稱。又「萱閣」、「萱堂」本指母親的居所，亦借代為母親。堂北萱榮、北堂萱茂皆隱含祝賀女子長命百歲之意。

3. 椿萱並茂：賀雙壽。（101年新北市）

按：椿，香椿。萱，萱草。椿萱，用以比喻父母。椿萱並茂與「雙星朗照」同義，均可用來祝賀人家夫妻雙雙享有高壽。

4. 美輪美奐：賀新居落成。（104年新北市）

按：輪，高大。奐，眾多。美輪美奐，形容房子裝飾得十分華美。另如「肯堂肯構」、「輝增堂構」、「堂構更新」，亦可賀人新居落成。堂，立堂基。構，蓋房子。肯堂肯構，含有子承父業之意。

5. 援筆立就：賀作文比賽優勝。（101年新北市）

按：拿到筆一下就寫好文章，含有文思敏捷、下筆成文之意。另如「錦心繡口」，比喻人之具有文采；「洛陽紙貴」，借左思〈三都賦〉典故，形容人家的作品廣受好評，風靡一時；「如椽巨筆」，椽，屋梁。稱讚別人的寫作才能如屋梁般，真是大手筆！——以上皆可用作慶賀作文比賽得獎之題辭。

6. 杏林之光：賀醫院落成。（102年新北市）

按：三國時董奉為人治病，不收醫藥費，僅要求患者病癒後幫忙種杏樹，重者五株，輕者一株。久而久之，蔚然成林；「杏林」遂成為醫界的代稱。但「杏壇」卻是孔子授徒講學的地方，後世泛指教育界。——千萬不可混淆！

7. 羽化登仙：輓男喪。（101年新北市）

按：道教徒稱人死為「羽化」。羽化登仙與「跨鶴仙鄉」均用作輓男喪。另如「北斗星沉」、「泰山其頹」、「哲人其萎」亦輓老年男子之喪。

8. 瑤池赴召：輓女喪。（104年新北市）

按：瑤池，西王母的住所。奉赴瑤池西王母之召，指老年女子仙逝。另如「懿德長昭」、「慈雲歸岫」、「慈竹風摧」、「慈萱永謝」亦輓老年女子之喪。

9. 玉樓赴召：輓少男喪。（101年中一中、103年教育部）

按：出自李商隱〈李賀小傳〉，相傳李賀之死，乃天帝白玉樓落成，遣使來召李賀升天，代撰一篇〈白玉樓記〉。後用作輓少男之喪。另「修文赴召」與此同義。晉代蘇韶鬼魂回來與陽世兄弟相見，說顏淵、卜商在陰間擔任修文郎；「修文」遂指早逝的文人。

10. 端木遺風：輓商界人士。（101年中女中、104年板橋）

按：「端木」，即端木賜，孔子的門生子貢是也。此人擅長做生意，口才又好，為後世商界所推崇。端木遺風，指死者如孔門弟子端木賜般具有出色的商業才能。

婚嫁／誕育

★訂婚：文定之喜、文定厥祥

★結婚：秦晉之好、鳳凰于飛、珠聯璧合、琴瑟和鳴、君子好逑、詩題紅葉、舉案齊眉、五世其昌

【舉案齊眉：東漢孟光送飯菜給丈夫梁鴻時，總是高舉托盤，與雙眉齊平，夫妻倆相敬如賓。】

★嫁女：雀屏妙選、宜室宜家、之子于歸、摽梅迨吉

【雀屏妙選：相傳竇毅選女婿，畫孔雀於屏風上，約定射中眼睛者，勝出。唐高祖李淵射中，後娶得竇家小姐為妻。】

★生子：弄璋之喜、熊夢徵祥、懸弧之慶、天賜石麟

【熊夢徵祥：古人以為夢見熊，為生男孩的預兆。】、【天賜石麟：古人用天上石麟，稱讚小兒聰穎出眾。】

★生女：弄瓦徵祥、祥徵虺夢、輝增彩帨、玉勝徵祥

【祥徵虺夢：古人以為夢見蛇、虺，為生女孩的徵兆。】、【彩帨，佩巾、手帕。古人生女孩會將佩巾掛在門右邊。】、【玉勝，玉製的髮飾；引申為生女孩之意。】

賀壽

★賀男壽：椿庭日暖、嶽降佳辰、松鶴遐齡

★賀女壽：慈竹長春、寶婺星輝、慶衍萱疇
【寶婺，星座名，又借指女神。】

★賀雙壽：椿萱並茂、桂蘭齊馥、人月同圓

實用百寶盒

《詩經‧小雅‧天保》云：「天保定爾……如山如阜，如岡如陵，如川之方至……如月之恆，如日之升，如南山之壽，……如松柏之茂，無不爾或承。」連用九個「如」字，祝賀福壽綿長之意；後世化為「天保九如」一語，用來祝賀男壽。

喜慶

★賀新居：輝增堂構、潭第鼎新、潤屋潤身、瑞靄朱軒

★賀遷居：德必有鄰、里仁為美、鳳振高岡、擇鄰式好

★賀開店：業紹陶朱、貨財廣殖、駿業肇興、利濟民生

【陶朱：范蠡幫助越王復國後，至陶，經商致富，人稱「陶朱公」。紹承陶朱公的事業，祝人宏圖大展之意。】

★賀醫界：杏林春暖、功著杏林、妙手回春、仁心仁術

★賀校慶：杏壇春暖、功著士林、時雨春風、百年樹人

★賀作文比賽優勝：含英咀華、倚馬長才、如椽巨筆

【倚馬長才：桓溫北伐時，命袁虎速擬公文。袁虎靠著戰馬，一下就完成了，而且寫得極好；喻文思敏捷之意。】

★賀歌唱比賽優勝：繞梁韻永、玉潤珠圓、陽春白雪

哀輓

★輓男喪：德業長昭、福壽全歸、斗山安仰

★輓女喪：彤管流芳、坤儀宛在、北堂春去

【彤管：古代宮中的女史以彤管（紅管之筆）記錄后妃事跡；後為女子之代稱。】

★輓學界：高山安仰、馬帳空依、立雪神傷

【馬帳：東漢馬融常於絳帳中授徒，後世稱講座或老師為「馬帳」、「絳帳」。】、【立雪神傷：楊時、游酢拜訪程頤，二人久站雪中等老師小睡醒來，此即「程門立雪」；而老師辭世了，自然讓學生站立雪地，為之神傷。】

★輓少男喪：玉樓赴召、修文赴召

★輓少女喪：玉簫聲斷、鳳去樓空

UNIT 1-8
升學考試祕笈

雖然近五、六年來，題辭在大學學測中未曾露臉，但始終是升學考試的常客，連碩士班入學考試都還可以看到它的身影，其重要性可見一斑。

1.【　】下圖二人受邀出席一場宴會，依祝賀詩的內容，□□□□內的題辭應是：（105 年統測）
(A) 慈竹長青 (B) 鸞鳳和鳴 (C) 跨鶴仙鄉 (D) 里仁為美

謝謝您的邀請。我送上一首祝賀詩：「春風萱國綺筵開，笑指麻姑晉酒杯。仁壽鏡光鸞自舞，滄桑籌數鶴添來。」

我也送上相應的祝賀題辭喔：「□□□□」。

2.【　】祝賀人家嫁女兒，宜用什麼賀辭？（98 年致遠管理學院碩）
(A) 妙選東床 (B) 椿萱並茂 (C) 名山事業 (D) 福壽全歸

3. 複選：【　】祝賀人家嫁女兒，宜用什麼賀辭？（92 年雄中）
(A) 弄瓦誌喜 (B) 珠聯璧玉 (C) 文定吉祥 (D) 之子于歸 (E) 宜其家室

4.【　】張小華在高中畢業八年後，主辦一次同學會，通知書上言明，要大家把八年來最得意的成就帶到同學會中。當天來了三十幾個同學，其中已執業當律師的李大明，帶來一塊 (1) 的匾額；剛從馬拉威服完軍醫替代役的羅一鈞，帶來一張標題寫著 (2) 的簽名卡；在漁貨公司上班的錢友亮，則拿著老闆賞給他的銀盾示威，上面寫著 (3)。（92 年北模）
(A) 為民喉舌、春風化雨、桑梓之光
(B) 仗義執言、杏林春暖、魚肉鄉里
(C) 訟期無訟、仁心仁術、送創流獸
(D) 口若懸河、無謂犧牲、懋績卓著

5.【　】婚喪喜慶向來是中國人最重視的節日，如祝賀王老嫁女，可送「甲」；哀痛友人喪母，可用「乙」；恭賀老師新居落成，可贈「丙」；祝福自己父母壽誕，可用「丁」。以上「　」內的題辭，依序宜為：（91 年南一中）
(A) 之子于歸、駕返瑤池、絃歌不輟、術德兼修 (B) 宜室宜家、彤管流芳、潤屋潤身、椿萱並茂 (C) 琴瑟重調、母儀足式、堂構更新、白首同心 (D) 雀屏妙選、伊人宛在、美輪美奐、詩廢蓼莪 (E) 桃灼呈祥、懿德長昭、君子攸居、福壽全歸

6.【　】題辭是用簡單的文字，表達稱頌、褒揚、祝福、哀悼的心意。以下題辭用法不當的是：（91 年北模）
(A) 桂老彌馨、善人必壽──重陽敬老 (B) 高山流水、繞梁韻永──賀音樂比賽獲獎 (C) 立雪神傷、梁木其頹──輓師長 (D) 慈竹長青、瑤池春永──題園林

7.【　】下列「　」中的辭語是生活中的祝頌語，請選出用法正確的選項：（90 年北模）
(A)「椿萱並茂」用於賀新婚 (B)「宜室宜家」用於賀新居落成 (C)「洙泗高風」用於賀學校校慶 (D)「珠聯璧合」用於賀珠寶店開張 (E)「造福鄉梓」用於賀當選市長

1. 【A】「春風萱國綺筵開，笑指麻姑晉酒杯。仁壽鏡光鸞自舞，滄桑籌數鶴添來。」這是清代許南英〈壽李啟授令堂李太夫人〉其二，為祝壽詩。從「春風萱國」（「萱國」猶言「萱堂」，借指母親）、「麻姑晉酒杯」（「麻姑」為神話中的女壽仙）二句，可知對象為女性長輩。(A) 慈竹長青：祝女壽。 (B) 鸞鳳和鳴：賀新婚。 (C) 跨鶴仙鄉：輓男喪。 (D) 里仁為美：賀遷居。

2. 【A】 (A) 妙選東床：用於賀女出嫁。 (B) 椿萱並茂：用於祝雙壽。 (C) 名山事業：用於賀書店。 (D) 福壽全歸：適用於輓年高、有福報的死者。

3. 【D.E】 (A) 弄瓦誌喜：賀生女。 (B) 珠聯璧玉：賀結婚。 (C) 文定吉祥：賀訂婚。 (D) 之子于歸：賀嫁女。 (E) 宜其家室：賀嫁女。

4. 【C】 (A) 為民喉舌：賀當選民意代表。春風化雨：賀教育界人士。桑梓之光：賀勝選或得獎之題辭。 (B) 仗義執言：敢於伸張正義，慷慨陳辭。杏林春暖：賀醫院。魚肉鄉里：憑藉勢力或武力欺壓老百姓。 (C) 訟期無訟：希望透過公正的司法訴訟，讓人們沒有意願無端興訟；與「刑期無刑」相似。仁心仁術：稱讚醫生醫德與醫術兼具。迭創新猷：屢屢創新計畫、拿出辦法。 (D) 口若懸河：形容口才極好。無謂犧牲：沒必要犧牲。

牲。懋績卓著：功績顯著。

5. 【B】 (A) 之子于歸：賀嫁女。駕返瑤池：輓女喪。絃歌不輟：賀教育界。術德兼修：祝體育界人士。 (B) 宜室宜家：賀嫁女。彤管流芳：輓女喪。潤屋潤身：賀新居。椿萱並茂：祝雙壽。 (C) 琴瑟重調：賀再婚。母儀足式：輓女喪。堂構更新：賀新居。白首同心：賀結婚。 (D) 雀屏妙選：賀嫁女。伊人宛在：輓朋友之喪。美輪美奐：賀新居。詩廢蓼莪：輓女喪。按：晉代孝子王裒，母親辭世後，他每次讀到《詩經·小雅·蓼莪》：「哀哀父母，生我劬勞」時，必定痛哭失聲。他的門人弟子從此不再誦讀〈蓼莪〉一詩。 (E) 桃灼呈祥：賀嫁女。懿德長昭：輓女喪。君子攸居：賀新居落成。福壽全歸：輓高齡的死者。

6. 【D】 (A) 桂老彌馨、善人必壽：重陽敬老。 (B) 高山流水、繞梁韻永：賀音樂比賽獲獎。 (C) 立雪神傷、梁木其頹：輓師長。 (D) 慈竹長青、瑤池春永：賀女壽。

7. 【C】 (A) 椿萱並茂：祝雙壽之題辭。 (B) 宜室宜家：賀女子出嫁。 (C) 洙泗高風：用於賀學校校慶。由於洙水、泗水皆在孔子的家鄉山東曲阜，故用來借代為學校。 (D) 珠聯璧合：賀結婚。 (E) 造福鄉梓：造福鄉里，用於賀當選里長、里民代表。

實用百寶盒

許南英（1855~1917），字子蘊，別號窺園主人，臺灣臺南安平人。同進士出身，清朝官員。著有《窺園留草》等書。

甲午戰爭和臺灣民主國時，許南英任職於故鄉臺南，全力襄助劉永福。

許南英正是知名作家許地山（1894~1941）的父親。講到許地山，大家立刻聯想起「落花生」，沒錯，落花生既是他的筆名，〈落花生〉也是他的文章，曾入選於中學國文教科書內，是一篇膾炙人口的散文。

第2章
對　聯

南北

六七八九

二三四五

UNIT 2-1
對聯概說

對聯的意義

所謂「對聯」，就形式而言，上、下兩聯的字數相等、詞性相同、平仄相反，即為「對」；就內容而言，二聯間具有意義聯結相應的關係，則為「聯」。可見對聯是基於漢字一字、一音、一義的特性，伴隨對仗修辭技巧成熟，而發展出的一種特殊文體，象徵著漢語藝術的精緻化、實用化。我們習慣稱楹柱上的對聯為「楹聯」，如名勝古蹟、公司行號、機關團體、居室、書房……；而新春佳節時，家家戶戶貼在門側的聯語為「春聯」。此外，還有各種用於祝賀、弔輓的對聯，種類繁多，充斥於我們的日常生活之中。

對聯的單位稱作「副」，一副對聯一定要有上、下兩聯。通常上句稱為上聯、出句、出邊、對公或對首，下句則稱下聯、對句、對邊、對母或對尾。上、下聯無論形式或內容都要互相對稱。關於對聯的字數沒有明確的規定，但不宜太短，也不宜過長。短到只有二字的對聯有之，長達百餘字者亦曾見，然而，一般以五、七、九言較為常用。有些對聯還必須配上橫額，又名橫聯、橫批或橫披。橫批貼在門楣上，通常為四字句，在平仄上並無嚴格的要求，內容則務必與上、下聯的意思相吻合，且須具備「統攝概括」或「畫龍點睛」的作用。

對聯的發展

相傳自周朝起，每逢年節老百姓習慣用兩塊長六寸、寬三寸的桃木板，左右邊分別畫上神荼（ㄕㄣˊ ㄕㄨ）、鬱壘（ㄩˋ ㄌㄩˋ）的圖像，掛在門上以驅鬼鎮邪。此即「桃符」之由來；神荼、鬱壘即我們所熟知的門神。

到了五代，人們開始把嘉言吉辭寫在桃木板上，一方面用來驅魔避邪，一方面可招福納祥。根據《宋史》記載：後蜀君主孟昶曾「命翰林為詞題桃符，正旦置寢門左右。末年，學士幸寅遜撰詞，昶以其非工，自命筆題云：『新年納餘慶，嘉節號長春。』」這是我國最早的桃符春聯。

宋代以後，新年懸掛春聯的情形已相當普遍。如王安石〈元日〉詩：「爆竹聲中除舊歲，春風送暖入屠蘇。千門萬戶曈曈日，總把新桃換舊符。」可見當時民間懸掛桃符春聯的盛況。

直到明代，在素有「對聯天子」之譽的明太祖朱元璋大力提倡下，將「桃符」改用紅紙書寫，稱為「春聯」。相傳明太祖定都金陵以後，曾於除夕前下令人人家門前必須加一副春聯；皇上再微服出巡，挨家挨戶觀賞取樂。從此，無論文人雅士或凡夫俗子皆樂好此道，新春期間張貼春聯形成一種風尚。

明代潮州才子林大欽撰有：「天增歲月人增壽，春滿乾坤福滿堂。」成為一副賀新春的名聯，傳誦至今。又顧憲成題東林書院楹聯：「風聲雨聲讀書聲聲聲入耳，家事國事天下事事事關心。」道出讀書人民胞物與的入世情懷。清代為對聯鼎盛期，相關的軼事傳聞不少。據說左宗棠曾以上聯：「為如夫人洗腳」，取笑好友曾國藩的閨閣情事。曾國藩對以下聯：「賜同進士出身」，雖說對仗工整，卻無意碰觸左宗棠屢試不第的痛處。二人因對對子取樂，弄巧成拙，居然為此決裂了。

何謂「對聯」?

就形式而言,上、下兩聯的字數相等、詞性相同、平仄相反,即為「對」。

春聯

對 聯

就內容而言,二聯間具有意義聯結相應的關係,則為「聯」。

楹聯

一「副」對聯

簡牘傳家
「橫批」、「橫披」、「橫聯」。

妗心慧眼愛詩書
「下聯」、「對句」、「對邊」、「對母」或「對尾」。

★橫批貼在門楣上,通常為四字句,在平仄上無嚴格要求。

★橫批的內容,務必與上、下聯意思吻合,且須具「統攝概括」或「畫龍點睛」之作用。

★橫批可有可無,一般楹聯、春聯多半有橫批;至於賀聯、輓聯等,沒有亦無所謂。

彥筆鴻裁承李杜
「上聯」、「出句」、「出邊」、「對公」或「對首」。

★下聯的字數視上聯而定,絕對要與上聯相等,不可以多,也不可以少。

★下聯書寫時,中間亦不必加標點符號。而敘述時,加標點,乃便宜行事。

★下聯的末字必為平聲,如「書」為陰平(國語第一聲),屬於「平」聲。

★上聯字數沒有明確規定,但不宜太短,也不宜過長。短到只有二字的對聯有之,長達百餘字的對聯亦曾見,然而,一般以五、七、九言較常用。

★在對聯應用上,上聯無論多長,書寫時中間都不必加上標點符號。但敘述時會加上標點,方便閱讀與理解。

★上聯字數多寡皆無所謂,但末字必為仄聲,如「杜」為去聲(國語第四聲),屬於「仄」聲。

UNIT 2-2 對聯的種類

圖解應用文——職場・大考・生活必勝絕招100回

對聯的種類五花八門，繁不勝舉。如依字數多寡來分，有四字聯、五字聯、六字聯……幾十字聯、上百字聯等，應有盡有。如依用途區分，可概分為七大類：一、專為慶賀新春而作者，曰春聯。二、用於婚嫁、壽誕、喬遷等各種慶祝活動者，曰賀聯，或喜慶聯。三、木刻或石勒於園林、廟宇、府宅等的楹柱之上者，曰楹聯。四、根據各行業特點而作者，曰行業聯。五、作為朋友、師生間交際往來，相互砥礪勸戒之用者，曰題贈聯。六、用來自我期許、勉勵者，曰自題聯。七、奠祭悼念死者，以表思念、哀慟之對聯，曰輓聯。下文則依對聯的內容、修辭來區分：

依內容分

一副對聯的上、下兩聯間內容應該相關，因此我們可約略分成四類：

1. 正對：即上、下二聯各寫一事，各自獨立，兩聯意思相同或相近，但放在一起則具有加乘效果。如明代解縉的名聯：「門對千根竹，家藏萬卷書。」道出讀書人家中，竹韻書香，環境清幽宜人。

2. 反對：即上、下二聯各寫一事，一正一反，兩聯意思相互映襯，才能彰顯出題旨來。如相傳松江才女徐氏題岳廟聯：「青山有幸埋忠骨，白鐵無辜鑄佞臣。」描寫青山為岳飛的葬身之所，白鐵卻鑄成佞臣秦檜的跪像，從正、反兩面，襯托出岳飛的忠義形象。

3. 串對：又稱「流水對」，指上、下二聯間具有承接、假設、遞進、因果等關係，必須合在一起看意思才完整。如清代董邦達的名聯：「相逢盡是彈冠客，此去應無搔首人。」唯有兩聯合看，才能掌握其內容。「彈冠客」出自屈原〈漁父〉：「新沐者必彈冠，新浴者必振衣」，借指潔身自愛者。董氏此聯用典故，為「事對」（如不用典，為「言對」），適用於官場或髮廊。

4. 無情對：就是上、下二聯間對仗工穩，但內容上並沒有關聯。如魯迅曾以下聯「比目魚」，對他的塾師壽鏡吾先生出的上聯「獨角獸」。同理，我們用「三腳貓」、「千面人」、「百步蛇」等來對「獨角獸」亦可。可見無情對簡直就是文字遊戲，了無深意。

依修辭分

我們挑幾個常見的修辭式對仗加以說明：

1. 疊字聯：以疊字修辭完成的對聯，如上海豫園楹聯：「鶯鶯燕燕翠翠紅紅處處融融洽洽，風風雨雨花花草草年年暮暮朝朝。」詩意盎然。

2. 複字聯：同一字重複出現的對聯，如明太祖作「佳山佳水佳風佳月千秋佳地，痴聲痴色痴夢痴情幾輩痴人。」形成迴環的音韻效果。

3. 嵌字聯：就是將人名、地名、年號、節氣等嵌入對聯中，如「雞鳴茅屋聽風雨，戈盾文章起鬥爭。」這是作家老舍送給同道友人茅盾的名號聯，其中嵌有「茅盾」二字。

4. 隱字聯：就是把對聯的真正含意隱藏在文字之後，如蒲松齡《聊齋志異》中有一聯：「一二三四五六七，孝悌忠信禮義廉。」看出來了嗎？他是在罵人「王（通「亡」）八」、「無恥」。

✒ ❀ 常見的對聯

🦋 1.春聯 🦋

專為賀新春而作的對聯；
如「天增歲月人增壽，
春滿乾坤福滿堂。」

🦋 3.楹聯 🦋

凡木刻或石勒於園林、廟
宇、府宅等楹柱上的對聯，
稱為「楹聯」。
如「關渡潮
聲協暮鼓晨
鐘，聖人心
跡彙武緯文
經。」為北投
行天宮鐘樓
之楹聯。

🦋 5.題贈聯 🦋

作為朋友、師生間交際往來，相互砥礪勸戒
之用的對聯；如孫文曾親撰此聯贈蔣介石：
「養天地正氣，法古今完人。」

🦋 2.賀聯 🦋

適用於婚嫁、壽誕、
喬遷等各種慶祝活
動者，曰賀聯，或喜
慶聯。如「松菊陶公
宅，詩書孟子家。」
為賀遷居之聯語。

🦋 4.行業聯 🦋

據各行業特點而作的對聯；如
「生意興隆通四海，財源茂盛
達三江。」公司行號通用聯。

財源茂盛達三江　生意興隆通四海

東西南北四方賓至如歸　春夏秋冬一歲川流不息

又「春夏秋冬，一歲川流不息；
東西南北，四方賓至如歸。」為
飯店、旅館之聯語。

🦋 6.自題聯 🦋

用來自我期許、勉勵的對聯；如鄭成功自勉
聯：「養心莫若寡欲，至樂無如讀書。」

🦋 7.輓聯 🦋

即奠祭悼念死者，以表思念、哀慟的對聯；如金岳霖悼才女林徽音之輓聯：「一身詩意千尋瀑，
萬古人間四月天。」

UNIT 2-3
對聯的作法

一副好的對聯，務求辭意貼切、對仗工整、聲律協調；如欲贈與他人，則須加上行款正確，才算盡善盡美。

一、辭意要貼切

如董邦達名聯：「相逢盡是彈冠客，此去應無搔首人。」由於「彈冠客」出自〈漁父〉：「新沐者必彈冠」，謂剛洗完頭的人一定會彈去帽上的灰塵；用在美髮業，指愛乾淨的客人洗完頭，從此不再因頭癢而搔首，辭意貼切。亦可借指潔身自愛的政客，廉正守法，不再令人因頭疼而搔頭，含意更為深遠。

二、對仗宜工整

凡對聯務必遵守上、下聯間意義相關聯、字數相等、詞性相同、平仄相反等原則。如唐寅（字伯虎）名聯：「無錫錫山山無錫，平湖湖水水平湖。」用「平湖」對「無錫」，是地名相對；「湖水」對「錫山」、「水」對「山」、「湖」對「錫」，是普通名詞相對；而「平」對「無」，為動詞相對；足見對仗十分工整。此外，此對聯中前一辭語的末字，為下一辭語的首字，善用頂真修辭技巧，亦稱「頂真聯」。

三、聲律應協調

所謂「聲律」，「聲」指聲調，即平仄；「律」則為平仄分布的規律。今日國語分為四聲：第一、二、三、四聲，與古漢語之四聲：平、上、去、入，頗有出入。然國語第一、二聲即古音之平聲，被歸為「平」聲；而國語第三、四聲即古音之上、去聲，加上入聲，則列為「仄」聲。又因為現今國語入聲字消失，所以有些國語聲調為第一、二聲，

卻必須納於「仄」聲之屬。如「黑」、「屋」、「菊」、「國」……，請換成閩南語、客語等方言發音，這些尾音極短促的字便是標準的入聲字，要算「仄」聲。

有此認知，我們就可以來做對聯了。以七言為例，分為仄起格、平起格二款，前者的格律為：「仄仄平平平仄仄，平平仄仄仄平平。」後者為：「平平仄仄平平仄，仄仄平平仄仄平。」首先，以上聯第二字的平仄作為平起格、仄起格之判準。其次，對聯講究「仄起平收」，指上聯末字必為仄聲，下聯末字定是平聲。其三，上、下聯相對位置的字音必須平仄相反，始為音韻和諧；其實也沒那麼嚴格，還有「一三五不論，二四六分明」之通則。

如以「萬人美」的姓名為例，做一副仄起格名氏對：「人比文姬才出眾，美如西子貌傾城。」橫批：「萬家仙姝」；稱讚她似蔡文姬般才華出眾、如西施般美貌傾城，簡直是仙女下凡！再以「林書豪」的姓名為例，做一副平起格名氏對：「書生得意出哈佛，豪氣干雲霸體壇。」橫批：「林來瘋也」；寫哈佛小子林書豪球場上的英姿煥發，回味當年林來瘋熱潮席捲全球。

四、行款須正確

對聯的行款：1. 文字一律由上而下書寫。2. 正文的字體必須大於題款字體。3. 署名時，通常是姓名連用。4. 長聯字數多，可採「龍門式」寫法：即分列成數行，上聯由右而左，下聯由左而右，每行字數要一樣，除了末行外，其餘均須寫到底。最後一行要預留空白，以便落款。

 如何寫對聯？

一、辭意要貼切

如董邦達名聯：「相逢儘是彈冠客，此去應無搔首人。」適用於為政者、美髮業之聯語。

三、聲律應協調

所謂「聲律」，「聲」指聲調，即平仄；「律」則為平仄分布的規律。

今日國語	古漢語	聲律
第1聲	平聲	平聲
第2聲		
第3聲	上聲	仄聲
第4聲	去聲	
	入聲	

因為現今國語入聲字消失，有些國語聲調為第一、二聲，如「黑」、「屋」、「菊」、「國」等，是標準的入聲字，必須納於仄聲之屬。

> 1. 先選定「平起格」、「仄起格」之格律。
> 2. 對聯講究「仄起平收」：上聯末字必為仄聲，下聯末字定是平聲。
> 3. 上、下聯相對位置的字音必須平仄相反，但有「一三五不論，二四六分明」之通則。

二、對仗宜工整

凡對聯務必遵守上、下聯間意義相關聯、字數相等、詞性相同、平仄相反等原則。

> 如唐伯虎名聯：「無錫錫山山無錫，平湖湖水水平湖。」為一對仗工整的「頂真聯」。

四、行款須正確

對聯的行款：
1. 文字一律由上而下書寫。
2. 正文字體必須大於題款。
3. 署名時，通常姓名連用。
4. 長聯採「龍門式」寫法。

> 「龍門式」寫法：
> 以杭州西湖上天竺寺聯為例

佛號觀音南摩時聞耳畔億萬眾

同聲念佛世間畢竟善人多

下聯

接踵朝山海內更無香火比

山名天竺西方即在眼前千百里

上聯

第2章 對聯

025

UNIT 2-4
古今名聯

　　古今名聯眾多，無法一一列舉，故本文以對偶修辭之「單句對」、「隔句對」、「長對」，分三類加以概括。

一、單句對聯

　　一副對聯共有兩句，第二句對第一句者，為「單句對聯」。這是對聯的基本款，形式最單純。如鄭燮（號板橋）為蘇州網師園濯纓水閣題一聯：

> 曾三顏四，禹寸陶分。

上聯化用曾子「吾日三省吾身」、顏回「非禮勿視，非禮勿聽，非禮勿言，非禮勿動」的典故，強調讀書人應時時反躬自省，克己復禮，修身養性。下聯又用陶侃之言：「大禹聖者，乃惜寸陰；至於眾人，當惜分陰。」教我們應該愛惜光陰，努力進德修業。真是一副適於勉人、自勉的絕佳對聯！又唐伯虎題蘇州獅子林真趣亭聯：「蒼松翠柏真佳客，明月清風是故人。」沒有運用任何典故，信手拈來，明白如話，卻風流畢現，得自然之真趣。

二、隔句對聯

　　一副對聯共有四句，前二句為一組，即上聯；後二句為一組，為下聯。而以第三句隔第二句，與第一句相對；同理，第四句隔第三句，與第二句相對；這樣中間隔一句相對仗者，稱為「隔句對聯」。如北投行天宮之土地公廟對聯：

> 福蔭協陰陽，仗神威而保茲萬姓；德輝照山海，藉恩波以惠此一方。

「福」、「德」二字嵌於上、下聯開端，闡明福德正神保護萬姓、惠澤一方之職責所在。又胡適自勉聯：

> 大膽的假設，小心的求證；認真的作事，嚴肅的作人。

上聯是做學問的態度，下聯乃待人接物之道；胡適以此聯期許自己：無論治學、處世都要謹慎以對。

三、長對聯

　　凡一副對聯中的每聯含有三句或三句以上者，皆為「長對聯」。這是對聯中的進階版，形式較複雜。如北投行天宮楹聯：

> 行義終古尚如新，綿俎豆馨香，薄海清平叨庇蔭；天心畢竟有所在，懸日星河嶽，萬方人物仰資生。

上、下聯起首嵌有「行」、「天」二字，歌頌關聖帝君行義終古、庇護蒼生的初衷，成為萬方人物所信奉的神祇；古往今來，人們至此祈求河清海宴、國泰民安，故香火鼎盛歷久不衰。另「關東首名將，伐魏征吳，一代忠心昭日月；聖世重賢臣，佑民護國，千年盛典享春秋。」亦嵌「關」、「聖」字樣於句首。此外，章太炎曾撰一副諷慈禧太后七十壽誕聯：

> 今日到南苑，明日到北海，何時再到古長安？嘆黎民膏血全枯，只為一人歌慶有；五十割琉球，六十割臺灣，而今又割東三省！痛赤縣邦圻益蹙，每逢萬壽祝疆無。

一針見血指出慈禧把持朝政，禍國殃民，割地賠款，上下苟安諸事，言辭犀利，毫不留情面。

 有名的對聯

一、單句對聯

一副對聯共有兩句，第二句對第一句者，即為「單句對聯」。

> 如鄭板橋題蘇州網師園濯纓水閣聯：
> 曾三顏四，禹寸陶分。

解析

上聯化用先賢曾子、顏回的典故，強調讀書人應時時反躬自省，克己復禮，修身養性；下聯又用晉代陶侃名言，期勉眾人應當愛惜光陰，努力進德修業。

> 又唐伯虎題蘇州獅子林真趣亭聯：
> 蒼松翠柏真佳客，明月清風是故人。

解析

上聯寫蒼松翠柏，下聯對以明月清風；再用「故人」對前文之「佳客」。短短十四個字，情景交融，渾然天成，流露出一種民胞物與的情懷，可謂「言對」（不用典）之上品！

二、隔句對聯

一副對聯共有四句，前二句為一組，即上聯；後二句為一組，為下聯。而以第三句隔第二句，與第一句相對；同理，第四句隔第三句，與第二句相對；這樣中間隔一句相對仗者，稱為「隔句對聯」。

> 如北投行天宮之土地公廟對聯：
> 福蔭協陰陽，仗神威而保茲萬姓；
> 德輝照山海，藉恩波以惠此一方。

按：土地公廟又稱「福德宮」。此聯將「福」、「德」二字鑲嵌於上、下聯開端，闡明福德正神（土地公）保護萬姓、惠澤一方的天職。

三、長對聯

凡一副對聯中的每聯含有三句或三句以上者，皆為「長對聯」。

> 如北投行天宮楹聯：
> 行義終古尚如新，綿俎豆馨香，
> 薄海清平叨庇蔭；
> 天心畢竟有所在，懸日星河嶽，
> 萬方人物仰資生。
> 歌頌關聖帝君行義終古、庇護蒼生的初衷，成為萬方人物所信奉的神祇；古往今來，人們至此祈求河清海宴、國泰民安，故香火鼎盛歷久不衰。

UNIT 2-5 趣味對聯

從古至今，趣味對聯真不少，我們姑且舉幾個例子，供大家參考。

才子鬧壽宴

相傳古代有個文采風流卻玩世不恭的才子，或作漢朝東方朔，一說明人唐伯虎，亦謂清代紀曉嵐，既是稗官野史，故無從稽考。這位才子某天，應對門鄰居某員外之邀，前往參加員外母親的壽宴，歡慶八十大壽。

宴席上，員外請才子揮毫題壽聯給老太太當賀禮，在座嘉賓莫不拭目以待。誰知他老兄大筆一揮，寫道：「對門婆娘不是人」，全場為之傻眼。接著，他的下聯是：「九天仙女下凡塵」，老壽星隨即笑開懷，好個淘氣的傢伙！才子意猶未盡，提筆再寫：「生了兒子都作賊」，這下換員外尷尬了。別急！這是典型的流水對，要讀完上、下聯語意才完整。他繼續寫出：「偷來蟠桃孝母親」，大家總算鬆了一口氣。

佛印戲東坡

佛印禪師是蘇東坡的方外友人，兩人才學相當、志趣相投，因此經常在一塊兒吟詠賦詩、參禪誦經。東坡生性急躁，總是被佛印嘲笑修養欠佳，有待好好修煉、修煉。

東坡不服，決定閉關幾天修身養性；終於發覺自己有點兒長進了，他寫下一首詩：「稽首天中天，毫光照大千。八風吹不動，端坐紫金蓮。」寫好後，迫不及待想請佛印評論；於是，差小書僮把詩交給佛印。誰知佛印看都不看，拿筆在詩稿上寫下「放屁」二字，就讓小書僮交還給東坡。

東坡氣炸了，自個兒撐船過江來；而佛印搶先一步躲出去了。東坡怒不可遏，但當他看見門上對聯：「八風吹不動，一屁打過江。」霎時間，怒氣全消了。佛印分明在嘲諷他毛躁的個性還是沒改，才會這麼衝動過江來理論。東坡抓了抓頭，這下不得不承認自己的修養真的不太好！

員外選佳婿

從前有個員外家中寶貝女兒到了適婚年齡，他想幫女兒挑選一位乘龍快婿，但茫茫人海中有緣人到底在哪裡呢？於是，他想出一個好辦法──對對子徵婚。員外公布上聯是：「氷冷酒，一點二點三點」，哪個未婚男士只要能對出下聯，就可以抱得美人歸，成就一椿好姻緣。

轉眼間，一年過去了，下聯還是沒人對出來，當然他的掌上明珠依舊待字閨中。員外十分焦急，但就是不肯改變策略。某天，有位窮秀才路過，靈光乍現，覺得那下聯應是：「丁香花，百頭千頭萬頭」。「賢婿呀，你總算出現了，老夫等得你好苦！」員外如獲至寶，終於為女兒覓得了如意郎君。

老嫗嗆塾師

黃昏時，鄉間老嫗在樹下乘涼，夏蚊成群，她一手搖蒲扇，一手不停地抓癢。路過的塾師見狀，隨口戲作上聯：「癢癢抓抓，抓抓癢癢，越癢越抓，越抓越癢」，他文思敏捷，頗感自豪。

誰料這老太婆脫口說出下聯：「生生死死，死死生生，先生先死，先死先生」。古代稱塾師為「先生」，──看出來了嗎？老太婆不但對仗工整，還一語雙關，暗罵：「先生，去死吧！」

有趣的對聯

才子鬧壽宴

對門婆娘不是人，九天仙女下凡塵。

流水對

生了兒子都作賊，偷來蟠桃孝母親。

流水對

佛印戲東坡

東坡修身養性，自覺有點兒長進，寫下一詩：
「稽首天中天，毫光照大千。
　八風吹不動，端坐紫金蓮。」

佛印故意在東坡詩稿上寫下「放屁」二字。

東坡氣呼呼地過江來，
想找佛印理論。

稽首天中天，
毫光照大千，
八風吹不動，
端坐紫金蓮。

東坡看見門上對聯：
「八風吹不動，
　一屁打過江。」

單句對

不得不承認
自己的修養
不好。

員外選佳婿

對對子徵婚，上聯是：

氷冷酒，一點二點三點。

哪個未婚男士只要對出
下聯，就可以娶得美麗
的富家千金。

隔句對

徵婚

某位窮秀才路過，
靈光乍現，對出下聯：

丁香花，百頭千頭萬頭。

這副對聯成就了一樁
大好姻緣。

老嫗嗆塾師

塾師捉弄老太婆，
戲作上聯：

癢癢抓抓，抓抓癢癢，
越癢越抓，越抓越癢。

老太婆不甘示弱對出下聯：

生生死死，死死生生，
先生先死，先死先生。

**敢惹老娘，
去死吧！**

長對

UNIT 2-6
實用職場大全（上）

　　職場上常用的對聯，我們大致可分為六大類：節慶聯、喜慶聯、輓聯、楹聯、行業聯、其他。先來介紹前三種：

節慶聯

　　其中以春聯最為普遍，如「門庭春暖生光彩，田畝年豐樂太平。」「爆竹連聲迎樂歲，雪花如掌兆豐年。」道出人和年豐、安居樂業的願望。「年年過年，年年不虛度；歲歲別歲，歲歲莫蹉跎。」光陰一去不復返，勉人應格外珍惜才是！

　　另如端午節用聯：「代代龍舟競渡，追懷屈子；年年角黍投江，祭奠詩魂。」中秋節用聯：「天上一輪滿，人間萬里明。」重陽節用聯：「話舊他鄉曾作客，登高佳節倍思親。」以端午龍舟、中秋賞月、重九登高等民俗活動為寫作素材，是極應景的節慶對聯，往往將年節氣氛醞釀得更濃郁，十分討喜。

喜慶聯

　　如壽聯：「南山欣作頌，北海喜開樽。」開樽作頌，喜氣洋洋，歡慶壽誕。其中「南山」、「北海」為了協平仄故云，應暗含「福如東海」、「壽比南山」之吉祥寓意。

　　婚聯，如「一朝喜結千年愛，百年不移半寸心。」「比飛卻似關雎鳥，並蒂常開連理枝。」祝福這對新人百年好合、比翼雙飛之意。又「無奈花落去，有緣鳳歸來。」則適用於再婚。

　　得嗣聯：如「瑞應寶婺離雙闕，喜見仙娥墜九天。」藉由「寶婺」（婺女星）離開天上宮闕，暗示「仙女下凡」

之意，為賀生女聯。「老樹著花晚成大器，枯楊生稊樂享暮年。」賀人老來得子之用聯。「瓜瓞欣看綿世澤，梧桐喜報長孫枝。」為賀生孫聯。

　　賀遷居聯：「魚躍禹門隨變化，鶯遷喬木任飛騰。」用鯉躍禹門（即龍門）化為龍、鶯居幽谷遷於喬木的典故，祝福喬遷者步步高升、愈來愈好之意。

　　賀升遷聯：「壯志克伸，福星載路；新猷初展，甘雨隨車。」「考績古今同，一階獨晉；遷官新舊尹，三仕遞升。」皆賀人升官，隱含從此平步青雲之意。

輓聯

　　如輓父母用聯：「思親蠟盡情無盡，望父春歸人未歸。」輓父親；「荊花樹上知春冷，萱草堂中不樂年。」則用以輓母親。

　　輓妻用聯：「妝臺花殘悲鶴唳，繡閣月冷夢鵑啼。」古代「男主外，女主內」，「妝臺」、「繡閣」皆為家中女主人活動範圍，故以此借代為妻子。「恩愛良妻，苦雨淒風吹汝去；可憐兒女，大啼小哭要娘回。」此一對聯傳神寫出賢妻往生，年幼的兒女哭著找媽媽的情景，令人為之動容。

　　輓業師用聯：「當年幸立程門雪，此日空懷馬帳風。」藉楊時與游酢程門立雪、馬融曾在絳帳授徒的典故，隱含如今業師辭世，怎不教人立雪神傷、馬帳安仰？「馬帳」，為老師之代稱。

　　輓友人聯：「素車有客奔元伯，絕調無人繼廣陵。」用范巨卿素車為好友張元伯奔喪、嵇康遇害後〈廣陵散〉遂成絕響之典，表達摯友隕落的哀慟。

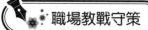 職場教戰守策

節慶聯

應景的節慶對聯，往往將年節氣氛醞釀得更濃郁，十分討喜。

春聯

★「門庭春暖生光彩，田畝年豐樂太平。」　★「爆竹連聲迎樂歲，雪花如掌兆豐年。」
★「年年過年，年年不虛度；歲歲別歲，歲歲莫蹉跎。」

端午聯

「代代龍舟競渡，追懷屈子；年年角黍投江，祭奠詩魂。」

中秋聯

「天上一輪滿，人間萬里明。」

重陽聯

「話舊他鄉曾作客，登高佳節倍思親。」

喜慶聯

日常人際往來時，每逢親友家中有喜慶，贈送對聯表達由衷的祝福。

壽聯

「南山欣作頌，北海喜開樽。」

婚聯

★賀新婚：「一朝喜結千年愛，百年不移半寸心。」／「比飛卻似關睢鳥，並蒂常開連理枝。」
★賀再婚：「無奈花落去，有緣鳳歸來。」

遷居聯

「魚躍禹門隨變化，鶯遷喬木任飛騰。」

得嗣聯

★賀生女：「瑞應寶婺離雙闕，喜見仙娥墜九天。」
★老來得子：「老樹著花晚成大器，枯楊生稊樂享暮年。」
★賀生孫：「瓜瓞欣看綿世澤，梧桐喜報長孫枝。」

升遷聯

「壯志克伸，福星載路；新猷初展，甘雨隨車。」／「考績古今同，一階獨晉；遷官新舊尹，三仕遞升。」

輓聯

當親朋舊友家中辦喪事時，不妨送上合宜的輓聯，表達哀悼之意。

輓父母聯

★輓父親：「思親蠟盡情無盡，望父春歸人未歸。」
★輓母親：「荊花樹上知春冷，萱草堂中不樂年。」

輓業師聯

「當年幸立程門雪，此日空懷馬帳風。」

輓妻聯

「妝臺花殘悲鶴唳，繡閣月冷夢鵑啼。」／「恩愛良妻，苦雨淒風吹汝去；可憐兒女，大啼小哭要娘回。」

輓友人聯

「素車有客奔元伯，絕調無人繼廣陵。」

UNIT 2-7
實用職場大全（下）

再來介紹後三種：楹聯、行業聯、其他。

楹聯

廳堂居室聯：如我的老師 李德超教授集《論語》自題書室聯：「矜而不爭群而不黨，用之則行舍之則藏。」以此朝夕惕厲，修身養性。又 德超老師集句自題陽明山客次門聯：「山花迷徑路，草色入簾青。」寫出家門前花團錦簇、綠意盎然的美景，環境之清幽，主人之風雅，如狀目前。

相傳古代有位窮書生家中一貧如洗，已陷入三餐不濟的窘境。但讀書人臉皮薄，不知該如何向人求援，於是在屋前掛上一副對聯：

二三四五，六七八九。

橫批是「南北」。一般人路過，頂多瞧一眼，不知聯中的含意是什麼。終於有個文人讀懂了他的意思：上聯不就「缺一（衣）」？下聯正是「少十（食）」，橫批則說「沒東西」；原來是窮書生飢寒交迫，貧困潦倒。這位善心的文人趕緊回家拿些米糧、舊衣，助他可以暫時度過難關。

行業聯

各行各業都有適用的對聯，一則藉以突顯該行業的特色，二則展現其精神面貌。如：「零零星星亦分南北，拉拉雜雜都是東西。」為雜貨店聯。「祝君多進步，踵事且增華。」為鞋店聯。「還我廬山真面目，愛他秋水舊風神。」為照相館聯。「筆架山高虹氣現，硯池水滿墨花香。」為文具店聯。「察看秋毫如照燭，從此老眼不生花。」則為眼鏡行聯語。

「扁鵲重生稱妙手，華佗再世頌白衣。」此聯用古代名醫扁鵲、華佗再世來歌頌穿白袍的醫生，故適用於醫療院所。「翁所樂者山水也，客亦知夫風月乎。」用歐陽修「醉翁之意不在酒，在乎山水之間也」的典故，並以「風月」暗示風月場所，加上「樂」字、「客」字，則此為酒店用聯，不言而喻。

又「坐，請坐，請上坐；茶，泡茶，泡好茶。」為江南某茶樓之用聯。據說是撰聯者用以諷刺店中伙計前倨後恭的態度：當他還是窮書生時，伙計僅以「坐」、「茶」二字來招呼；初出茅廬後，伙計亦稍微恭敬些；如今他功成名就，伙計對他禮遇有加，百般討好，讓他心中五味雜陳，忍不住作此聯以託諷。

此外，如「生意興隆通四海，財源茂盛達三江。」「鴻猷大展，駿業肇興。」旨在傳達生意興隆、財源廣進之意，為各行各業通用之對聯。

其他

如題贈聯：「讀萬卷書，行萬里路；綜一代典，成一家言。」是龔自珍贈魏源之對聯，勉勵他多讀書，也要增廣見聞，才能成一家之言。而于右任題贈蔣經國聯：「計利當計天下利，求名應求萬世名。」道出人民對為政者的期待。

又座右銘聯：「世事多因忙裡錯，好人半自苦中來。」曾國藩曾以此聯自勉。「發憤識遍天下字，立志讀盡人間書。」蘇東坡更以發憤識字、立志讀書自我勉勵。

職場教戰守策

楹聯

我們習慣稱楹柱上的對聯為「楹聯」，如名勝古蹟、公司行號、機關團體、居室、書房等，隨處可見楹聯的蹤跡。

書室聯

「矜而不爭群而不黨，用之則行舍之則藏。」

南北

六七八九

二三四五

小生缺「衣」少「食」，沒「東西」啊！

廳堂聯

「山花迷徑路，草色入簾青。」

行業聯

各行各業都有適用的對聯，而「行業聯」的功用，在於：1. 藉以突顯該行業的特色，2. 展現其與眾不同的精神面貌。

雜貨店聯	「零零星星亦分南北，拉拉雜雜都是東西。」
鞋店聯	「祝君多進步，踵事且增華。」
照相館聯	「還我廬山真面目，愛他秋水舊風神。」
文具店聯	「筆架山高虹氣現，硯池水滿墨花香。」
眼鏡行聯	「察看秋毫如照燭，從此老眼不生花。」
醫療院所聯	「扁鵲重生稱妙手，華佗再世頌白衣。」
酒店聯	「翁所樂者山水也，客亦知夫風月乎。」
茶樓聯	「坐，請坐，請上坐；茶，泡茶，泡好茶。」
各行業通用聯	「生意興隆通四海，財源茂盛達三江。」／「鴻猷大展，駿業肇興。」

其他

對聯的應用範圍十分廣泛，除上述五大類之外，一般題贈聯、自勉聯亦屬之，用來勉勵別人，同時自我惕厲，別具意義。

題贈聯

★龔自珍贈魏源聯：
「讀萬卷書，行萬里路；綜一代典，成一家言。」
★于右任贈蔣經國聯：
「計利當計天下利，求名應求萬世名。」

座右銘聯

曾國藩以「世事多因忙裡錯，好人半自苦中來」自勉。

▶蘇東坡以「發憤識遍天下字，立志讀盡人間書」自勵。

UNIT 2-8
公職考試集錦

對聯於公職考試中出題率相當高，宜多加留心，才能有備無患。

1.【 】下列對聯與商家不相應的是：（107年公務員初等）
(A)「德必有鄰邀陸羽，園經涉足學盧全」：茶行 (B)「風塵小住計殊得，萍水相逢緣最奇」：旅館 (C)「如用之皆自明也，茍合矣不亦善乎」：眼鏡行 (D)「椿萱並茂交柯樹，日月同輝瑤島春」：家具行。

2.【 】「讀孔子遺書惟愛春秋一部，存漢家正統豈容吳魏三分。」依據本聯，下列選項描述同一人物的是：（107年公務員初等）
(A)「一張用赤兔染紅的臉／早已流傳成千古的傳奇」 (B)「空流太子的熱淚，一滴滴／隨森冷的易水，辜負了渡頭」 (C)「這人一朝是／東京八十萬禁軍教頭／如今行船悄悄／向梁山落草」 (D)「他是黑夜中／陡然迸發起來的／一團天火／從江東熊熊焚燒到阿房宮」。

3.【 】下列對聯與行業不相搭配的是：（107年公務員初等）
(A)「還我廬山真面目，攬他秋水舊風神」：相館 (B)「能解丈夫燃眉急，善濟君子束手難」：當鋪 (C)「往來盡是甜言客，談笑應無苦口人」：糖果店 (D)「六禮未成轉眼洞房花燭，五經不讀霎時金榜題名」：婚宴會館。

4.【 】下列楹聯，不適用於自家書房的是：（106年公務員初等）
(A)雨過琴書潤，風來翰墨香。 (B)德大千秋祀，名高百世師。 (C)研洗春波臨禊帖，香添夜雨讀陶詩。 (D)好書悟後三更月，良友來時四座春。

5.【 】下列各組對聯，行業別前後不同的選項是：（105年高考二級）
(A)圯橋曾進高人履，瀛海爭誇學士鞋／是留侯橋邊拾起，看王令天上飛來 (B)囊中都是延年藥，架上無非不老丹／參芎同功回造化，葫蘆品貴辨君臣 (C)色香古茂留真跡，翰墨因緣壯大觀／收拾破殘妙傳手法，表章古今功在儒林 (D)大塊文章百城富有，名山事業千古長留／滄海月明藍田日暖，懷珠川媚韞玉山輝。

6.【 】複選：下列對聯所適用的對象正確的是：（105年一般行政）
(A)細考蟲魚箋爾雅，廣收草木賦離騷：書店 (B)創人間頭等事業，理世上不平東西：當鋪 (C)劉伶借問那處好，李白還言在此家：酒館 (D)長留桃李春風面，聊解蒹葭秋水思：美容院 (E)笑我如觀雲裡月，憑君能辨霧中花：眼鏡行。

7.【 】祠堂大門兩側的對聯，往往就是一幅微型家譜，訴說著祖先的豐功偉業。下列對聯與姓氏的組合，何者錯誤？（104年普考）
(A)龍門新世第，柱史舊家聲：李姓 (B)江夏無雙德望，春申第一門風：孟姓 (C)三都賦手家聲遠，一傳門風世澤長：左姓 (D)誠身學業宗三省，經史文章冠八家：曾姓。

8.【 】「玉樹階前萊衣競舞，金萱堂上花甲初周。」此聯係用以祝何人壽辰？（93年外交特考）
(A)六十歲男壽。 (B)六十歲女壽。 (C)八十歲男壽。 (D)八十歲女壽。

公職試題詳析

1. 【D】 (A) 因為盧仝（音同）好飲茶，著有〈七碗茶歌〉；堪與撰有《茶經》的「茶聖」陸羽齊名。 (B)、(C) 正確。 (D)「椿萱並茂交柯樹，日月同輝瑤島春。」從「椿萱並茂」、「日月同輝」可知為祝雙壽之聯語。

2. 【A】 夜讀《春秋》的三國人物是關羽。 (A) 紅臉、騎赤兔馬的是關羽。 (B) 燕太子丹於易水畔慷慨悲歌，為荊軻送行。 (C) 八十萬禁軍教頭，向梁山落草為寇的是林沖。 (D) 火燒阿房宮的是項羽。

3. 【D】 (A)、(B)、(C) 皆正確。 (D)「六禮未成轉眼洞房花燭，五經不讀霎時金榜題名。」應為戲臺聯。因為演戲嘛，做做樣子即可，聘禮沒完成，就跳到洞房花燭夜；《五經》也不用真的讀，一下便金榜題名了。

4. 【B】 (A)「琴書」、「翰墨」為書房中常見之物。 (B)「百世師」指孔子；為孔廟之聯語。(C) 從「臨禊帖」、「讀陶詩」可知為書房聯。 (D) 反用「獨學而無友，則孤陋而寡聞」之意，謂有好書、良友相伴，自然是理想的學習環境，可作為書房之對聯。

5. 【D】 (A) 皆指鞋店 (B) 皆指中藥店 (C) 皆指裝裱店 (D)「大塊文章百城富有，名山事業千古長留」：書店／「滄海月明藍田日暖，懷珠川媚韞玉山輝」：珠寶店。

6. 【C.E】 (A) 應為中藥鋪聯；因「蟲魚」、「草木」皆為中藥材。 (B) 應為理髮店聯。 (C) 正確。 (D) 應為照相館聯。因為上聯用崔護「人面桃花」典故，下聯出自《詩經・秦風・蒹葭》思念伊人，皆謂留住美麗的容顏，聊解相思之苦；這似乎只有照相才能辦到了。 (E) 正確。

7. 【B】 (A) 龍門：東漢李膺，字元禮，當時太學生譽之為「天下楷模李元禮」；凡為他所接納者，稱為「登龍門」。柱史：相傳道家的始祖老子姓李名耳，曾任周朝柱下史。(B) 江夏無雙德望：漢章帝曾對各王侯說：「此天下無雙，江夏黃香。」春申第一門風：春申君即黃歇。 (C) 左思花十年寫成〈三都賦〉，洛陽紙價為之飛漲。 (D) 誠身學業宗三省：指「吾日三省吾身」的曾子。經史文章冠八家：指「唐宋八大家」之一的曾鞏。

8. 【B】 按：「金萱」為女性長輩之代稱。因一甲子為六十年，故「花甲」指六十歲頭髮花白的長者。「玉樹階前萊衣競舞，金萱堂上花甲初周。」賀六十歲女壽也。

實用百寶盒

　盧仝（795?~835），號玉川子，素有「茶仙」之稱。他曾寫過〈走筆謝孟諫議寄新茶〉一詩，其中最精彩的片段被稱為〈七碗茶歌〉：「一碗喉吻潤，二碗破孤悶。三碗搜枯腸，唯有文字五千卷。四碗發輕汗，平生不平事，盡向毛孔散。五碗肌骨清，六碗通仙靈。七碗吃不得也，唯覺兩腋習習清風生。蓬萊山，在何處？玉川子乘此清風欲歸去。」把品嘗新茶的意境，描寫得淋漓盡致。尤其喝到第七碗時整個人飄飄欲仙，彷彿即將羽化飛升，簡直妙不可言！

UNIT 2-9
教師甄試寶典

對聯是當今教師甄試出題的淵藪，試整理出重點如次：

1. 對聯的特色，在於形式要相「對」（對仗），意思須相「聯」（聯繫）。就形式而言，上、下二聯字數、句數要相等，相對位置須平仄相反，並符合「仄起平收」原則：上聯的末字須為仄聲，下聯的末字必用平聲。（104 年臺北市、105 年臺南市、105 年桃園市）

2. 時令類：「寒食雨傳百五日，花信飛來廿四春。」是清明節的對聯。因為從冬至到寒食剛好是一百零五天，故寒食又稱「一百五日」；寒食的第三日即清明，現今清明掃墓完全取代了寒食節的習俗。依節氣，春天從小寒到穀雨，共有二十四種花依序開放，故有二十四種應花期而來的風，即「花信風」。（104 年臺南市）

3. 慶賀類：「中郎有女傳家業，道韞能詩壓弟昆。」是賀生女聯。因為蔡中郎是東漢大儒蔡邕，有女兒文姬飽讀詩書、通曉音律，得以傳承乃父之志業。東晉才女謝道韞一句詠雪詩，便較堂兄弟技高一籌，而贏得「詠絮才子」的美譽。藉蔡文姬、謝道韞二才女，來祝賀別人喜獲千金。（104 年臺南市）

4. 行業類：「是留侯橋邊拾起，看王令天上飛來。」是鞋店的對聯。因為留侯張良曾為圯上老人拾鞋、穿鞋，後獲授兵書。仙人王喬曾任葉縣令，其車騎每騰空飛行，將至必有雙鳧飛來，人們舉網捕捉，只網獲王喬腳上的鞋子。（103 年基隆市）

「劉伶問道誰家好，李白回言此處佳。」是酒樓的對聯。因為酒鬼劉伶酒癮發作，曾假祭祀之名，哄妻子準備一桌酒菜，結果又喝得頹然醉倒。李白亦嗜酒如命，據說他在長安酒家痛飲，「天子呼來不上船，自稱臣是酒中仙。」（104 年中區）

「樂教梓楠同受範，喜看桃李廣成才。」是教師專用的對聯。因為「梓楠」皆為良材，比喻優秀的弟子。「桃李」指老師所栽培的學生。（104 年教檢）

5. 祠楹類：「德配天地，泗水文章昭日月；道貫古今，杏壇禮樂冠華夷。」是山東曲阜孔廟的對聯。由於「泗水」是山東省境內的一條河流，呼應孔子是山東人。孔子是萬世師表，功在「杏壇」（教育界）；又提倡禮樂制度、華夷之別，足以「德配天地」、「道貫古今」！（101 年南臺灣、103 年竹科）

「生死一知己，存亡兩婦人。」是安徽霍縣韓信墓祠的對聯。韓信曾因蕭何的力薦，得到劉邦重用；後來卻因蕭何礙於呂后淫威，而將他騙至長樂宮鐘室殺害。對韓信來說，真是「成也蕭何，敗也蕭何」，他的榮辱生死全繫乎知己蕭何一人。「兩婦人」指對他有「一飯之恩」的漂母，曾經救濟過他；以及對他痛下殺手的呂后，取其性命，並夷其三族。（105 年臺南市）

「有官不仕陶彭澤，無酒難留李謫仙。」「百畝盡栽元亮秫，一溪尋得武陵桃。」「五斗辭官增傲骨，十年沽酒潤枯腸。」皆謂陶淵明。他字元亮，嗜酒，不為五斗米折腰而辭官。任彭澤令時，曾種百畝的秫，用以釀酒。又撰有〈桃花源記〉一文。（103 年竹科）

時令聯

清明聯

「寒食雨傳百五日，花信飛來廿四春。」

慶賀聯

賀人生女聯：「中郎有女傳家業，道韞能詩壓弟昆。」

行業聯

鞋店聯：「是留侯橋邊拾起，看王令天上飛來。」

教師專用聯：「樂教梓楠同受範，喜看桃李廣成才。」

酒樓聯

「劉伶問道誰家好，李白回言此處佳。」

祠楹聯

山東曲阜孔廟聯

「德配天地，泗水文章昭日月；道貫古今，杏壇禮樂冠華夷。」

陶淵明祠聯

「有官不仕陶彭澤，無酒難留李謫仙。」／
「百畝盡栽元亮桃，一溪尋得武陵桃。」／
「五斗辭官增傲骨，十年沽酒潤枯腸。」

安徽霍縣韓信墓祠聯

「生死一知己，存亡兩婦人。」

漂母對韓信有「一飯之恩」。	呂后將韓信騙至長樂宮殺害。

彭澤令 → 性嗜酒

桃花源記 → 不為五斗米折腰

第2章 對聯

UNIT 2-10 升學考試祕笈

1.【 】依據對聯原則與故事情境，甲文_____內小兒所對的下聯應是：（107年統測）

> **甲文：選自祝允明《前聞記》**
>
> 太祖皇帝一日閱遠方驛夫，見一小兒在其中，問之，兒對曰：「臣父當此役，近日死，臣代役耳。」上曰：「你幾歲？」兒對曰：「七歲。」上曰：「能作對麼？」兒對曰：「能。」上曰：「七歲孩兒當馬驛」，即應聲「_____」。上大喜，蠲其役。

(A) 萬年天子坐龍庭 (B) 萬里長征人未還 (C) 萬頃江田一鷺飛 (D) 萬古惟留楚客悲

2.【 】下圖是兩副吟詠鄭成功的對聯，請依文意與對聯組成原則，選出最適合的選項：（103年學測）

甲、方知海外有孤忠；乙、稱名則婦孺皆知；丙、敢向東南爭半壁；丁、舉目有河山之異

	❶	❷	❸	❹
(A)	丙	甲	丁	乙
(B)	丙	乙	丁	甲
(C)	丁	甲	丙	乙
(D)	丁	乙	丙	甲

諸王無寸土，一隅抗志，❹
四鎮多貳心，兩島屯師，❸
南天留祠宇，雄圖雖渺，❷
東海望臺澎，風景不殊，❶

3.【 】下圖是張之洞所撰的蘇軾故居對聯，上、下聯各缺兩句，請依文意與對聯組成原則，選出甲、乙、丙、

三蘇中天才獨絕，❸，❹
五年間謫宦栖遲，❶，❷

丁依序最適合填入的選項：（102年學測）
甲、較量惠州麥飯、儋耳蠻花；乙、若論東坡八詩、赤壁兩賦；丙、還是公遊戲文章；丁、哪得此清幽山水

	❶	❷	❸	❹
(A)	甲	丁	乙	丙
(B)	乙	丁	甲	丙
(C)	甲	丙	乙	丁
(D)	乙	丙	甲	丁

4.【 】下列對聯內容，依序可適用於哪些行業？（101年統測）
甲、明看企業精機杼，
和以生財織錦雲。
乙、妙技發揮鑲造邾犀年返少，
奇功施展整修編貝齒生春。
丙、育種培苗蔥蘢萬樹呈詩意，
防洪抗旱聳峙層巒蘊水源。
(A) 紡織業／牙醫業／林業 (B) 電子業／美容業／農業 (C) 銀行業／牙醫業／水利業 (D) 精算業／美容業／園藝業

5.【 】（甲）「一飯尚銘恩，況曾襁抱提攜，只少懷胎十月；千金難報德，即論人情物理，也當泣血三年。」
（乙）「為人如等邊矩形，處世若一次曲線，哭吾師竟至無窮遠點；授業有強磁在身，解惑燃乙炔於夜，願先生風範長留人間。」從上述甲、乙二輓聯文意判斷，聯中所悼輓的對象分別應是：（94年學測）
(A) 母親／啟蒙老師 (B) 乳母／數理老師 (C) 祖母／啟蒙老師 (D) 父親／數理老師

1.【A】明太祖的上聯是「七歲孩**兒**當**馬**驛」，七歲小兒的下聯應為：萬**年**天**子**坐**龍**庭。因為：(1)就平仄而言，上聯為「仄**仄**平**平**平**仄**仄」，下聯第二、四、六字須完全與上聯相反，而「年」為平聲、「子」為仄聲、「龍」為平聲，賓果！完全正確。

(2)就意思來看，(A)萬年天子坐龍庭：正好諷刺他這皇帝是怎麼當的，自個兒高坐龍庭之內，卻讓百姓民不聊生，七歲小兒都要出來代父服役。 (B)萬里長征人未還：小兒的父親是死了，顯然不是「長征」，人永遠無法生還，故與「人未還」（還沒回來），語意不合。 (C)萬頃江田一鷺飛：寫景，與此意思不合。 (D)萬古惟留楚客悲：七歲小兒不是楚客，也沒說他心中的悲情，故不合。

2.【D】第一副 上聯：「東海望臺澎，風景不殊，舉目有河山之異。」下聯：「南天留祠宇，雄圖雖渺，稱名則婦孺皆知。」按：(1)必須掌握「仄起平收」的原則：上聯末字必是仄聲，下聯末字定為平聲。(2)再看上、下聯文意要有聯繫：上聯用「新亭對泣」之典，周侯感嘆：「風景不殊，舉目有江河之異！」下聯說鄭成功「雄圖雖渺」，但婦孺皆知其姓名。第二副 上聯：「四鎮多貳心，兩島屯師，敢向東南爭半壁？」下聯：「諸王無寸土，一隅抗志，方知海外有孤忠。」按：(1)須掌握「仄起平收」原則。(2)再看文意：上聯「四鎮」、「兩島」、「半壁」，下聯對以「諸王」、「一隅」、「孤忠」，是典型的數字對。

3.【A】上聯：「五年間謫宦栖遲，較量惠州麥飯、儋耳蠻花，哪得此清幽山水？」寫東坡之遊宦生涯。下聯：「三蘇中天才獨絕，若論東坡八詩、赤壁兩賦，還是公遊戲文章。」言東坡之文學成就。

4.【A】甲、「明看企業精機杼，和以生財織錦雲。」按：從「精機杼」、「織錦雲」，可以看出是紡織業。乙、「妙技發揮鑲造瓠犀年返少，奇功施展整修編貝齒生春。」按：「瓠犀」、「編貝」皆指牙齒，《詩經·衛風·碩人》謂莊姜「齒如瓠犀」，牙齒整齊美麗。後世也有「齒如編貝」之說，牙齒像貝殼般整齊排列。丙、「育種培苗蒽蘢萬樹呈詩意，防洪抗旱聳峙層巒蘊水源。」按：從「萬樹」、「聳峙層巒」（聳立於群山之間）看，應指造林業。

5.【B】(甲)上聯：「一飯尚銘恩，況曾褓抱提攜，只少懷胎十月」，應指乳母；因為自幼餵養他、照顧他，但「只少懷胎十月」，所以不是母親。 (乙)從「矩形」、「曲線」、「強磁」、「乙炔」等，可知與數理相關；又從「吾師」、「授業」、「解惑」、「先生」等，斷定所輓對象應是老師。

實用百寶盒

《詩經·衛風·碩人》：「手如柔荑，膚如凝脂，領如蝤蠐，齒如瓠犀，螓首蛾眉。巧笑倩兮，美目盼兮。」採用一連串的譬喻法，白描莊姜夫人的美麗：雙手像春天初生的茅芽般柔嫩，皮膚像凝結的油脂般白皙，頸項如蝤蠐般潔白而纖長，牙齒像瓠瓜的種子般整齊有致，額頭廣闊如蟬兒，雙眉細長如飛蛾的觸鬚。她笑起來的樣子，顴頰特別美；一對黑白分明的眼睛，目光流轉，靈活生動，簡直教人魅力無法擋！

第3章
柬　帖

UNIT 3-1 柬帖概說

柬帖的意義

柬帖與便條、名片一樣，都是書信的變體。「柬」為「簡」之通假，就是寫在竹簡上的意思；「帖」則為寫在布帛之上。在紙張尚未發明以前，因書寫材料的不同，而出現「柬」、「帖」之異稱。古時「柬」、「帖」分稱，現代人習慣「柬帖」連用。故柬帖亦可簡稱為「帖」，指婚喪喜慶、交際應酬時邀約用的一種「書面通知」。換言之，日常生活中喜帖、訃聞、邀請函、禮單、謝卡等，皆可統稱為柬帖。

在造紙術還沒出現前，古人常把信息寫在竹片、木片或布帛上，通常稱寫在竹片上的文辭為「簡」、「竹簡」，寫在木片的文辭稱「札」、「牘」，而寫於布帛的文辭即稱「帖」。然後再將寫於竹簡的長篇大論，纂輯成「冊」；將寫於布帛的長篇之作，編製成「卷」。由此可知，簡、札、牘、帖為古代圖書（冊、卷）的雛形。

柬帖的種類

柬帖的種類，可根據形式、內容的不同作區分：

（一）依形式分

1. 卡片式：一張硬紙板，正面印有「賀年卡」、「生日卡」、「邀請卡」或「感謝卡」等字樣及漂亮的圖案；背面為空白，可當交際應酬的柬帖使用。

2. 摺疊式：將硬紙板摺疊後，分為內、外兩部分。外面印有柬帖的名稱及精美設計，裡面留白可供書寫。這是比較考究的柬帖形式，還有左開式、右開式及下開式之區別。

3. 直式與橫式：

所謂「直式」、「橫式」是就書寫方式直書、橫書而言，通常前者稱為「中式」，指由右至左直行書寫；後者則稱「西式」，即橫行從左寫到右。因為從前中文習慣直寫、西文喜歡橫寫的緣故；不過現代人為了與國際接軌，中文也漸漸改成橫書了。

（二）依內容分

如依柬帖的內容不同，可概分為「婚嫁柬帖」、「慶賀柬帖」、「喪葬柬帖」和「應酬柬帖」四種。

1. 婚嫁柬帖：一對男女締結良緣，在舉行婚禮之前，雙方家長或新郎、新娘會發出請帖，將喜訊告知親朋好友，此即婚嫁柬帖。婚嫁柬帖包括「訂婚柬帖」、「結婚柬帖」和「出嫁柬帖」；時人較不重視繁文縟節，出嫁柬帖常與結婚柬帖合併，鮮少單獨出現。

2. 慶賀柬帖：舉凡日常生活中喜慶活動，如壽誕、彌月、開張、遷移、廟會、節慶等，都會邀請親戚朋友、社會賢達來聚會或觀禮；這時所發出的邀請函，統稱為慶賀柬帖。

3. 喪葬柬帖：人過世後，在處理喪葬過程中，將其死訊告諸親族舊友、社會各界時所使用的「書面通知」，如「報喪條」、「訃聞」、「告窆」、「公祭啟事」等，皆屬於喪葬柬帖的範疇。現今工商社會生活繁忙，主張一切從簡，因此報喪條、告窆已很少看到了。

4. 應酬柬帖：除了婚嫁、慶賀之外，我們在日常人際往來中還會用到許多應酬邀請函，如洗塵、餞行、茶會、酒會、同學會、謝師宴、研討會等的通知書，這些都是應酬柬帖。

圖解應用文——職場・大考・生活必勝絕招100回

✒ 柬帖的種類

依形式分

卡片式

一張硬紙板,正面印有「賀年卡」、「邀請卡」等字樣及漂亮的圖案;背面為空白,可當交際應酬的柬帖使用。

直式與橫式

★「直式」,指由右至左直行書寫,通常稱為「中式」。

★「橫式」,即橫行從左寫到右,就是所謂的「西式」。

★不過,現代人即使是中文書寫,也漸漸改成橫書了。

摺疊式

左開式／直式

右開式／橫式

下開式／橫式

將硬紙板摺疊後,分為內、外兩部分。外面印有柬帖的名稱及精美的設計,裡面留白處可供書寫。

依內容分

婚嫁柬帖

一對男女締結良緣,在舉行婚禮之前,雙方家長或新郎、新娘會發出請帖,將喜訊告知親朋好友,此即婚嫁柬帖。

▲婚禮上,為了表示對岳父母、舅父母的尊重,依禮必須親自呈送「十二版帖」,恭敬邀請他們來參加喜宴。

慶賀柬帖

日常喜慶活動,如壽誕、彌月、開張、遷移、節慶等,欲邀請親友來聚會,所發出的邀請函,統稱為慶賀柬帖。

喪葬柬帖

在處理喪葬過程中,將死訊公諸於世所使用的「書面通知」,如「報喪條」、「訃聞」、「告窆」、「公祭啟事」等,皆屬於喪葬柬帖的範疇。

應酬柬帖／直式

除了婚嫁、慶賀之外,還會用到許多應酬邀請函,如洗塵、餞行、茶會、酒會、同學會、謝師宴、研討會等通知書,都屬於應酬柬帖。

UNIT 3-2
婚嫁束帖

　　男婚女嫁是人類的終生大事。自古以來，兩姓聯姻，百年好合，不但是家庭制度的伊始，更是人倫關係的起點（男女結合而有夫婦、父子、兄弟的關係，再衍而為君臣、朋友），可見婚姻大事的重要性，怎不教人格外慎重其事？我們試著來了解婚嫁束帖的格式與用語，才能在辦喜事或喝喜酒時運用得體，不致因誤用而徒留笑柄。

格式

（一）訂婚束帖

　　訂婚束帖應包括：1. 訂婚人姓名與具帖人之間的關係，以及訂婚對象姓名；如「三男文叔與陰麗華小姐舉行訂婚典禮」。2. 訂婚日期、地點、禮事。3. 介紹人姓名。4. 恭請受帖人光臨。5. 具帖人姓名，禮告敬辭；如「劉欽鞠躬」。6. 宴客地點、時間。

（二）結婚束帖

　　基本上與訂婚束帖的格式大同小異：1. 結婚人姓名與具帖人間關係，以及結婚對象姓名。2. 結婚日期、地點，禮事。3. 結婚方式或證婚人、介紹人姓名。4. 恭請受帖人光臨。5. 具帖人姓名，禮告敬辭。6. 宴客地點、時間。

（三）出嫁束帖

　　如今多與結婚束帖併用，較為罕見。出嫁束帖應包含：1. 出嫁人姓名與具帖人間關係，以及所適者姓名；如「長女麗華出閣所適劉文叔先生」。2. 出嫁日期、禮事。3. 恭請受帖人光臨。4. 具帖人姓名，禮告敬辭；如「陰陸 敬邀」。5. 宴客地點、時間。

　　如果只在平面媒體刊登訂婚、結婚啟事，就要將「恭請受帖人光臨」、「宴客地點、時間」二項省略，文末加上「特此敬告諸親友」即可。

用語

（一）束帖內容

　　1. 嘉禮、吉夕、合巹：都是結婚用語。「合巹」原指新郎、新娘在婚禮上共飲交杯酒，後為結婚之代稱。

　　2. 文定：訂婚用語，另有「過定」之稱。本指周文王娶太姒，親迎於渭，聯舟絕水，後用作納幣訂婚之意。

　　3. 于歸：女子出嫁用語。出自《詩經・周南・桃夭》：「之子于歸，宜其室家。」此為賀嫁女之詩。

　　4. 福證：請人證婚的敬語。

　　5. 闔第光臨：歡迎全家到來之意。

　　6. 詹於：或作「占於」，意謂占卜選定良辰吉日，為指示時間的用語。

（二）禮金封套

　　1. 賀儀、賀敬、菲儀、菲敬、不腆之儀：用於婚嫁或其他喜慶皆可。

　　2. 喜儀：賀結婚專用。

　　3. 花燭代儀、花燭之敬：賀男方結婚專用。古時洞房中會點燃一對龍鳳花燭，故以「花燭」借指新婚。

　　4. 花粉之敬、于歸之敬、花粉代儀、妝儀、花儀、粉儀：賀女方結婚專用；因為花粉、妝品均為女子之物。

　　5. 代料：賀女方結婚專用；謂用禮金代替買衣料以賀喜。

　　6. 代幛：賀男方結婚專用；謂用禮金代替買喜幛以祝賀。

婚嫁柬帖範例

訂婚柬帖

由雙方家長具名

謹詹於中華民國 99 年 9 月 9 日（星期四）中午十二時假臺北市皇家飯店為 三男文叔 長女麗華 舉行訂婚典禮　敬請

觀禮

（男方）劉　欽
　　　　樊嫻都 謹邀
（女方）陰　陸
　　　　鄧　悅

席設：臺北市江山路 100 號皇家飯店鶯鳳廳
時間：上午十一時三十分入席

由男方家長具名

謹詹於中華民國 99 年 9 月 9 日（星期四）為 三男文叔 陰麗華小姐 舉行訂婚典禮敬治喜筵　恭請

光臨

（男方）劉　欽
　　　　樊嫻都 鞠躬

恕邀｛席設：臺北市江山路 100 號皇家飯店鶯鳳廳
　　　 時間：上午十一時三十分入席

結婚柬帖

由男女雙方當事人具名

承蒙 焦仲卿先生 劉蘭芝女士 介紹我倆謹訂於中華民國 99 年 10 月 10 日（星期日）敬請 劉聖公先生福證舉行婚禮敬備喜筵　恭候

光臨

劉文叔 陰麗華 鞠躬

席設：臺北市秀麗路 100 號風華飯店嬌寵廳
時間：下午六時三十分入席

由男女雙方當事人具名，刊登於平面媒體之訂婚啟事

訂　婚　啟　事

茲承 焦仲卿先生 劉蘭芝女士 介紹並徵得雙方家長同意我倆謹擇於中華民國 99 年 9 月 9 日（星期四）在臺北市舉行文定之禮　特此告諸親友

劉文叔 陰麗華 鞠躬

出嫁柬帖

由女方家長具名

謹詹於中華民國 99 年 10 月 10 日（星期日）長女麗華出閣所適劉文叔先生敬備菲酌　恭候

臺光

（女方）陰　陸
　　　　鄧　悅 鞠躬

席設：臺北市秀麗路 100 號風華飯店嬌寵廳
時間：下午六時三十分入席

由男方家長具名，刊登於平面媒體之結婚啟事

結　婚　啟　事

謹詹於中華民國 99 年 10 月 10 日（星期日）為 三男文叔 陰麗華小姐 舉行結婚典禮　特此告諸親友

（男方）劉　欽
　　　　樊嫻都 鞠躬

UNIT **3-3**
慶賀、應酬柬帖

由於慶賀、應酬柬帖性質較近,都屬於一般人際往來常見的應用文書,故本文合併說明。

格式

(一)慶賀柬帖

如壽慶柬帖應具備:1. 祝壽之日期。2. 壽星的稱謂、姓名和年齡。3. 祝壽的方式、時間、地點。4. 恭請受帖人光臨。5. 具帖人姓名或具帖機關團體全銜,禮告敬辭。

又慶典柬帖的格式:1. 慶典名稱、日期,禮事。2. 慶典方式、時間、地點。3. 恭請受帖人光臨指教。4. 具帖人職銜、姓名或具帖機關團體全銜,禮告敬辭。

另如彌月、開張、遷移等柬帖,格式、寫法大同小異,可依此類推。

(二)應酬柬帖

一般應酬柬帖應包括五項內容:1. 宴會時間、地點和方式。2. 宴會事由。3. 恭請受帖人光臨指教。4. 具帖人職銜、姓名或具帖機關團體全銜,禮告敬辭。5. 回條。(按:為了掌握當天的與會人數,以利安排相關事宜,可自行設計回條,讓受邀請人事先回復。)

用語

(一)柬帖內容用語

1. 桃觴、桃樽:據《幼學瓊林》載:「王母蟠桃,三千年開花,三千年結子,故人借以祝壽誕。」凡與祝壽相關之辭語,都會冠上「桃」字。

2. 秩、晉:十年稱為「秩」,「晉」即進也。如九十二歲作「九秩晉二」。

3. 嵩祝:賀人壽比嵩山的用語。

4. 湯餅:古時小兒出生三日舉行「湯餅會」,今人彌月酒席亦稱湯餅。

5. 周晬(ㄗㄨㄟ ㄟ):指小嬰兒滿週歲。

6. 弄璋:賀人生兒子之用語。弄璋,拿玉器給男孩玩,望他日後品德溫潤如玉,成為一名謙謙君子。

7. 弄瓦:賀人生女兒之用語。瓦,據許慎《說文解字》云:「土器已燒之總名也。」指陶土製成的器具,如餐具;一說是紡錘,古時以此作為女孩的玩具,希望女孩將來成為賢慧的主婦,照顧好家人的衣食。

8. 祖餞、餞行:設宴為人送行。

9. 洗塵、洗泥、接風:設宴歡迎遠人歸來或到來。

10. 臺光:恭請他人蒞臨的敬語。

(二)禮金封套用語

1. 桃儀、桃敬、祝儀、壽儀、壽敬、帶桃:給人賀壽用。

2. 彌儀、湯餅之敬:賀小孩滿月。

3. 弄璋之敬:賀人生子。

4. 弄瓦之敬:賀人生女。

5. 晬敬、晬盤之敬:賀小兒週歲。

6. 喬儀、喬遷之敬、遷敬、鶯遷之敬:賀升遷、遷居。

7. 落成之喜、落成之敬:賀落成。

8. 開張之喜、開幕之敬:賀開張、開幕。

9. 程儀、贐儀:贈遠行者之用。

 慶賀、應酬柬帖範例

慶賀柬帖

壽慶柬帖

中華民國 107 年 9 月 19 日（星期三）欣逢
家嚴八秩壽辰敬治桃觴　恭候

光臨

宜誠
大器子陳宜誥　鞠躬
宜謐

恕邀 { 席設：臺北市秀水路 99 號湖光飯店明媚廳
時間：中午十二時入席

彌月柬帖

中華民國 107 年 9 月 18 日（星期二）為小女允彤彌
月之期敬治筵席　恭候

臺光

葉順和
許曉白　鞠躬

恕邀 { 席設：臺北市健康路 38 號幸福酒店
時間：中午十二時入席

新居落成柬帖

謹擇於中華民國 108 年 1 月 13 日（星期日）新居落
成敬治菲酌　恭請

光臨

簡筱椏　謹訂

恕邀 { 席設：自宅
時間：中午十二時入席

店面開張柬帖

本店業經籌備就緒謹訂於中華民國 107 年 9 月 12 日
（星期三）開張營業敬備茶點　敬請

光臨指教

巧藝美甲工作坊店長
張喬芯　謹訂

恕邀 { 地址：臺北市愛美路 160 號
電話：(02)23838238

應酬柬帖

觀禮柬帖

謹訂於中華民國 107 年 9 月 11 日（星期二）上午九
時至十二時假臺北市民主路 20 號美好飯店澄心閣舉
行銀髮族歌唱比賽暨頒獎典禮　恭請

蒞臨指導

臺北市長春藤文教基金會
第 13 屆會長張要文　敬邀

謝師宴柬帖

為慶祝教師節感謝師恩謹訂於中華民國 107 年 9 月
28 日（星期五）下午六時三十分舉行謝師宴　恭候

蒞臨賜訓

星斗大學國際貿易系
第 14 屆應屆畢業生　敬上

恕邀 { 席設：臺北市大學路 101 號
時間：下午六時三十分入席

UNIT 3-4
喪葬柬帖

格式

由於「報喪條」（舊時派人向親友報喪用的紙條）、「告窆」（把下葬日期訃告諸親友的文書）現今已少用，故不贅述。

（一）訃聞

從前喪家或治喪委員會向死者親友、社會各界報喪，此一動作稱為「訃聞」；而報喪的書面文字，即「訃文」。今天習慣統稱為「訃聞」。

在訃聞的內文中，應載明每位孝屬與死者的血緣關係。有的訃聞正面印有死者遺照，或附上死者的生平傳略，以供受帖者撰寫祭文、輓聯參考。訃聞通常為白紙黑字，但文中「鼎惠懇辭」、「鄉學寅世戚友」、「聞」等字，皆必須套印紅字。即把死訊訃告所有同鄉、同學、同寅（同事）、世交、親戚、朋友知道的意思。依民間習俗，如果死者年紀超過八十歲，或已有五代同堂（死者已當「高祖」，即「孫又有孫」）者，則訃聞可以用粉紅色紙印黑字。

訃聞應該包括：1. 死者的稱謂、姓名、字號。2. 死亡的時間（年、月、日、時）。3. 死亡的原因、地點。4. 死者的出生日期（年、月、日）、年齡。5. 親屬之善後禮事，移靈地點。6. 開弔日期、時間、地點。7. 安葬地點。8. 訃告對象。9. 主喪者及親屬具名，禮告敬辭。10. 喪宅地址、電話。

（二）公祭啟事

凡機關、學校、社團等集體向死者致祭，稱為「公祭」。公祭啟事的內容應包括：1. 公祭的時間、地點。2. 主祭團體名稱，禮告敬辭。公祭啟事或通知，如對內（自家員工），可直接張貼於布告欄上；如對外（外界粉絲、各界友人等），則須採公開登報或發布新聞稿等方式宣布。

用語

（一）柬帖內容用語

1. 先考、先嚴、先君、顯考、先父：稱已故的父親。

2. 先妣、先慈、顯妣、先母：稱已故的母親。

3. 父亡，子稱「孤子」；母亡，子稱「哀子」；父母雙亡，則稱「孤哀子」。

4. 壽終正寢：男喪用。如死於非命，曰「終」或「卒」。

5. 壽終內寢：女喪用。如死於非命，曰「終」或「卒」。

6. 卒年六十歲以上者，稱「享壽」；九十歲以上者，稱「享耆壽」；一百歲以上者，稱「享嵩壽」。不滿六十歲者，稱「享年」；三十歲以下者，稱「得年」。

7. 小殮：為死者加穿壽服。

8. 大殮：把死者的遺體放入棺木。

9. 成服：親屬各依服制穿著孝服。

10. 反服：本指兒死，無孫，父健在；父親反為兒子操辦喪事。今天多半指兒子過世，父母還活著，稱死者的父親為「反服父」、母親為「反服母」。白髮人送黑髮人是人間的至痛。

（二）禮金封套用語

1. 奠儀、楮敬、賻儀、素儀：弔祭用。楮，祭祀用的冥錢。賻，助人辦理喪事的財物。

2. 祭儀：祭冥壽用。

訃聞範例

子女具名之訃聞

按：「鄉學寅世戚友　聞」皆印紅字

顯妣魏母蕭太夫人閨名喚雲慟於中華民國 107 年 9 月 10 日下午 3 時 24 分壽終內寢距生於民國 20 年 3 月 6 日享壽 88 歲孝男無功孝媳美莉率孝孫女吟霜等隨侍在側當即移靈清水市立第一殯儀館親視含殮遵禮成服謹擇於民國 107 年 10 月 7 日（星期日）假該館思源廳上午 8 時設奠家祭 9 時公祭 10 時 15 分大殮隨即發引安葬於懷恩墓園叨在

鄉
學
寅
世
戚
友

誼哀此訃

孝　男　無功	
孝　媳　曾美莉	
孝　孫　有志	泣啟
孝孫女　吟霜	

聞

喪居：清水市道明路 144 號　電話：(02)12345678

治喪委員會具名之訃聞

按：「聞」印紅字

金鐘影帝追風（本名隋汶峰）先生於中華民國 107 年 9 月 9 日下午 1 時 44 分在仁心醫院病逝謹擇於 10 月 6 日（星期六）上午 8 時起在深山市傍水路第二殯儀館大德廳舉行公祭 10 時發引安葬於本市第三公墓　謹此奉

聞

金鐘影帝追風治喪委員會
主任委員　成天天
副主任委員　陸美美　徐曉丹　賀頂鴻
委員　尹　均　沈孟軒　盧　玲

總幹事　隋源生
副總幹事　李仁飛　陶珠功　葛崇吉
（依姓氏筆畫排列）

聯絡處：深山市傍水路 51 號　電話：(02)12345778

UNIT 3-5 實用職場大全

前面四節「柬帖相關知識」說明完畢,現在我們「現學現賣」,來做個練習吧!

婚嫁柬帖

【題目】陳三、伍娘的獨生女陳元元本週日將與歐陽方方家的老三歐陽扁扁訂婚,訂婚宴設於臺北市中山北路100號幸福大酒店,預計下午六點三十分可入席。請以女方家長具名方式,寫作柬帖一則。

> 謹詹於中華民國107年8月12日（星期日）為長女元元與歐陽方方先生三男扁扁訂婚敬備菲酌 恭候
>
> ## 光臨
>
> 陳三
> 伍娘 鞠躬
>
> 席設：臺北市中山北路100號 幸福大酒店
> 時間：下午六時三十分入席

慶賀柬帖

【題目】陳一、陳三姊弟於8月19日為母親慶祝八十六大壽,壽宴設於臺北市松柏路101號長青飯店,預計中午十二點入席。請以子女具名方式,寫作柬帖一則。

> 國曆8月19日（星期日）為家慈八秩晉六壽辰潔治桃觴 恭請
>
> ## 闔第光臨
>
> 陳一
> 陳三 鞠躬
>
> 席設：臺北市松柏路101號 長青飯店
> 時間：中午十二時入席

應酬柬帖

【題目1】市長候選人櫻桃子9月8日（星期六）將於清水市凱旋路99號成立競選總部,預計上午十點舉行茶會。請代競選團隊幕僚寫作柬帖一則。

> 為成立清水市長競選總部謹訂於9月8日（星期六）上午十時於本市凱旋路99號舉行茶會敬備茶點 恭候
>
> ## 光臨
>
> 清水市市長候選人 櫻桃子 敬邀

【題目2】真善美藝術協會12月1日至12月31日白天將於市立文化中心舉行「聖誕節感恩書畫展」。請以該協會立場,撰寫柬帖一則。

> 謹訂於中華民國107年12月1日至12月31日於市立文化中心舉行「聖誕節感恩書畫展」 敬請
>
> ## 光臨指導
>
> 真善美藝術協會 敬邀
>
> 展覽時間：每日上午九時至下午五時

喪葬啟事

【題目】開心企業董事長曾黑皮先生於107年4月8日13時24分病逝,擬於5月4日假本公司大禮堂舉行告別式。請代撰公祭啟事一則。

> 本公司董事長曾黑皮先生於中華民國107年4月8日13時24分病逝謹擇於5月4日上午8時起至12時止假○市○路○號本公司大禮堂舉行公祭發引安葬於○墓園 謹此奉
>
> ## 聞
>
> 開心企業股份有限公司 謹啟

按：「聞」印紅字 ▶

✒ 職場教戰守策

婚嫁柬帖

1. 婚嫁柬帖又簡稱為「喜帖」，底色通常以大紅、粉紅或較喜氣的顏色為主；文字則以黑色或燙金為常見。

2. 更講究的喜帖還會附上新郎、新娘的唯美婚紗照。

3. 喜帖的式樣十分多元，價格也不等，從一張幾塊錢到上百元的都有，新人可依個人的實際需求來作選擇。

慶賀柬帖

1. 慶賀柬帖也會選擇大紅、粉紅或較喜氣的顏色；文字仍以黑色或燙金為常見。

2. 如為彌月柬帖往往會附上小嬰兒可愛度爆表的「超萌照」，設計風格也會較活潑、新潮，以符合年輕父母的喜好。

3. 如為老人家祝壽的慶賀柬帖一般式樣相對保守，以紅色、喜氣為宜。

應酬柬帖

1. 一般應酬柬帖用途廣泛，凡日常與人往來交際應酬所使用的「書面通知」均屬之。

2. 因此，隨著應酬的場合不同、情況不同，而出現各種款式迥異的應酬柬帖。

3. 有些比較一般性的應酬柬帖甚至直接以電子郵件寄發，不再列印出來，也省去了郵寄的手續。

▲瑤池春宴圖（資料來源：故宮典藏圖像資料庫）

喪葬啟事

1. 喪葬啟事雖然屬於「啟事」的範疇，但其「通知」功能等同於柬帖，所以姑且納入討論。

2. 無論柬帖或制式化的喪葬啟事其實都有固定的格式、用語，只要把正確的人、事、時、地等資訊直接套用即可，非常簡便。

3. 傳統的柬帖、制式的喪葬啟事通常不加註標點符號。

UNIT 3-6
公職考試集錦

圖解應用文──職場・大考・生活必勝絕招100回

　　柬帖在日常生活中應用十分廣泛，身為一名稱職的公務員，自然不可以不知道柬帖相關知識，因此也成為公職考試常見的題型之一。

1.【　】「近自海外歸來，特選購當地名產乙盒，敬希□□」，下列何者最不適合填入空格中？（106 年臺電）
(A) 拜收 (B) 哂納 (C) 笑納 (D) 惠存

2.【　】閱讀下列兩則柬帖：(1) 本月五日為小兒彌月之期，中午十二時敬治□□，恭請 臺光。 (2) 謹訂於本月二十日中午十二時，於舍下敬備□□，恭請 光臨。 判斷□□依序應填入適當的辭語是：（105 年關務特考五等）
(A) 桃觴／洗塵 (B) 嘉禮／桃樽 (C) 春卮／喜筵 (D) 湯餅／菲酌

3.【　】柬帖種類繁多，其用語多為專門術語，不宜任意更改。下列柬帖術語的使用，何項錯誤？（104 年普考）
(A)「嘉禮」、「吉夕」、「福證」用於婚嫁 (B)「稽首」、「賻儀」、「袝敬」用於喪葬 (C)「菲敬」、「彌儀」、「桃儀」用於喜慶送禮 (D)「哂納」、「莞存」、「領謝」用於喜慶送禮請收受

4.【　】有關婚喪喜慶的用語與適用場所的敘述，下列何者錯誤？（104 年臺銀保險經紀人）
(A)「花儀」、「奩敬」適用於賀人嫁女的場合 (B)「湯餅之敬」用於送他人生子或生女之禮 (C)「文定」、「于歸」兩者用於女子訂婚場合 (D)「奠儀」、「楮敬」適用於弔唁問喪的場合

5.【　】下列是由子女具名的壽慶柬帖，對於柬帖內容的說明，下列選項何者不正確？（101 鐵路）

```
國曆六月二日（星期六）為家嚴七秩晉七生辰敬備
蒲觴　恭候
光臨
　　　　　　　　　　　王大雄　鞠躬
　　　席設：○市○路○號
恕邀
　　　時間：六時入席
```

(A) 柬帖中的壽星今年為七十七歲
(B) 此為王大雄為父親祝壽的柬帖
(C) 柬帖中的「蒲觴」應改為「桃觴」
(D) 接獲此柬帖，可用「堂北萱榮」為祝壽的題辭

6.【　】下列柬帖用語的說明，正確的是：（97 年高考三級）
(A)「敬使」是指付送禮人之小費 (B)「踵謝」是指親自下跪答禮 (C)「文定」是指結婚之酒席 (D)「桃觴」是指謝師宴

7.【　】下列關於柬帖用語，何者解釋有誤？（95 年外交三等）
(A) 桃觴：祝壽的酒席 (B) 洗塵：辦酒席送客遠行 (C) 光陪：請陪客用的敬語 (D) 璧謝：奉還對方送來的禮物並道謝

8.【　】一般喜慶柬帖之用語，常見「秩」字，其意指：（95 年臺電）
(A) 秩序 (B) 職位 (C) 程序 (D) 制定等差 (E) 十年

9.【　】何種柬帖用語適合用於婚嫁？ 1. 吉夕 2. 嵩祝 3. 合巹 4. 桂漿 （普考模擬題）
(A)1 和 3 (B)1 和 4 (C)2 和 3 (D)2 和 4

10.【　】慶賀柬帖用語，下列用語何者指歡迎光臨之意？（普考模擬題）
(A) 臺光 (B) 賁臨 (C) 光陪 (D) 洗塵

1.【A】(A) 拜收：要求受贈者恭敬地接受，沒禮貌！ (B)、(C)、(D) 皆正確

2.【D】(A) 桃觴：祝壽之酒席／洗塵：設宴歡迎遠來或遠歸的人，亦作「接風」 (B) 嘉禮：本指飲食、冠昏、賓射、宴饗、賀慶等禮節，後專指婚禮／桃樽：壽酒 (C) 春卮：年酒，亦稱「春酒」。卮，圓形盛酒之器 (D) 湯餅：古稱嬰兒出生三日之宴為「湯餅」，今亦指滿月之酒席／菲酌：謙稱酒席

3.【D】(A) 嘉禮：婚禮／吉夕：結婚之夜／福證：請人證婚的敬語 (B) 稽（ㄑㄧˇ）首：一種俯首至地的最敬禮／賻（ㄈㄨˋ）儀：慰問喪家的禮金，也作「賻金」、「賻錢」，通常題於禮金封套上／祔（ㄈㄨˋ）敬：致送神主入祠堂之禮物的用辭；祔，三年喪事完畢 (C) 菲敬、彌儀（彌月禮金）、桃儀（祝壽禮金）用於喜慶送禮 (D) 哂納、哂存、莞納、莞存：送長官、長輩之禮時用／莞收、笑納：送平輩之禮時用／領謝：領受禮物並道謝

4.【C】(A) 正確：「花儀」、「奩敬」適用於賀人嫁女的場合。 (B) 正確：「湯餅之敬」用於送他人生子或生女之禮。 (C)「文定」指訂婚；「于歸」，女子出嫁，指結婚。 (D) 正確：「奠儀」、「楮敬」適用於弔唁問喪的場合。

5.【D】(A) 七秩晉七：七十七歲。 (B) 正確：此為王大雄為父親祝壽的束帖。 (C) 正確：束帖中的「蒲觴」應改為「桃觴」。 (D)「堂北萱榮」祝女壽也，男壽星宜用「椿庭長青」。

6.【A】(A)「敬使」：賞賜送禮工人之小費 (B)「踵謝」：親自登門道謝 (C)「文定」：訂婚 (D)「桃觴」祝壽之酒席

7.【B】(B) 洗塵：設宴歡迎遠來或遠歸的人／餞行：設酒食為人送行 (A)、(C)、(D) 皆正確

8.【E】按：一旬為十天，一稔為一年，一秩為十年，一紀為十二年，一世為三十年，一甲子等於六十年，一世紀為一百年。所以「秩」指十年。

9.【A】按：吉夕：新婚之夜／嵩祝：祝福他人壽比嵩山／合卺：婚禮中，新郎、新娘兩人交杯共飲／桂漿：指中秋節酒席。所以「吉夕」、「合卺」適用於婚嫁。

10.【B】(A) 臺光：恭請對方蒞臨；用在邀請對方，對方還沒來時。 (B) 賁（ㄅㄧˋ）臨：衣著光鮮的到來；指邀請對方來，而對方已在門口了。此典故出自《詩經·小雅·白駒》：「皎皎白駒，賁然來思。」 (C) 光陪：請人作陪客之敬語 (D) 洗塵：設宴歡迎遠來或遠歸的人

 實用百寶盒

傳統喪禮有所謂的「五服」：
1. 斬衰（ㄘㄨㄟ）：以最粗的麻布製成、不縫邊的喪服。子女為父母之喪，服三年。
2. 齊（ㄗ）衰（ㄘㄨㄟ）：以粗麻布製成，但縫邊的喪服。為二等親以外的親戚所服之喪，依親疏不同喪期有一年、五個月、三個月之分。
3. 大功：用熟麻布做成、質料略粗的喪服。為出嫁姊妹及堂兄弟之喪，服九個月。
4. 小功：用熟麻布做成、質料略細的喪服。為堂伯叔父母及堂姑之喪，服五個月。
5. 緦麻：用細麻布製成的喪服。為已出嫁之姑母、堂姊妹及族兄弟之喪，服三個月。

UNIT 3-7
教師甄試寶典

柬帖又稱「簡帖」，指婚喪喜慶、交際應酬時邀約用的書面通知。其中以婚嫁、喜慶、一般應酬及喪葬用語較受出題教授青睞，應特別留意！

婚嫁用語

1. 嘉禮：指婚禮。
2. 吉夕：指結婚之夜。
3. 合卺：指婚禮中，新郎、新娘交杯共飲，亦稱「喝交杯」；後用作婚禮之代稱。（103 年基隆市）
4. 文定：古指納幣定婚，亦稱「訂婚」、「過定」。（102 年臺南市、104 年新北市）
5. 于歸：指女子出嫁。（102 年臺南市）
6. 執柯：指為人作媒。
7. 恕邀：邀請之謙辭。謂本當親自登門邀請，礙於人數眾多，改以柬帖代替，請受帖人務必要寬恕。
8. 臺光：敬請光臨。（103 年基隆市）

喜慶用語

1. 湯餅：舊俗在小孩出生第三天或滿月舉行慶祝宴會，吃象徵長壽的「湯餅」（湯麵）；後來用以代稱滿月的筵席，亦稱「彌月」，即為出生滿一個月為嬰兒慶生。（104 年臺南市）
2. 弄璋：出自《詩經・小雅・斯干》：「乃生男子，載寢之床，載衣之裳，載弄之璋。」指拿玉器給小男孩玩，望他長大後品德如玉。弄璋，後為生男孩之用語。（102 年臺南市）
3. 踵謝：親自登門道謝。（103 年基隆市、105 年臺南市）
4. 領謝：收受禮物並道謝。（105 年臺南市）
5. 璧謝：退還全部禮物並道謝。璧，

璧還。（103 年基隆市、105 年臺南市）
6. 敬使：付給送禮佣人的小費，亦作「臺力」。（103 年基隆市、105 年臺南市）
7. 懸弧：指生男孩；因為古人家中添丁，於門左掛上一張弓。（104 年臺南市）
8. 設帨：指生女孩；古俗生女時，在門右設置佩巾。「帨」，音ㄕㄨㄟˋ，即佩巾。（104 年臺南市）

一般應酬用語

1. 蒲觴：指端午節的酒筵。因為農曆五月五日家家戶戶懸掛菖蒲，故端午節亦稱「蒲節」。觴，酒杯也。（103 年基隆市）
2. 桂漿：指中秋節酒席。因為中秋桂花飄香，故用以借代。漿，酒也。（104 年新北市）
3. 茱觴：指重陽節酒宴。舊傳農曆九月九日人人佩帶茱萸袋，飲菊花酒。
4. 酴酥：指元旦之酒會。「酴酥」，亦作「屠蘇」，酒名也。據說元日飲此酒，除了象徵一年的開始，還具有避邪作用。

喪葬用語

1. 死者年紀：不滿三十歲過世，稱「得年」、「存年」；不滿六十歲，稱「享年」；不滿九十歲，稱「享壽」；不滿一百歲，稱「享耆壽」；一百歲以上，則稱「享嵩壽」。（103 年基隆市、104 年臺南市）
2. 嚴制：稱父親去世，家人在家遵守喪制。（104 年新北市）
3. 慈制：稱母親去世，家人在家遵守喪制。（104 年新北市）

教甄必考內容

婚嫁用語

「執柯」出自《詩經・豳風・伐柯》:「伐柯如何?匪斧不克。娶妻如何?匪媒不得。」後世遂有「執柯作伐」的成語,指手拿斧頭去採伐,又引申為替人作媒之意。

喜慶用語

「璧謝」出自《左傳・僖公二十三年》:謂晉文公當年流浪到曹國,曹共公有眼不識泰山,未加禮遇;而賢臣僖負羈讓妻子為晉文公準備飲食,並在其中埋入一塊玉璧。僖負羈夫婦的情意晉文公心領了,但玉璧他不能收,所以退還回去。後世遂稱退還餽贈並表達謝意為「璧謝」。

一般應酬用語

蒲觴 端午酒席

萸觴 重陽酒席

酴酥 元旦酒席

桂漿 中秋酒席

喪葬用語

★「賻儀」、「奠儀」、「楮敬」、「帛金」,皆指致贈死者家屬的現金或財物而言。

★自古以來,中國人重視喪禮,凡出席親友的喪禮,大多會餽贈喪家財物,一則對亡者聊表心意,一則協助辦理喪事。

★現代人多以致贈金錢為主,事先放入封套內,並在套上註明「○○○先生(女士)千古」、「弔」、「輓」等字樣,以表哀戚之意。

(資料來源:故宮典藏圖像資料庫)

★贐儀、程儀:送別時贈給遠行者的財物。
☆節儀:年節時贈送的金錢或禮品。
★土儀:送人土產當禮物。
☆書儀:以買書為名贈與老師的禮金。

第3章 束帖

055

UNIT 3-8 升學考試祕笈

柬帖不但在日常生活使用廣泛，更是升學考試題目中的大紅牌，實在不可等閒視之。

1.【　】下列是一則陳○○邀請親友前來慶賀自己母親七十歲生日的柬帖，老師請班上學生修改其中的錯誤，哪一個選項的修改正確？（107 年二技統測）

2018 年	國曆六月二日 農曆四月十九日	（星期六）為

令慈七秩壽辰敬備桃觴　恭請

臺光

　　　　　　　　　　陳○○ 謹訂

(A) 學生甲：「令慈要改成家母才是！」(B) 學生乙：「壽辰要改成湯餅才是！」(C) 學生丙：「桃觴應改為六禮才對！」(D) 學生丁：「臺光應改成謹約才對！」

2.【　】複選：下列何者正確？（106 年高中職聯招）

「電臺情人」李季準 22 日晚間逝世於家中，享壽 74 歲。長子李孟孜表示，爸爸是在睡夢中安詳離開。擁有渾厚磁性嗓音的李季準，投身廣播 40 年，曾主持中廣感性時間、知性時間等節目，多次獲得金鐘獎肯定。2015 年還在女兒的攙扶下，現身第 50 屆廣播金鐘頒獎典禮領取「特別貢獻獎」，如今傳出離世消息，令人感傷。李季準公祭將在 5 月 7 日於高雄殯儀館舉行。

(A) 卒年六十歲以上稱「享壽」，不滿六十歲稱「享年」(B) 柬帖若由妻子具名，則稱過世為「先室李公季準」(C) 柬帖中凡對受帖者所用之字，如「鄉學寅世戚友」字，皆印紅色 (D) 若以哀輓致意，可選用「老成凋謝」、「德業長昭」、「典型足式」等題辭。

3.【　】下列有關應用文語彙的敘述，正確的選項是：（93 年指科）

(A) 祝賀女子七十大壽，題辭可用「花開甲子」(B) 祝賀男子八十大壽，題辭可用「斗山安仰」(C) 為表示對收信人的敬重，信封的啟封辭宜用「敬啟」(D) 在訃文中，父逝而母健在者稱「孤子」，母逝而父健在者稱「哀子」

4.【　】下列應用文內容與格式均正確者：（91 年北模）

(A)

陳世伯七秩大壽

　　　　福壽全歸

　　　　　　　　林日敬賀

(B) 上聯　靜以修身，儉以養德
　　下聯　勤則不匱，敏則有功

(C)

明晚六時在舍下敬備蒲觴，恭請　光臨
此上
承賢兄

　　　　　　　弟建國謹邀八月十日

(D)

請假單

一年二班十五號學生林旺，四月一日星期一因病不克前往上課。茲附上醫生證明乙份。請導師予以准假。此呈導師王夫奇

　　家長林三敬上
　　四月七日

(E)

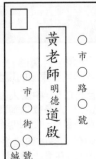

圖解應用文——職場・大考・生活必勝絕招100回

1.【A】(A) 正確:「令慈」要改成「家母」才是！(B)「湯餅」後指小孩滿月之宴席。(C)「六禮」為傳統訂婚時男方送給女方的六樣禮品,即「聘禮」也。(D)「臺光」即敬請大駕光臨之意。

2.【A.C.D】(A) 正確:卒年六十歲以上稱「享壽」,不滿六十歲稱「享年」。(B) 柬帖若由妻子具名,應稱「先夫李公季準」;「先室」是在世的丈夫稱已故的妻子。(C) 正確:柬帖中凡對受帖者所用之字,如「鄉學寅世戚友」字,皆印紅色。(D) 正確:若以哀輓致意,可選用「老成凋謝」、「德業長昭」、「典型足式」等題辭。

3.【D】(A) 花開甲子:祝六十大壽之賀辭。(B) 斗山安仰:輓男喪。(C) 啟封辭用「敬啟」,要收信人恭敬拆開信封,非常不禮貌!(D) 正確:訃文中,父逝而母健在者稱「孤子」,母逝而父健在者稱「哀子」。

4.【E】內容與格式均正確者:

(A)

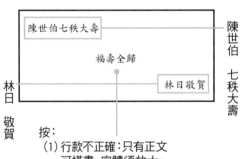

林日敬賀

陳世伯 七秩大壽

按:
(1) 行款不正確:只有正文可橫書,字體須放大。
(2) 內容不正確:「福壽全歸」是輓高齡辭世者之題辭。

(B) 上聯 靜以修身，儉以養德
下聯 勤則不匱，敏則有功

按:一般對聯不可加標點符號。

(C)

明晚六時在舍下敬備蒲觴　恭請
光臨
　此上
承賢兄
　　　　弟建國謹邀八月十日

按:「蒲觴」是端午酒席,但邀請日期是8月10日,故不正確。

(D)

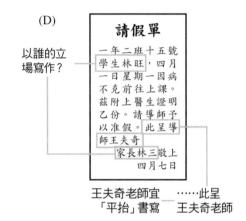

以誰的立場寫作？

請假單

一年二班十五號學生林旺,四月一日星期一因病不克前往上課。茲附上醫生證明乙份。請導師予以准假。此呈導師王夫奇
家長林三敬上
四月七日

王夫奇老師宜「平抬」書寫

……此呈 王夫奇老師

(E) 正確

實用百寶盒

　在傳統喪禮「五服」中,最重的是「斬衰」,通常指兒子、媳婦及未出嫁的女兒為父母之喪,服三年。

　已出嫁的女兒為自己的父母之喪,僅須服次重的「齊衰」,喪期一年;但為公婆之喪,必須服「斬衰」,三年。

　此外,「齊衰」可依與死者關係的親疏遠近,細分三類:

　1. 喪期一年:祖父母、伯叔父母、兄弟、未嫁之姑姊妹、夫為妻、已嫁之女為父母之喪。

　2. 喪期五個月:為曾祖父母之喪。

　3. 喪期三個月:為高祖父母之喪。

第4章
書　信

UNIT *4-1*
書信概說

書信的意義

所謂「書」，即刻在竹簡、木版上的言辭。所謂「信」，指誠實不欺的話語。而「書信」是用來向他人傳遞消息或溝通思想、情感的文字，是人與人之間社交往來、情意交流的重要媒介。

古代關山阻隔，交通不便，加上通訊軟體並未出現，因此書信與人們的日常生活關係密切。後來隨著書寫材料改變，書信產生許多異名。先秦兩漢時期，由於紙張尚未發明，信多半寫在竹簡、木牘上，所以書信往往被稱為「簡」、「牘」、「札」、「牒」等，當時偶爾也用絲帛織物來寫信，所以書信又有「箋」、「素」、「帖」等名稱。

此外，書信還有「翰」、「函」、「尺牘」、「鴻雁」等代稱。翰是鳥羽，古時多以羽毛為筆，故用以借指書信。函是信的封套，信一封稱一函，後也用來借代為書信。由於古代書函長約一尺，故稱「尺牘」、「尺素」、「尺翰」等。又古人有鴻雁傳書、鯉魚傳書之說，所以「尺鴻」、「尺鯉」、「雁足」、「雁帛」等，亦為書信之別名。

書信的種類

（一）依書信內容分

1. 對人：就發信人與收信人的關係而言，可概分為上行、平行、下行三種，分別指發信給長輩、平輩、晚輩。如寫信給師長為上行，給同事為平行，給子姪輩則為下行。

2. 對事：就寫信的目的而言，可概分為論事、應用、聯誼、應酬四類。如論學、議理等為論事類；請託、借貸等為應用類；思慕、問候等為聯誼類；祝壽、問病等為應酬類。

（二）依傳遞方式分

1. 郵寄：寄信人可依其需求選擇以平信、限時信、掛號信、存證信函等方式到郵局投寄。除了存證信函是法律文書的一種，有一定的寫作格式，可自行下載存證信函檔案，打好字印出來。其餘書信並無嚴格規定，可依個人方便，使用箋函（具有信紙、信封者）、郵簡（信封、信紙合一，可摺起來郵寄者）或明信片（正面為信封、反面為信紙，不可摺疊，直接郵寄者）等形式郵寄。通常我們會根據書信內容的重要性、隱密度，來決定用箋函、郵簡或明信片，當然箋函較明信片慎重且有隱私。

2. 託帶：請託他人帶交書信，一般不必寫地址，除非帶信人不知道。信封的文字是寄信人對帶信人說的，如框右欄寫「敬請　面交」；框內欄寫「要文表哥　臺收」；框左欄下方先寫日期，換行偏下處寫「陳小諾　拜託」。託帶信封的寫法視寄信人、帶信人和收信人三方之間尊卑長幼的關係而定，極為複雜，容後再述。託人帶交信件時，基於對帶信人的禮貌，信封以不封口為佳，故書信內容不宜涉及公、私祕密。

3. 傳真：利用傳真機傳送書信，速度快，效率佳，但隱密度低，且不夠慎重其事，通常適用於一般性事務上的書信往返。

4. 電子郵件：即「Electronic mail」，簡稱「E-mail」。透過電腦，將書信內容，經由網際網路傳送給收信人。簡便又快速，但容易偽冒，因此不宜傳遞具有法律效力的檔案。

圖解應用文——職場・大考・生活必勝絕招100回

 **書信的傳遞**

❶郵寄

平信

限時信

明信片　　　　　郵簡　　　　　掛號信　　　　存證信函

❷託帶

請託他人帶交書信：
　（1）信封上不必寫地址。
　（2）信封文字是寄信人對帶信人說的。
　（3）信封不封口，故內容不宜涉及祕密。

機祕

❸傳真

利用傳真機傳送書信，速度快，效率佳，但隱密度低，且不夠慎重其事。

❹電子郵件

★即「Electronic mail」，簡稱「E-mail」。

★透過電腦，將書信內容，經由網際網路傳送給收信人。

★簡便又快速，但容易偽冒，因此不宜傳遞具有法律效力的檔案。

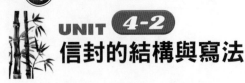

UNIT 4-2 信封的結構與寫法

書信傳遞時，郵寄信封、託人帶交的信封，在寫法上有明顯的差異。

郵寄信封

由於信封上是郵差對收信人的稱呼，非寄信人對收信人的稱呼，所以應作「陳大器　先生　鈞啟」，而非「陳大器　父親　鈞啟」，因為郵差不能喊收信人父親，否則就貽笑大方了。

1. 中式（直式）：（1）框右欄：寫收信人的地址，儘量寫成一行，但字多時可分兩行書寫。此欄文字不宜高過框內欄的收信人姓名，且字體應略小，以示對收信人的尊重。（2）框內欄：寫收信人的「姓、名、稱呼、啟封辭」，姓必須寫在紅框內最高的位置，而啟封辭（長輩用「鈞啟」、平輩用「臺啟」、晚輩用「收啟」等）宜寫在紅框內的底部，但都不可觸碰到紅色框線。（3）框左欄：偏左下的位置寫上寄信人的地址、姓名及緘封辭（收信人是長輩用「謹緘」、平輩或晚輩用「緘」或「寄」）。此外，框右欄上方、框左欄下方的小方格，請務必填入正確的郵遞區號。

2. 西式（橫式）：（1）左上角：分行橫寫寄信人的郵遞區號、地址、姓名和緘封辭。（2）中央偏右：分行橫寫收信人的郵遞區號、地址、「姓、名、稱呼、啟封辭」。但英文書信先寫收信人姓名，再寫其郵遞區號、地址。（3）右上角：黏貼郵票。凡橫書，皆由左而右橫行書寫。

3. 明信片：正面為信封，寫法與中式信封相同，只是框內欄的啟封辭應改用「收」；框左欄的緘封辭一律用「寄」。明信片不夠慎重，故不宜寄給長輩，也不宜當作正式的信函。

託帶信封

一般多採用中式信封，分為三部分：（1）框右欄：a. 附件語：寫在最右一行，是寄信人對收信人說除了書信還有附件，如「外　水蜜桃乙盒」；如無附帶物品，則省略。b. 託帶語：如寄、帶、收信人都是平輩，可用「敬請　面交」；如寄、帶人是平輩，收信人是長輩，可用「敬請　面陳」；如寄、帶人是平輩，收信人是晚輩，可用「敬請　擲交」。如寄信人是晚輩，帶、收信人是長輩，可用「敬請　○○世伯　袖交」；如寄、收信人是平輩，帶信人是長輩，可用「敬請　○○世伯　擲交」。如寄信人是長輩，帶、收信人是平輩，可用「面交」。如寄、收信人是平輩，帶信人是晚輩，可用「面陳」。

（2）框內欄：通常帶信人為熟人，故只寫收信人的「名字、稱呼、啟封辭」即可，不必寫出其姓氏。如帶信人是長輩，就寫收信人的名；若請平輩或晚輩帶信，則寫收信人的字或號。收信人如為寄信人的直系尊親屬（祖父母或父母），只能寫「家祖父」、「家祖母」、「家嚴」、「家慈」，再加上「大人」二字。絕不可直呼他們的名諱、字號。收件辭，由於託帶信不封口，一般有附件者，用「檢收」、「查收」；沒附件者，對長輩用「賜收」、平輩用「臺收」、晚輩用「收」。

（3）框左欄：包括寄信人自署（姓名全署，或僅署名皆可）、拜託辭（帶信人是長輩用「謹託」、「敬託」；是平輩用「拜託」；是晚輩用「託」）和發信時間（字體略小，寫日月即可）。

信封的寫法

郵寄

中式

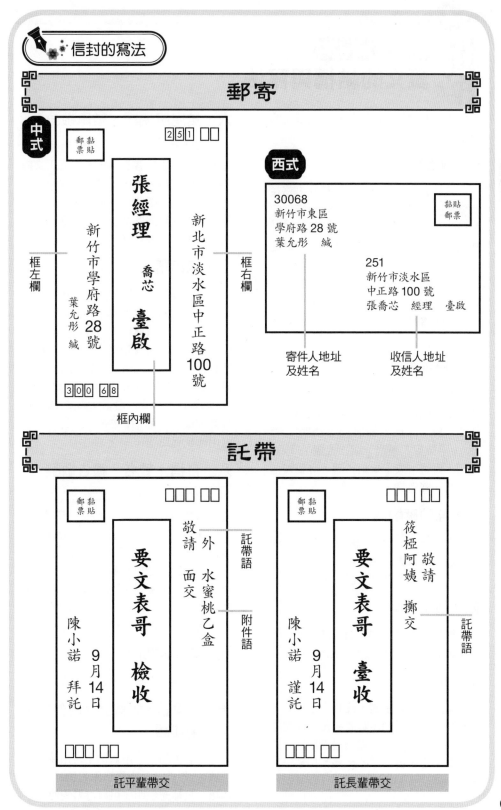

黏貼郵票

251 □□

張經理 喬芯 臺啟

新竹市學府路28號 葉允彤 緘

新北市淡水區中正路100號

300 68

框左欄 · 框右欄 · 框內欄

西式

30068
新竹市東區
學府路28號
葉允彤 緘

黏貼郵票

251
新竹市淡水區
中正路100號
張喬芯 經理 臺啟

寄件人地址及姓名 · 收信人地址及姓名

託帶

黏貼郵票

□□□ □□

敬請 面交 外 水蜜桃乙盒

要文表哥 檢收

陳小諾 9月14日 拜託

□□□ □□

託帶語 · 附件語

託平輩帶交

黏貼郵票

□□□ □□

敬請 擲交 筱椏阿姨

要文表哥 臺收

陳小諾 9月14日 謹託

託帶語

託長輩帶交

UNIT 4-3
箋文的結構與寫法

書信的內容，依據傳統書信箋文的結構，可概分為以下十項：

一、稱謂

這是發信人對收信人的稱呼，寫在信紙第一行最高的位置。一般包括稱呼對方的名（字、號）、公職位、私關係、尊辭，此四者可自行斟酌，不一定要全都用上。如「〇〇校長吾師大人」，〇〇是名（字、號），校長是公職位，吾師是私關係，大人是尊辭。或「祖母大人」、「惠蘋學姊」等，全視關係親疏而定。

二、提稱語

緊接在稱謂之後，下加冒號；是請求收信人閱讀書信之意。如祖父母、父母用「膝下」或「膝前」、長輩用「尊鑒」、平輩用「臺鑒」或「大鑒」、晚輩則用「青鑒」或「如晤」等。今日書信提稱語一概省略。

三、開頭應酬語

即談正事之前，先寫幾句寒暄、問候的話。現代書信中，常用「您好」二字帶過，隨即直接導入正文。

四、啟事敬辭

即開始敘說事情之前的敬辭。如「敬啟者」，如今書信大多已省略。

五、正文

這是書信的主體，沒有一定格式，宜根據寫信的目的，具體明確、誠懇清楚地表達即可。傳統書信通常接在「啟事敬辭」之後書寫；如今多半另起一段書寫。

六、結尾應酬語、結尾敬語

結尾應酬語，如「紙短情長，不盡所懷」這類的客套話，要配合正文內容、彼此交情來寫，以簡潔為原則。結尾敬語，如「肅此」、「敬此」、「耑此」等，表示內容到此為止。結尾應酬語、結尾敬語今已被省略。

七、祝頌語

可緊接在「結尾敬語」之後，也可另起一行書寫。祝頌語中的抬頭，以平抬為宜。古時對尊親用「敬請 福安」、「叩請 金安」，長輩用「恭請 鈞安」、師長用「敬請 道安」，平輩用「敬請 臺安」、「即請 大安」，晚輩用「順問 近祺」等。現今改以白話文寫作，如「祝身體安康」、「祝 學業進步」等，亦可沿用傳統祝頌語。

八、自稱、署名、禮告敬辭

「自稱」是發信人與收信人之間的關係，如寫給老師時，自稱「學生」。「自稱」之後，要署名；但直系尊親屬寫信給子孫，不必署名，加上「示」、「字」即可。如母親寫信給兒子，只要寫「母字」就好。「禮告敬辭」又稱「末啟辭」，寫在署名之後，如寫信給父母用「敬稟」，寫給長輩用「謹上」。

九、寫信時間

寫信時間很重要，應標示清楚。

十、並候語、附候語、附件語、補述語

「並候語」、「附候語」是附帶問候用語。「附件語」提醒有附寄物品。「補述語」是補充說明。可自行斟酌使用。

·常見的提稱語

親友師長

對象		提稱語
尊長	尊親	常用「膝下」、「膝前」。
	長輩	常用「尊鑒」、「賜鑒」、「鈞鑒」、「崇鑒」、「懿鑒」（限年長女性）。
	師長	常用「尊鑒」、「函丈」、「壇席」、「講座」。
平輩	一般	常用「臺鑒」、「大鑒」、「惠鑒」、「左右」、「足下」。
	女性	常用「淑鑒」、「芳鑒」、「妝鑒」、「繡鑒」。
晚輩		常用「青鑒」、「青覽」、「如晤」、「如握」、「收攬」、「知悉」、「知之」。

社會各界

對象	提稱語
政界	常用「鈞鑒」、「鈞座」、「勛鑒」。
軍界	常用「鈞鑒」、「鈞座」、「麾下」。
學界	常用「講座」、「座右」、「有道」、「著席」、「撰席」。
商界	常用「賜鑒」、「崇鑒」。
文化界	常用「著席」、「撰席」、「文席」。
宗教界	常用「法鑒」。

其他場合

場合	提稱語
弔唁	常用「苫次」、「禮席」、「禮鑒」、「矜鑒」。
婚嫁	常用「喜席」、「燕鑒」。

★苫次：對居喪者的稱呼。苫音「ㄕㄢ」，居喪用的草席。因為《儀禮・既夕禮》載：「寢苫枕塊。」
　指子女為父母守喪期間，睡在草席上，以土塊當枕頭。

★禮席：是對居喪者的稱呼，因為他身處喪禮之中。【容易搞錯，請特別留意！】

★禮鑒、矜鑒：皆請求居喪者察閱之意。

UNIT 4-4
書信用語（上）

圖解應用文──職場・大考・生活必勝絕招100回

　　關於書信的用語，以下挑出比較常見且重要的五類：稱謂、提稱語、啟事敬辭、祝頌語和禮告敬辭，擇要加以說明。先看稱謂、提稱語：

稱謂

（一）家族

　　1. 長輩：對父母自稱兒、女，稱他人父母為令尊（尊公、尊翁）、令堂（尊堂、尊萱），對人稱自己的父母為家父（家嚴、家君、家大人）、家母（家慈）；如父母已辭世，改稱先父（先嚴、先考）、先母（先慈、先妣）。又古代媳婦對公婆稱君舅（父親）、君姑（母親），自稱媳（兒），稱他人公婆為令舅、令姑，對人稱自己的公婆為家舅、家姑；如公婆已去世，改稱先舅、先姑。

　　2. 平輩：對姊姊自稱弟、妹，稱他人姊姊為令姊，對人稱自己的姊姊為家姊；如姊姊已歿，改稱先姊。對弟弟自稱兄、姊，稱他人弟弟為令弟，對人稱自己的弟弟為舍弟；如弟弟已死，改稱亡弟。妻子對丈夫自稱妻，稱他人丈夫為尊夫（令夫君），對人稱自己的丈夫為外子；如丈夫已離世，改稱先夫。丈夫對妻子自稱夫，稱他人妻子為尊夫人（尊閫、嫂夫人），對人稱自己的妻子為內子（內人、拙荊）；如妻子已逝世，改稱先荊、先室。

　　3. 晚輩：父母對兒女自稱父、母，稱他人兒女為令郎（令公子）、令媛（令嬡），對人稱自己的兒女為小兒、小女；如兒女已往生，改稱亡兒、亡女。以男性為例，對姪兒女自稱叔、伯，稱他人姪兒女為令姪、令姪女，對人稱自己的姪兒女為舍姪、舍姪女；如姪兒女已亡故，改稱亡姪、亡姪女。

　　此外，稱人夫婦為賢伉儷，自謙為愚夫婦；稱人父子為賢喬梓，自謙為愚父子；稱人兄弟為賢昆仲、賢昆玉，自謙為愚兄弟。

（二）親戚

　　1. 長輩：對姑姑自稱姪、姪女，稱他人姑姑為令姑母，對人稱自己的姑姑為家姑母；如姑姑已仙逝，改稱先姑母。對舅舅自稱甥、甥女，稱他人舅舅為令母舅，對人稱自己的舅舅為家母舅；如舅舅已過世，改稱先母舅。

　　2. 平輩：對妹夫自稱內兄、姨姊，稱他人妹夫為令妹夫（令妹婿、令妹倩），對人稱自己的妹夫為舍妹夫（舍妹婿、舍妹倩）。男子稱妻之姊夫為襟兄，自稱襟弟，稱他人妻之姊夫為令襟兄，對人稱自己妻之姊夫為敝襟兄。

　　3. 晚輩：以女性為例，對女婿自稱岳母，稱他人女婿為令婿（令坦、令倩），對人稱自己的女婿為小婿。

（三）師長

　　稱老師為業師，自稱學生（生、受業），稱他人老師為令業師，對人稱自己的老師為敝業師。男老師之妻稱為師母，女老師之夫則稱師丈。由於「夫子」含有老師、老公之意，故女學生不宜稱男老師為夫子，以免混淆視聽。

提稱語

　　常見的提稱語，如尊親用「膝下」、「膝前」，長輩、直屬長官、政界、軍界皆用「鈞鑒」，長輩、師長宜用「尊鑒」，平輩用「臺鑒」、「大鑒」、「足下」，晚輩用「青鑒」、「青覽」、「如晤」等。

家族

	稱人	自稱	對他人稱	對他人自稱	已過世者
長輩	父 母	兒、女 兒、女	令尊 （尊公、尊翁） 令堂 （尊堂、尊萱）	家父 （家嚴、家君、家大人） 家母 （家慈）	先父 （先嚴、先考） 先母 （先慈、先妣）
長輩	君舅（父親） 君姑（母親）	媳（兒） 媳（兒）	令舅 令姑	家舅 家姑	先舅 先姑
平輩	姊姊 弟弟	弟、妹 兄、姊	令姊 令弟	家姊 舍弟	先姊 亡弟
平輩	夫 妻	妻 夫	尊夫（令夫君） 尊夫人 （尊閫、嫂夫人）	外子 內子 （內人、拙荊）	先夫 先荊、先室
晚輩	兒 女	父、母 父、母	令郎（令公子） 令嬡（令媛）	小兒 小女	亡兒 亡女
晚輩	姪兒 姪女	伯、叔 伯、叔	令姪 令姪女	舍姪 舍姪女	亡姪 亡姪女

親戚

	稱人	自稱	對他人稱	對他人自稱	已過世者
長輩	姑姑 舅舅	姪、姪女 甥、甥女	令姑母 令母舅	家姑母 家母舅	先姑母 先母舅
平輩	妹夫 襟兄	內兄、姨姊 襟弟	令妹夫 （令妹婿、令妹倩） 令襟兄	舍妹夫 （舍妹婿、舍妹倩） 敝襟兄	故妹婿 先襟兄
晚輩	女婿 媳	岳父、岳母 父、母	令婿（令坦、令倩） 令媳	小婿 小媳	故婿 故媳

師長

稱人	自稱	對他人稱	對他人自稱	已過世者
業師 師母、師丈	學生(生、受業) 學生(生、受業)	令業師 令師母、令師丈	敝業師 敝師母、敝師丈	先業師 先師母、先師丈

UNIT **4-5** 書信用語（下）

再看啟事敬辭、祝頌語和禮告敬辭：

啟事敬辭

現代書信中，啟事敬辭大多已被省略；不過，我們還是要稍加了解。如：對尊長，用「叩稟者」、「謹稟者」、「敬肅者」；對長輩，用「謹啟者」、「敬啟者」；對平輩，用「茲啟者」；請求時，用「敬懇者」、「敬託者」；喪家訃告時，用「哀啟者」。

祝頌語

雖然祝頌語在今日書信中多改以白話文行之，但沿用傳統用語者仍時而可見。以下分為三類加以概述：

（一）親友師長

對尊親，常用「叩請 金安」、「敬請 福安」；對長輩，常用「恭請 鈞安」、「敬請 崇安」、「敬頌 崇祺」、「敬請 康安」；對師長，常用「恭請 誨安」、「敬請 道安」、「祇叩 教安」。對平輩，常用「敬請 臺安」、「即請 大安」、「順頌 時祺」、「並頌 時綏」。對晚輩，則常用「順問 近祺」、「順問 近好」、「即頌 近佳」、「即頌 刻好」、等。

（二）社會各界

對政界，常用「恭請 鈞安」、「敬請 勛安」；對軍界，常用「恭請 麾安」、「敬請 戎安」；對學界，常用「敬請 學安」、「即頌 文祺」；對商界，常用「敬請 籌安」、「順頌 籌祺」。而對旅客，常用「敬請 旅安」、「順請 客安」；對婦女，常用「敬請 妝安」、「即請 壼安」；對夫婦，常用「敬請 儷安」、「順頌 儷祺」。

（三）其他祝頌

1. 季節類：隨著季節變化，一年四季可以因時制宜，使用不同的祝頌語，不但應景，且誠意十足。如春天時，常用「敬請 春安」、「即頌 春祺」；夏日裡，常用「即請 暑安」、「即候 夏安」；秋季時，常用「即請 秋安」、「順頌 秋祺」；寒冬裡，常用「敬頌 冬綏」、「此請 爐安」。

2. 祝賀類：其中以祝新婚、賀新年最常見，前者如「恭賀 燕喜」、「恭賀 大喜」；後者如「恭賀 新禧」、「敬頌 年釐」。

3. 慰問類：以弔唁、問疾為例，前者用「敬請 禮安」、「用候 苫次」，向喪家致意；後者用「恭請 痊安」、「敬祝 早痊」，於探病時表達慰問之意。

總之，祝頌語如上文用「請」、「候」，下文宜接「安」字；如前面用「頌」字，後面應接「祺」、「綏」。但如果對方是長輩，用「安」字為佳。

禮告敬辭

禮告敬辭，又稱「末啟辭」，即寫在署名之下的敬辭，表示禮敬或告白的意思。

如對祖父母、父母等直系尊親屬，常用「敬稟」、「謹稟」、「叩稟」、「叩上」、「謹叩」；對一般長輩，常用「敬上」、「謹上」、「拜上」、「肅上」、「謹肅」；對平輩，常用「敬啟」、「謹啟」、「拜啟」、「頓首」、「謹白」、「上」；對晚輩，則常用「手書」、「手諭」、「手示」、「示」、「字」等。

 常見的祝頌語

親友師長

對象		祝頌語
尊長	尊親	常用「叩請 金安」、「敬請 福安」。
	長輩	常用「恭請 鈞安」、「敬請 崇安」、「敬頌 崇祺」、「敬請 康安」。
	師長	常用「恭請 誨安」、「敬請 道安」、「祇叩 教安」。
平輩		常用「敬請 臺安」、「即請 大安」、「順頌 時祺」、「並頌 時綏」。
晚輩		常用「順問 近祺」、「順問 近好」、「即頌 近佳」、「即頌 刻好」。

社會各界

對象	祝頌語
政界	常用「恭請 鈞安」、「敬請 勛安」。
軍界	常用「恭請 麾安」、「敬請 戎安」。
學界	常用「敬請 學安」、「即頌 文祺」。
商界	常用「敬請 籌安」、「順頌 籌祺」。
旅客	常用「敬請 旅安」、「順請 客安」。
婦女	常用「敬請 妝安」、「即請 壼安」。
夫婦	常用「敬請 儷安」、「順頌 儷祺」。

其他祝頌

對象	祝頌語
1. 季節類	常用「敬請 春安」、「即頌 春祺」、「即請 暑安」、「即候 夏安」、「即請 秋安」、「順頌 秋祺」、「敬頌 冬綏」、「此請 爐安」。
2. 祝賀類	常用「恭賀 燕喜」、「恭賀 大喜」，祝新婚；以「恭賀 新禧」、「敬頌 年釐」，賀新年。
3. 慰問類	常用「敬請 禮安」、「用候 苦次」，表示弔唁；以「恭請 痊安」、「敬祝 早痊」，慰問疾病。

UNIT 4-6
書信的作法

文

圖解應用文——職場・大考・生活必勝絕招100回

雖說時下各種通訊軟體層出不窮，可以迅速、便捷地與人溝通，但書信的功能並未完全被取代。因此，寫作一封切題、得體的書信，仍是現代人不可或缺的能力。

寫作要領

現今書信的格式、套語等已大大簡化了，不再像古時那麼繁複、瑣細，所以撰寫時只要掌握幾個原則，相信一定能下筆無礙，揮灑自如。

（一）認清事實

首先，寫信前必須釐清此書信的性質，畢竟公私有別、親疏之分、尊卑不同，務必確認這是一封求職信、推薦函、請託信、家書或慰問函等。唯有認清事實，才能依據彼此關係、實際情況，寫出合乎情理、扣人心弦的書信來。

（二）稱謂正確

書信行文時，除非是家中晚輩或熟識的朋友，不然一般忌稱對方為「你」，起碼要用「您」。如為公務函，男士宜稱先生、職銜（市長、經理、主任）；女士則稱小姐或職銜。稱對方單位應加「貴」字，如貴公司、貴校、貴系等。稱自己也不用「我」、「吾」，而用晚輩、敝人、學生等，或稱己名。

（三）敘述具體

儘量把握一信一事的原則，如請示、回復、求職、推薦、敘舊、邀約等，應該把握主旨，敘述宜具體、簡潔，措辭要委婉、謙和。

（四）態度誠懇

態度誠懇是為人處世的基本原則，寫信時也是如此。面對愈是年長者，關係愈疏遠的人，寫作態度愈要誠懇，畢竟「精誠所至，金石為開」，除此之外，還能用什麼來打動別人？

注意事項

信封以中間有紅色長形方框的中式信封為最正式。如為弔喪之用，宜用素色，或將紅線框塗去使用。信紙以中式白底紅線的八行信箋最正式，另有十行、十二行信箋亦可。居喪或弔唁時要用全白信紙。書信用筆以毛筆為最正式，鋼筆次之，原子筆又次之。墨色以黑為佳，藍次之；忌用紅筆。

（一）頂天

中式信箋四周畫有紅色框線，第一行起首寫收信人的名字、稱謂，第一個字要「頂天」書寫，就是寫在紅線下的第一個位置；不可超越紅線，也不宜留有空白。如使用素箋沒畫格線，應自行預留上下、左右的空白處。

（二）抬頭

為了表示尊敬，書信中常使用「抬頭」寫法。如寫到偉人、上司或尊親等，習慣在原行空一格再繼續書寫，稱為「挪抬」；或更為慎重，古人提到當朝、皇帝時，往往換到下一行最高的位置書寫，此即「平抬」。如此一行未寫完又跳到下一行，稱為「吊腳」。切記：書信不宜通篇吊腳！

（三）側書

將文字縮小寫在側邊，表示不敢居正，即稱「側書」。注意：在信封上，將收信人的名字側書，以示尊敬之意；而在信箋中，將自稱或與自己有關的事物側書，是為了表示謙遜。

✒ 寫信應注意事項

信箋

平抬　　　**平抬**

```
崇　　　纏　伯　　伯
祺　哂　身　父　近　父
　　納　未　榮　聞　大
　　。　克　升　　　人
　　若　往　總　　　尊
　　得　道　經　　　鑒
　　暇　賀　理
　　，　，　一
　　自　殊　職
　　當　為　，
　　登　憾　多
　　門　恨　年
　　請　。　辛
　　安　謹　苦
　　。　奉　有
　　　　菲　成
　　　敬　儀　，
　　　頌　，　實
　　　　藉　至
　　　　申　名
　　　　賀　歸
姪　　　忱　。
要　　　，姪
文　　　尚因
謹　　　祈事
○上
月
○
日
```

頂天

家族尊親屬之稱謂下加「大人」二字，不可稱尊長之名字。

吊腳
★使用「平抬」時，一行未寫完又跳到下一行，稱為「吊腳」。
→切記：書信不宜通篇吊腳！

挪抬

側書：表示謙遜。

側書：表示尊敬。

一、頂天

中式信箋四周畫有紅色框線，第一行起首寫收信人的名字、稱謂，第一個字要「頂天」書寫，就是寫在紅線下的第一個位置。

二、抬頭

書信中，為了表示尊敬，寫到偉人、上司或尊親時，習慣：
★在原行空一格再繼續書寫，稱為「挪抬」。
★換到下一行最高的位置書寫，即「平抬」。

信封

```
郵 黏
票 貼
　　　　□□□ □□

張
總
經
理
　育
　仁
　鈞
　啟

□□□ □□
```

三、側書

★在信封上，將收信人的名字側書，以示尊敬之意。
★信箋中，側書自稱或與自己相關的事物，為謙遜。

UNIT 4-7 實用職場大全

一、求職函

○○公司人事主任賜鑒：

　　在 104 人力銀行網站上，獲悉貴公司招募行銷企劃人員，所以不揣淺陋，寫此信毛遂自薦。

　　晚畢業於星斗大學織品行銷系，在○○百貨公司○○服飾專櫃工作，迄今已一年多。投身服飾業，站在第一線與顧客接觸，更加了解流行趨勢、行銷策略與消費者的需求，可謂獲益良多！但晚從學生時代起對行銷規劃、市場分析等議題更感興趣；曾於商業銀行舉辦的第六屆創業大賽中，獲選為前 20 名。此外，晚擁有絕佳的外語能力，升大三的暑假曾隻身赴紐約遊學一個半月。 貴公司擬以自創品牌服飾進軍歐美，正是晚畢夢寐以求的大好良機，衷心希望有幸能貢獻所學。

　　檢附中英文履歷自傳、多益考試（950）證書各乙份，請 查收。期待有進一步面試機會，進而成為 貴公司的一分子。謹此。 敬請
籌安

　　　　　　　　　晚張喬芯 敬上
　　　　　　　　　103 年 5 月 25 日

二、商務信

○○室內裝修工程公司採購部經理惠鑒：

　　本公司代理各類地毯、磁磚、壁紙、窗簾等 150 餘項室內裝潢素材，品質優良，款式新穎，且物美價廉，歡迎來函洽商訂購，或電洽業務部葉小姐。隨函附上商品型錄，請 查收。
耑此。 順頌
籌祺

　　　　　　　　○○建材有限公司 謹啟
　　　　　　　　106 年 8 月 1 日

三、家書

親愛的祖母：

　　轉眼間，離家已一個多月。我到上海後，隔天便到公司報到，隨即展開工作，一切順利，生活起居也都適應了，請不必為我掛心！我暫時不能陪在您身邊，請您務必注意天氣變化，保重身體。 敬祝
身體安康

　　　　　　　　孫女筱椏 敬稟
　　　　　　　　97 年 6 月 16 日

四、邀約信

喬芯表姊：

　　許久未見，希望你一切都好。暑假快到了，想邀請你來我家小住幾天，父親幫我買了一套《世界文學名著》，期待與你分享。另外，我這學期拿到書卷獎，想與你一起慶祝。並請問候姨媽安好。 祝
心想事成

　　　　　　　　表妹允彤 敬啟
　　　　　　　　107 年 6 月 14 日

五、問候函

Dear 幼廷：

　　聽謝老師說你昨天放學途中騎車自摔，手腳擦傷，所幸並無大礙。本應即來探望，礙於期末將近，課業繁重，一時分身乏術，故先修函致意，下週再抽空登門慰問，望你安心調養。
耑此。 祝
早日康復

　　　　　　　　友睿軒 拜啟
　　　　　　　　105 年 6 月 10 日

一、求職函

★學歷
　星斗大學織品行銷系畢業。

★經歷
　在○○服飾專櫃工作，迄今已一年多。

★專長
　曾獲第六屆創業大賽前 20 名，且擁有絕佳的外語能力。

★附件
　檢附中英文履歷自傳、多益考試（950）證書各乙份。

二、商務信

★主要訴求
　本公司代理各類地毯、磁磚、壁紙、窗簾等 150 餘項室內裝潢素材，物美價廉。

★聯繫窗口
　歡迎來函洽商訂購，或電洽葉小姐。

★隨函附件
　隨函附上商品型錄。

四、邀約信

★提出邀請
　暑假將至，想邀請你來我家小住幾天。

★概述緣由
　我拿到書卷獎，想與你一起好好慶祝。

三、家書

★報平安
　我到上海一切順利，生活起居都適應了。

★請保重
　請您務必要注意天氣變化，保重身體。

五、問候函

★問候事由
　聽說你放學途中騎車自摔，手腳擦傷。

★寫信致意
　期末考將近，分身乏術，先修函致意。

★登門探視
　下週再抽空登門慰問，望你安心調養。

第4章 書信

UNIT 4-8 公職考試集錦

書信是與人溝通的重要工具之一，隨著各種通訊軟體的崛起，無論使用何種媒介傳遞文字訊息，都可視為書信的變體。書信也成為公職考試出題的最愛，因為這是準公務員必備的涵養。

1.【　】下列有關稱謂用語，正確的是：（107年公務員初等）
(A)「先考」已離世十年，個人目前與家母共住。 (B) 我與太太情感深厚，夫唱婦隨，可謂「賢伉儷」。 (C) 這位同學為本人「授業」，認真向學，表現良好。 (D) 林先生為我的世交長輩，所以我都尊稱他為「世兄」。

2.【　】某某吾兄「鈞鑒」：新年一別，忽過半載。頃聞吾兄貴體違和，未知是否已經康復？萬望吾兄保重身體，早日痊癒。「肅此上達」、「敬請萬安」。弟某某「敬啟」
上文引號中之書信用辭，使用正確的是：（106年司法五等）
(A) 鈞鑒 (B) 肅此上達 (C) 敬請萬安 (D) 敬啟

3.【　】下列書信格式與用語的敘述，何者正確？（102年臺灣土地銀行）
(A) 書信內容提及寫信者自己的親長時，應加上「家」字稱之，如「家慈」。 (B) 一般平輩之間的收啟辭（啟封辭）可以使用「道啟」。 (C) 普通信件寄信人自署的緘封辭寫「寄」字即可。 (D) 直式信封中欄所寫的稱呼是發信人對收信人的稱呼，所以家書的信封可以寫「某某某父親收」。

4.【　】下列書信格式與用語，使用錯誤的是：（101年調查五等）

5.【　】書牘文末署名後之禮告敬辭，因對象有別而多所不同。下列何者最適用於對晚輩？（100年身障五等）
(A) 敬上 (B) 敬啟 (C) 謹上 (D) 手啟

6.【　】下列有關書信啟封辭的用法，何者正確？（100年普考）
(A)「鈞啟」用於自家尊長 (B)「安啟」用於軍界、宗教界 (C)「道啟」用於師長、學界前輩及宗教界 (D)「大啟」用於親戚長輩、學界前輩、政界前輩

7.【　】箋文中的「挪抬」是將抬頭的字低一格在原行書寫以表尊敬，以下何者不宜使用挪抬：（99年預備軍官）
(A) 提到自己的尊親屬，如「〇家嚴」、「〇家慈」。 (B) 與收信人相關的事物，如：「〇貴公司」、「〇尊府」。 (C) 信末的祝頌語，如：「敬請〇鈞安」。 (D) 抬頭的字只能抬人不抬己，如「吾〇兄」，只能抬「兄」，不能抬「吾」。

8.【　】下列有關書信寫作的敘述，何者正確？（99年國安五等）
(A) 寫信給尊長，信封中路收信人下可用「敬啟」。 (B) 明信片正面中路收信人下，宜用「收」字，不能用「啟」。 (C) 受信人有喜慶，提稱語可用「禮鑒」。 (D) 對世交長輩的結尾祝頌語可用「順頌 時祺」。

(A) 寫給父母的信，提稱語用「膝下」。 (B) 寫信給祖父母，問候語用「恭請 金安」。 (C) 寫給朋友的信，提到對方的母親，稱謂語用「令堂」。 (D) 寫給老師的賀年明信片，正面書寫「〇老師〇〇道啟」。

圖解應用文——職場‧大考‧生活必勝絕招100回

1.【A】(A) 正確：「先考」(稱過世的父親) 已離世十年，個人目前與家母 (謙稱自己的母親) 共住。 (B) 我與太太情感深厚，夫唱婦隨，可謂「伉儷情深」。賢伉儷：尊稱別人夫婦倆。 (C) 這位同學為本人的學生，認真向學，表現良好。學生對老師自稱「受業」。 (D) 林先生為我的世交長輩，所以我都尊稱他為「世伯」。世兄：可以用來稱呼平輩或晚輩。

2.【D】(A) 鈞鑒：是長輩、政界、軍界專用之提稱語。平輩應用「臺鑒」、「大鑒」。 (B) 肅此上達：為書信之收束敬語，用於親友長輩。平輩應用「耑此奉達」、「匆此布臆」、「特此奉聞」、「草此奉達」、「草此」、「耑此」。 (C) 問疾應用「恭請 痊安」、「敬祝 早痊」。(D) 正確：禮告敬辭，平輩適用「敬啟」、「謹啟」。

3.【A】(A) 正確：書信內容提及寫信者自己的親長時，應加上「家」字稱之，如「家慈」。 (B) 一般平輩之間的收啟辭 (啟封辭) 可以使用「臺啟」、「大啟」、「惠啟」。「道啟」為師長所專用。 (C) 普通信件寄信人自署的緘封辭應寫「緘」；明信片才用「寄」字。 (D) 直式信封中欄所寫的稱呼是郵差對收信人的稱呼，所以家書的信封應寫「某某某先生安啟」。

4.【D】(A) 正確：寫給父母的信，提稱語用「膝下」。 (B) 正確：寫信給祖父母，問候語用「恭請 金安」。 (C) 正確：寫給朋友的信，提到對方的母親，稱謂語用「令堂」。 (D) 明信片不必開啟，所以啟封辭用「收」。

5.【D】(A) 敬上：適用於尊長。 (B) 敬啟：適用於平輩。 (C) 謹上：適用於尊長。 (D) 手啟：適用於晚輩。

6.【C】(A)「鈞啟」用於一般長輩。 (B)「安啟」用於親屬長輩。 (C)「道啟」用於師長、學界前輩及宗教界。 (D)「大啟」用於一般平輩。

7.【C】(A) 正確：提到自己的尊親屬，宜使用挪抬。 (B) 正確：與收信人相關的事物，亦可使用挪抬。 (C) 信末的祝頌語，如「敬請鈞安」、「順頌勛綏」等，通常「鈞安」、「勛綏」等須另起一行，使用「平抬」，而非「挪抬」。 (D) 正確：抬頭的字只能抬人不抬己，如「吾 兄」，只能抬「兄」，不能抬「吾」。

8.【B】(A)「敬啟」：要人恭敬地拆信，沒禮貌，不可以！ (B) 正確：明信片正面中路收信人下，宜用「收」字，不能用「啟」。(C)「禮鑒」為致喪家之提稱語。(D) 對世交長輩的結尾祝頌語可用「恭請 崇安」、「敬頌 崇祺」。「順頌 時祺」宜用在對平輩。

實用百寶盒

常見的禮告敬辭 (末啟辭)		
對象		禮告敬辭 (末啟辭)
長輩	尊親	「敬稟」、「叩稟」、「謹叩」、「叩上」
	尊長	「敬上」、「謹上」、「拜上」、「謹肅」
平輩		「敬啟」、「謹啟」、「拜啟」、「頓首」
晚輩		「手書」、「手諭」、「手示」、「字」

UNIT 4-9
教師甄試寶典

現代人不常寫信，因此對書信的常見用語不熟悉，這一類題目就容易成為許多考生的死穴，不得不留心！

1. 抬頭：書信行文中使用抬頭，表示對收信人的尊敬。常用的抬頭有「挪抬」和「平抬」兩種，前者即在原行空一格書寫，後者為換行與各行開端齊平書寫；平抬較挪抬更表敬意。（103年基隆市）

使用抬頭的原則：（1）一句中只能使用一次抬頭。（2）一行中避免有兩次挪抬。（3）要記住「行底不成抬」。(4)在挪抬式書信中，如提到收信人的尊親，多使用平抬；在平抬式書信中，如稱呼對方長輩或自家尊長，則用挪抬。

2. 摺信：先直向對摺，文字朝外，再將下方向後向上摺一小截，務必使收信人稱謂面向信封正面，然後放入信封中。若文字朝內，則表示報凶或絕交。（103年基隆市）

3. 稱謂：對老師（師丈／師母）自稱生、學生或受業；稱人老師（師丈／師母）為令業師（令師丈／令師母）；對人自稱老師（師丈／師母）為敝業師（敝師丈／敝師母），但對長輩「敝」字不可縮小。（102年桃園縣、104年新北市、105年臺南市）

4. 並稱：稱人父子為「賢喬梓」，對人自稱為「愚父子」；稱人兄弟為「賢昆仲」、「賢昆玉」，對人自稱為「愚兄弟」；稱人夫婦為「賢伉儷」，對人自稱為「愚夫婦」。（102年臺北市、103年教檢、104年嘉義縣、104年屏東、105年臺南市）

5. 提稱語：「尊鑒」、「尊前」適用於長輩，包括祖父母及父母、一般長輩、師長。然而，「膝下」、「膝前」為祖父母及父母專用；「鈞鑒」、「賜鑒」、「崇鑒」、「尊右」等為一般長輩專用；「函丈」、「壇席」、「道席」、「道鑒」等為師長專用。（102年臺南市、103年基隆市、104年嘉義縣、105年臺南市）

6. 祝頌語：「敬請 壺安」為婦女所專用；因為「壺」，音ㄎㄨㄣˇ，本指宮中的道路，後來引申為后妃之居所，此為對女性的尊稱。但「敬請 壺安」為醫界專用之祝頌語；因為醫生懸壺濟世，「壺」即葫蘆，古時大夫會將藥材放在葫蘆中。（103年臺南市）

7. 禮告敬辭：對祖父母及父母用「敬稟」、「叩稟」、「謹叩」、「叩上」；對長輩用「敬上」、「謹上」、「拜上」、「謹肅」；對平輩用「敬啟」、「謹啟」、「拜啟」（按：「啟」即陳述之意）；對晚輩用「手諭」、「手書」、「手草」、「草此」、「諭」、「示」、「字」。（101年嘉義市、102年臺北市、104年屏東）

8. 信封：橫式信封採中文書寫時，收件人的姓名和地址，應該寫在中央偏右下方；而寄件人的姓名和地址，應該寫在左上角。（104年中區）

9. 啟封辭：依收信人身分來區分，對祖父母用「福啟」、父母用「安啟」；普通長輩用「鈞啟」、「賜啟」；師長用「道啟」；平輩用「臺啟」、「大啟」、「惠啟」；晚輩用「啟」、「收啟」；對政、軍界用「勛啟」、「鈞啟」；對居喪者用「禮啟」、「素啟」等。「啟」是請收信人拆信之意，絕對不可以用「敬啟」，要人恭敬打開信封，未免太失禮了。（102年臺北市、103年高雄市、103年基隆市、103年臺南市、103年桃園縣、104年臺北市、104年臺南市）

教甄必考內容

使用抬頭

1. 一句中只能用一次抬頭。
2. 一行中避免有兩次挪抬。
3. 要記住「行底不成抬」。
4. 在挪抬式書信中，如提到收信人的尊親，多使用平抬；在平抬式書信中，如稱呼對方長輩或自家尊長時，則用挪抬。

在信箋中使用「抬頭」，表示尊敬之意。

信箋摺法

◀先直向對摺，文字朝外，再將下方向後向上摺一小截，務必使受收信人稱謂面向信封正面，然後放入信封中。

▶若文字朝內，則表示報凶或絕交。

使用並稱

稱人	自稱
賢喬梓	愚父子

稱人	自稱
賢伉儷	愚夫婦

稱人	自稱
賢昆仲／賢昆玉	愚兄弟

「敬請 壼安」為婦女所專用。

 壼 音ㄎㄨㄣˇ，本指宮中的道路，後引申為后妃之居所，此為對女性的尊稱。

「敬請 壺安」為醫界專用之祝頌語。

 壺 音ㄏㄨˊ，即葫蘆，古時大夫會將藥材放在葫蘆中。

UNIT *4-10*
升學考試祕笈（上）

圖解應用文──職場・大考・生活必勝絕招100回

　　書信類題型，國中升高中要考、高中升大學也要考，直到插大、學士後、研究所等升學考試中，出現頻率始終居高不下，成為兵家必爭之地。

1.【　】以下有關「書信」的用語，何者正確？（105 年中醫大學士後）
(A) 對長輩自稱為「後學」。(B) 稱對方父子為「賢昆仲」。 (C) 信封提稱語師長可用「敬啟」。 (D) 書信祝頌語，對父母用「敬祝　鈞安」。(E) 信中若提及自己的尊長字體應略小偏右，若是自稱，則不必略小偏右。

2.【　】下列書信用語，敘述正確的選項是：（100 年學測）
(A)「世兄」可用來稱呼晚輩。(B) 給師長寫信，信首提稱語要用「硯右」。 (C) 書信結尾的祝頌語，「敬請　金安」多用於商界。 (D) 給師長寫信，為了表示敬意，結尾署名要稱「愚生」。

3.【　】今有書信一封，起首的稱謂字跡模糊，努力辨識後只能看清楚提稱語「如晤」二字，據此推測，此信可能是下列何種情況？（93 年北模）
(A) 王安石寫給司馬光的信。(B) 蘇洵寫給蘇轍的信。 (C) 史可法寫給方苞的信。 (D) 劉基寫給明太祖的信。 (E) 白居易寫給元稹的信。

4.【　】下列各「」中的書信用語，適合其使用情境的選項是：（93 年指考）
(A) 王大明寫信給任職公司的主管，結尾書寫「職王大明筆」。 (B) 王大明寫信給任職公司的主管李經理，開頭書寫「李經理賜鑒」。 (C) 王大明寫信給好朋友，在信中提及自己的父母時，用「令尊」、「令堂」。 (D) 王

大明寫信給高中班導師耿精明，信封中間收信人的欄位內寫「耿精明老師臺啟」。

5.【　】橫式信封書寫時，「寄件人住址」若書寫於信封正面，應寫在哪個位置？（92 年學測）

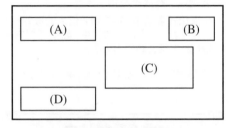

6.【　】複選：關於書信的寫作，下列何者正確？（92 年高雄聯模）
(A) 信封中路收信人姓名下的稱呼如「老師」、「先生」，應將之寫小並偏右側書，以示尊重。 (B) 信封上「啟」，是拆開的意思，故應用「敬啟」字樣，表示對收信人的敬重。(C) 信箋（紙）上將關於己方之稱謂如「學生」、「生」、「余」之類或名字縮小偏書，乃表謙卑。 (D) 信件內容如果使用「足下」、「敬請　臺安」這些用語，應屬平輩的書信往來。 (E) 橫式信封的格式，收件人姓名地址應寫於信封中央偏右處，如下圖：

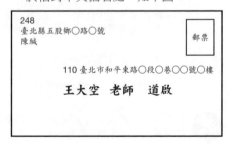

1.【A】(A) 正確：對長輩自稱為「後學」。 (B) 稱對方父子為「賢喬梓」，稱對方兄弟為「賢昆仲」、「賢昆玉」。 (C) 信封「提稱語」師長宜用「道鑒」、「尊鑒」。 (D) 書信末祝頌語，對父母應用「叩請 金安」。 (E) 信中若提及自己的尊長字體不必略小偏右，自稱則要略小偏右。

2.【A】(A) 正確：「世兄」可以用來稱呼晚輩。 (B)「函丈」、「壇席」、「道席」、「道鑒」等為師長專用之提稱語；「硯右」、「硯席」、「文几」、「文席」則為寫信給同學專用。當然寫信給同學，亦可使用一般平輩通用之提稱語：「臺鑒」、「大鑒」。 (C) 書信結尾的祝頌語，如「敬請 金安」、「叩請 福安」多用於尊親。 (D) 給師長寫信，結尾署名時，自稱「學生」、「生」或「受業」。

3.【B】據提稱語「如晤」二字推測，此為長輩寫給晚輩的書信。
(A) 王安石（1021~1086）與司馬光（1019~1086）是同事，也是平輩。 (B) 蘇洵（1009~1066）與蘇轍（1039~1112）是父子。父親寫信給兒子，故可以用「如晤」。 (C) 史可法（1602~1645），方苞（1668~1749），生存年代不同。 (D) 劉基（1311~1375）與明太祖（1328~1398）是君臣。 (E) 白居易（772~846）與元稹（779~831）是好友，也是平輩。

4.【B】(A) 寫信給任職公司的主管，結尾應作「職王大明敬上」。因為書信的「末啟辭」，對長輩，宜用「敬上」、「謹上」、「拜上」、「肅上」、「謹肅」等。 (B) 正確：寫信給任職公司的主管李經理，開頭書寫「李經理賜鑒」。因為書信的「提稱語」：「鈞鑒」、「賜鑒」、「崇鑒」、「尊右」等為一般長輩專用。 (C) 提及自己的父

母，應稱「家父」、「家母」或「家嚴」、「家慈」；而「令尊」、「令堂」是用來稱呼別人的父母。 (D) 寫信給老師「啟封辭」應用「道啟」；「臺啟」為平輩專用。

5.【A】橫式信封書寫格式：(A) 此處寫寄件人地址、姓名 (B) 此處黏貼郵票 (C) 此處寫收件人地址、姓名 (D) 此處留白，不必寫任何資料

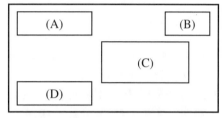

6.【C.D.E】關於書信的寫作，下列何者正確？
(A) 信封中路收信人姓名下的稱呼如「老師」、「先生」，字體不可縮小、不可偏右側書；只有收信人的名字可以縮小並偏右側書，以表示尊敬。 (B) 信封上「啟」，是拆開的意思；但不可以用「敬啟」字樣，因為要求受信人恭敬地拆開你的書信，也太沒禮貌了！ (C) 正確：信箋（紙）上將關於己方之稱謂如「學生」、「生」、「余」之類或名字縮小偏書，乃表謙卑。 (D) 正確：信件內容如果使用「足下」、「敬請 臺安」這些用語，應屬平輩的書信往來。 (E) 正確：橫式信封格式，收件人姓名地址應寫於信封中央偏右處，如下圖：

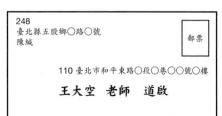

UNIT *4-11* 升學考試祕笈（下）

書信相關考題，也是歷屆基測的常客，不容小覷！茲舉例如次：

1.【 】「前日到貴府一敘，您的風範令我欽慕不已。明晚六時，特在寒舍敬備薄酒，與拙荊、小女恭候 光臨，幸勿推卻。
　　　　　　此請
王文龍先生
　　　　　　弟莊明智敬上九月一日」
何者不是自謙之辭？ (A)貴府 (B)寒舍 (C)薄酒 (D)小女（99年）

2.【 】下列稱謂何者使用最恰當？(A)請問「尊駕」在哪裡高就。 (B)「在下」的才華令我好生佩服。 (C)「賢昆仲」真是鶼鰈情深，令人羨慕。 (D)「家弟」近來課業繁忙，以致無法和我出遊。（98年）

3.【 】下列何者正確？(A)甲：「你明天為什麼請假？」乙：「明天是先父生日，我訂了蛋糕要幫他慶生呢！」(B)甲：「你們蜜月旅行打算去哪兒？」乙：「我們賢伉儷要到日本賞櫻花，泡溫泉。」(C)甲：「爸爸，這個墓碑上寫的顯考指誰？」乙：「是我的爸爸，你的爺爺！」(D)甲：「令媛氣質非凡，不知就讀哪一所大學？」乙：「令媛就讀師大音樂系！」（97年）

4.【 】「明彥老師道鑒：
　　　　自從您到臺北教書後，課堂間少了您爽朗的笑聲及關心的問候，全班都有些失落。
　　　　十二月八日是我們畢業旅行的日子，當晚將投宿在臺北國軍英雄館，屆時希望老師能抽空來看看我們。等候您的回音，敬請

大安
　　生董梅芬敬上八十九年十一月十日」

梅芬想寄信給李明彥老師，以上是她所寫的信。同學寶妹看過之後，給了梅芬下列四個建議，請問哪一個建議是正確的？ (A)正文中的「您」及「老師」之前最好空一格表示敬意 (B)提稱語「道鑒」最好改為「膝下」 (C)結尾問候語「敬請 大安」必須改為「叩請 金安」(D)署名下的敬辭「敬上」應該改為「叩上」。（95年）

5.【 】若有人問：「尊師是否仍執教於貴校？」下列應答何者最恰當？(A)唉！愚師已於去年因病過世 (B)是的，令師依然在本校授業 (C)不，敝業師已轉至他校任教 (D)先師已屆齡退休，返鄉養老。（94年）

6.【 】進佑從高職畢業後，急欲找工作，寫了很多求職信。信中不能用下列哪個語辭來自稱？(A)在下 (B)敝人 (C)不才 (D)足下。（94年）

7.【 】下列文句「 」中的稱謂，何者使用最恰當？(A)「愚兄」，您支持哪一位候選人 (B)「家弟」今年剛進國中就讀 (C)恭喜「貴小兒」金榜題名 (D)請問「閣下」在哪裡高就。（92年）

8.【 】下列「」辭語何者使用正確？(A)我的餐廳即將開張，歡迎前來「寶號」用餐 (B)我的姊姊「于歸」之日，雙眼閃耀著幸福的光采 (C)老同學多年不見，今年中秋節請你們光臨「府上」一聚 (D)因家父身體不適，我們「賢喬梓」無法出席今天的宴會。（91年）

1. 【A】(A) 貴府：尊稱對方的家 (B) 寒舍：謙稱自己的家 (C) 薄酒：謙稱自家宴席 (D) 小女：謙稱自己的女兒

2. 【A】(A)「尊駕」：尊稱對方 (B)「在下」：對自己的謙稱→「閣下」：對對方的敬稱 (C)「賢昆仲」：尊稱別人兄弟／鶼鰈情深：形容夫妻恩愛→「賢伉儷」(D)「家弟」→「舍弟」。按：對人謙稱自己的親長為「家」、卑幼的親屬為「舍」。

3. 【C】(A) 先父：自稱過世的父親→家父：謙稱自己的父親 (B) 賢伉儷：尊稱對方夫妻→愚夫婦：謙稱自己夫妻 (C) 顯考：謂已逝之父親（已逝的母親稱「顯妣」）(D) 令媛：尊稱別人的女兒→小女：謙稱自己的女兒

4. 【A】(A) 傳統書信空一格表示敬意，稱「挪抬」(B) 提稱語「道鑒」適用於師長／「膝下」適用於父母、祖父母 (C) 祝頌語「敬請　大安」適用於平輩／「叩請　金安」適用於父母、

祖父母→對師長宜用「恭請　教安」(D) 末啟辭對師長宜用「敬上」／「叩上」適用於父母、祖父母

5. 【C】(A) 愚師：老師謙稱自己 (B) 令師：尊稱別人的老師 (C) 敝業師：謙稱自己受業的師長 (D) 先師：稱自己過世的老師

6. 【D】(A) 在下：謙稱自己 (B) 敝人：謙稱自己 (C) 不才：謙稱自己 (D) 足下：多用於同輩相稱

7. 【D】(A)「愚兄」：謙稱自己→當面稱呼對方，可用「兄臺」(B)「家弟」→舍弟 (C)「貴小兒」→稱對方的兒子，宜用「令郎」、「令公子」(D)「閣下」：對對方的敬稱

8. 【B】(A)「寶號」：尊稱別人的店鋪→「小號」、「小店」：謙稱自己的店鋪 (B)「于歸」：出嫁也 (C)「府上」：尊稱對方的家→「寒舍」：謙稱自己的家 (D)「賢喬梓」：尊稱別人父子→「愚父子」：謙稱自己父子

他山試金石

大荒山無稽崖青埂峰下

❶

石兄寫信給草草，相約一同下凡，歷盡人間的悲歡離合。

信封 ❷

貼郵票處

靈河岸三生石畔

朱草草　小姐　親展

大荒山無稽崖青埂峰下

石緘

「三凶四吉五平安」

山人糾謬

(1) 信封：a. 請補上收信人、寄件者郵遞區號 b.「親展」→「臺啟」、「大啟」

(2) 信箋：a.「足下」：猶言先生也，適用於男性平輩→女性友人應作「芳鑒」b.「敬稟」：適用於尊親→平輩宜用「敬啟」、「拜啟」、「上」

信箋 ❸

草草小姐足下：
　　古人云：「得成比目何辭死？只羨鴛鴦不羨仙。」我將謫貶凡間，想邀妳一同前往，攜手紅塵路，了此俗世緣。如蒙　惠允，不勝感激！順頌
秋祺

　　　　　　　石頭　敬稟
　　　　　　　1735 年 10 月 9 日

❹

第5章
公　文

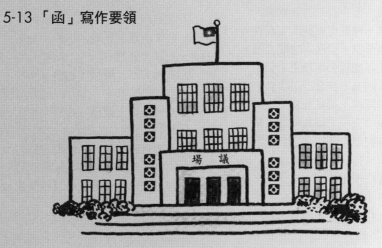

UNIT 5-1
公文概說

公文的定義

何謂「公文」？根據現行《公文程式條例》第 1 條說：「稱公文者，謂處理公務之文書；其程式，除法律別有規定外，依本條例之規定辦理。」凡以處理公眾事務為目的所製作的文書，皆統稱為「公文」。

關於公文的定義，我們試著歸納為以下三點：

（一）須為處理公務之文書

公文，顧名思義，就是處理公務的文書。所謂公務，即公眾事務。因此任何處理私人事務的文書往返，由於與公眾事務無涉，故不屬於公文的範疇。可見公文成立的第一要件，就是須為處理公務之文書。

（二）至少有一方須為機關

所謂機關，包括政府機構與民間團體，如各縣市政府、公私立學校、登記立案的社團、基金會、公司行號等。公文的收、發雙方，至少必須有一方是機關團體，如人民向機關申請、機關答復人民往返的文書，至少有一方為機關，故為公文。當然，機關與機關間相互往來的文書，也是公文。而私人之間文書往返，即使內容以處理公務為主，仍不屬於公文範疇；因為不符合「至少有一方須為機關」的原則。可見公文成立的第二要件，是至少有一方須為機關；機關與機關、機關與個人間往來之文書即為公文。

（三）必須符合一定的程式

所謂程式，指公文必須具有一定的程序和格式。程序如公布法令、任免官員用「令」，各機關團體對外界有所宣布時用「公告」等。格式如機關公文視其性質不同，用印、簽署款式也有不同。機關公文應有發文日期與字號等；民眾個人的申請函，也要依規定署名、蓋章、並註明性別、年齡、職業及地址。可見公文成立的第三要件，是必須符合一定的程序和格式。

公文的處理

公文處理，亦稱為「文書處理」。關於公文處理的各種規範，諸如文書之簡化、保密、流程……，行政院祕書處編有《文書處理手冊》，其中都有詳細的規定。

現行《公文程式條例》最早在民國 17 年 11 月 15 日由國民政府制定公布；之後陸續修訂、增補相關條文。直到 93 年又加以修正，規定公文採由左而右之橫行格式，由行政院於 94 年 1 月 1 日公布施行。96 年 3 月 2 日接續修正，規定公文必要時得以電報、電報交換、電傳文件、傳真或其他電子文件行之，並於同年 3 月 21 日公布。

公文處理流程，可分為五個步驟：

1. 收文處理：簽收、拆驗、分文、編號、登錄、傳遞。

2. 文件簽辦：擬辦、送會、陳核、核定。

3. 文稿擬判：擬稿、會稿、核稿、判行。

4. 發文處理：繕印、校對、蓋印及簽署、編號、登錄、封發、送達。

5. 歸檔處理：依檔案法及相關規定辦理。

 何謂「公文」?

★根據現行《公文程式條例》第1條說:「稱公文者,謂處理公務之文書;其程式,除法律別有規定外,依本條例之規定辦理。」

★凡以處理公眾事務為目的所製作的文書,即稱為「公文」。

(一) 須為處理公務之文書

公文成立的第一要件,就是須為處理公務之文書。

公眾事務

私人事務

(二) 至少有一方須為機關

公文成立的第二要件,是至少有一方須為機關,相互往來的文書,才算是公文。

機關

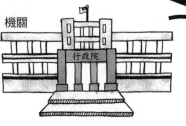

機關

個人

(三) 必須符合一定的程式

公文成立的第三要件,是必須符合一定的程序和格式。

程序	格式
如:公布法令、任免官員用「令」,各機關對外界有所宣布時用「公告」等。	如:機關公文視其性質不同,用印、簽署款式也有不同。

按:石兄與草草二人文書往返,討論社區排水溝整修相關事宜。雖然為處理公眾事務而起,但由於他們兩位都是個人,不符合公文之必備要素:至少有一方為機關,故這樣的文書還只是私人文書,不能納入「公文」之屬。

UNIT 5-2
公文程式條例（上）

現行公文改採由左而右橫行書寫格式，乃根據民國93年5月修訂之《公文程式條例》施行。以下臚列《公文程式條例》第1至3條於後，並引用《文書處理手冊》加以說明。

第1條（公文定義）

　　稱公文者，謂處理公務之文書；其程式，除法律別有規定外，依本條例之規定辦理。

按：凡機關與機關或機關與人民往來之公文書、機關內部通行之文書，以及公文以外之文書而與公務有關者，如外交機關之對外文書、僑胞與僑團間往來之文書，均屬公文之範疇。

第2條（公文程式類別）

　　公文程式之類別如下：

　　一、令：公布法律、任免、獎懲官員，總統、軍事機關、部隊發布命令時用之。

　　二、呈：對總統有所呈請或報告時用之。

　　三、咨：總統與立法院、監察院公文往復時用之。

　　四、函：各機關間公文往復，或人民與機關間之申請與答復時用之。

　　五、公告：各機關對公眾有所宣布時用之。

　　六、其他公文。

　　前項各款之公文，必要時得以電報、電報交換、電傳文件、傳真或其他電子文件行之。

按：其他公文，包括：（1）書函：用於公務未決階段之磋商、通報等，或可取代過去之便函、備忘錄，其適用範圍較函廣泛，舉凡一般聯繫、查詢等均可用，但性質不如函之正式。（2）開會通知單。（3）公務電話紀錄。（4）手令或手諭：機關長官對所屬有所指示或交辦時使用。（5）簽：承辦人員就職掌事項，或下級機關首長對上級機關首長有所陳述、請示、請求、建議時使用。（6）報告。（7）箋函或便箋：以個人或單位名義於洽商或回復公務時使用。（8）聘書。（9）證明書。（10）證書或執照。（11）契約書。（12）提案：對會議提出報告或討論事項時使用。（13）紀錄。（14）節略：對上級人員略述事情之大要，亦稱「綱要」。起首用「敬陳者」，末署「職稱、姓名」。（15）說帖：詳述機關掌理業務情形，請相關機關或部門予以支持時使用。（16）定型化表單。

第3條　（機關公文蓋印、簽章、副署）

　　一、蓋用機關印信，並由機關首長署名、蓋職章或蓋簽字章。

　　二、不蓋用機關印信，僅由機關首長署名，蓋職章或蓋簽字章。

　　三、僅蓋機關印信。

　　……機關公文以電報、電報交換、電傳文件或其他電子文件行之者，得不蓋用印信或簽署。

按：機關公文依性質不同，蓋用印信或簽署亦有所區別，詳見下頁圖解。

機關公文印信與簽署

印／大印

蓋用於永久性機關之公文。

關防

蓋用於臨時性、特殊性機關之公文。

條戳

躍然股份有限公司

於書函、通知單、催辦單等文書用之。

職章／小官章

蓋用於呈、簽及其他公務文件。

簽字章

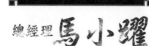

對外行文時用之。

職名章

總經理 馬 小 躍

蓋用於機關內部簽文或表格式公文。

收件章

於收受文件時用之。

騎縫章

於公文、附件、契約等黏連處用之。

校對章

躍然股份有限公司
校對章

於文書改正時用之。

副本章

蓋在公文副本的右上角。

附件章

於公文之附件上蓋用之。

電子文件章

★無須使用章戳。
★於收發電子文件時蓋用之。

UNIT 5-3
公文程式條例（下）

第 4 條（署名之代理與代行）

機關首長出缺由代理人代理首長職務時，其機關公文應由首長署名者，由代理人署名。

機關首長因故不能視事，由代理人代行首長職務時，其機關公文，除署首長姓名註明不能視事事由外，應由代行人附署職銜、姓名於後，並加註代行二字。

機關內部單位基於授權行文，得比照前二項之規定辦理。

按：機關首長代理人簽署，如某部長因故去職，由張要文代理，發文時部長署名處，應為：「代部長 張要文」。機關首長代理人代行，如青山市市長櫻桃子因公出國，不能視事，由副市長蕭弘茂代為判行。此時公文首長簽署處，應為：

「市長 櫻桃子 公出
副市長 蕭弘茂 代行」

第 5 條（人民申請函應載事項）

人民之申請函，應署名、蓋章，並註明性別、年齡、職業及住址。

按：人民之申請函可加上電話，以方便聯絡。

第 6 條（年月日及發文字號之記載）

公文應記明國曆年、月、日。機關公文，應記明發文字號。

第 7 條（公文之書寫方式）

公文得分段敘述，冠以數字，採由左而右之橫行格式。

第 8 條（公文文字）

公文文字應簡淺明確，並加具標點符號。

第 9 條（公文副本）

公文，除應分行者外，並得以副本抄送有關機關或人民；收受副本者，應視副本之內容為適當之處理。

按：副本等文書抄錄：（1）正本、副本，均用規定公文紙繕印，蓋用印信或章戳；以電子文件行之者，得不蓋用印信或章戳，並應附加電子簽章。（2）抄本（件）、譯本及影印本，無須加蓋機關印信或章戳，但文面應分別標示「抄本（件）」、「譯本」或「影印本」。

第 10 條（公文附件應冠數字）

公文之附屬文件為附件，附件在二種以上時，應冠以數字。

第 11 條（騎縫章）

公文在二頁以上時，應於騎縫處加蓋章戳。

第 12 條（密件）

應保守祕密之公文，其制作、傳遞、保管，均應以密件處理之。

第 12-1 條（電子文件辦法之另訂）

機關公文以電報交換、電傳文件、傳真或其他電子文件行之者，其制作、傳遞、保管、防偽及保密辦法，由行政院統一訂之。但各機關另有規定者，從其規定。

第 13 條（送達之規定）

機關致送人民之公文，除法規另有規定外，依行政程序法有關送達之規定。

第 14 條（施行日）

本條例自公布日施行。

本條例修正條文第七條施行日期，由行政院以命令定之。

圖解應用文──職場・大考・生活必勝絕招100回

副本等文書抄錄

正本

行文給主要受文者，故公文內容與受文者
有直接之關係。

副本

行文給非主要受文者，或公文內容與受文
者無直接之關係。

★宜用規定公文紙繕印，蓋用印信或章戳。

★如以電子文件行之者，得不蓋用印信或章
戳，並應附加電子簽章。

抄本

指與正本內容相同，但未
蓋用印信之公文。

★無須加蓋機關印信或章
戳，但文面應標示「抄本
（件）」。

★應併同原稿歸檔。

譯本

即正本之翻譯本，文件未
蓋用印信者。

★無須加蓋機關印信或章
戳，但文面應標示「譯本」。

★應併同原稿歸檔。

影印本

即正本之影印本。

文面應標示「影印本」。

實用百寶盒

在時下流行的清宮劇中，皇帝如果跟妃嬪們鬧彆扭，想必又是一個人躲在養心殿裡「批摺子」；然而，你知道古代天子批閱臣下奏章時都寫些什麼嗎？

咱們康熙爺（聖祖）向來走簡潔風，經常以「知道了」三字作為回復，有時更精省，只回以「是」或「好」，真是惜墨如金！

最有意思的是雍正爺（世宗），據說他一年只有生日那天放假，其餘時日每天都批閱到深夜，御筆親批，不假他人之手。別說「四爺」冷酷無情，從硃批中處處可見其真性情，時而有感而發，長篇大論，闡明己見；時而體恤大臣，噓寒問暖，關懷備至；時而自我剖析，字字精闢，入木三分。如批河南巡撫田文鏡摺：「朕就是這樣漢子，就是這樣秉性，就是這樣皇帝！爾等大臣若不負朕，朕再不負爾等也。勉之！」

其他如「朕躬甚安好，你好嗎？」「朕亦甚是想你。」「朕實在不知怎麼疼你？」很難想像稗官野史中以「血滴子」聞名的世宗皇帝竟也有如此溫暖的一面。

UNIT 5-4 公文的格式

公文夾的格式

公文夾通常採用較厚且堅韌之紙張，一般公文夾未對摺前的尺寸為長50公分、寬34公分。以顏色作為區分：

1. 紅色公文夾為最速件。
2. 藍色公文夾為速件。
3. 白色公文夾為普通件。
4. 黃色公文夾或特製的機密件袋則為機密件。

公文夾的格式：正中間標明「（機關全銜）公文夾」，中間下方標示「承辦單位」，左上角預留透明可插式空間，用以標示會核單位或視需要加註其他訊息，如「即刻繕發」、「提前核閱」等；亦可用來標示速別，但須與公文夾顏色相符。

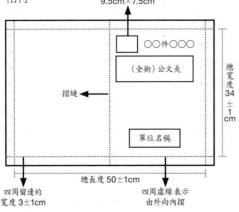

9.5cm×7.5cm

○○件○○○

（全銜）公文夾

摺縫

單位名稱

總寬度 34 ±1 cm

總長度 50±1cm

四周留邊的寬度 3±1cm

四周虛線表示由外向內摺

公文用紙的格式

公文用紙多採 A4 大小、70 磅以上之模造紙或再生紙。

1. 機關全銜、文別：會銜公文機關排序，先主辦機關，次會辦機關。

2. 右上角之地址、聯絡方式：會銜公文列主辦機關，令、公告無須此項。

3. 左上角之受文者及其地址：令、公告無須此項。

4. 發文日期、字號：「發文字號」會銜公文機關排序，先主辦機關，次會辦機關。

5. 速別、密等及解密條件或保密期限：令、公告無須此項。

6. 附件：令無須此項。

7. 本文：

(1) 令：不分段。

(2) 公告：可分為「主旨」、「依據」和「公告事項」三段式。

(3) 函、書函等：可分為「主旨」、「說明」和「辦法」三段式。

8. 正本：令、公告無須此項。

9. 副本：(含附件者註明：含附件或含○○附件)。

10. 蓋章戳：

(1) 會銜公文：按機關排序蓋用機關首長簽字章。

(2) 令：蓋用機關印信、機關首長簽字章。

(3) 公告：蓋用機關印信、機關首長簽字章。

(4) 函：上行，蓋機關首長職章；下行，蓋機關首長職銜簽字章；平行則蓋機關首長職章、職銜簽字章皆可。

(5) 書函、一般事務性的通知等：蓋機關（單位）條戳。

圖解應用文──職場‧大考‧生活必勝絕招100回

✒️ 機關公文用印的情形

函

| 上行文 | 蓋職章 | 平行文 | 蓋職章或職銜簽字章 | 下行文 | 蓋職銜簽字章 |

發布令、公告、聘書、獎狀、執照、契約書、證券、匾額等。

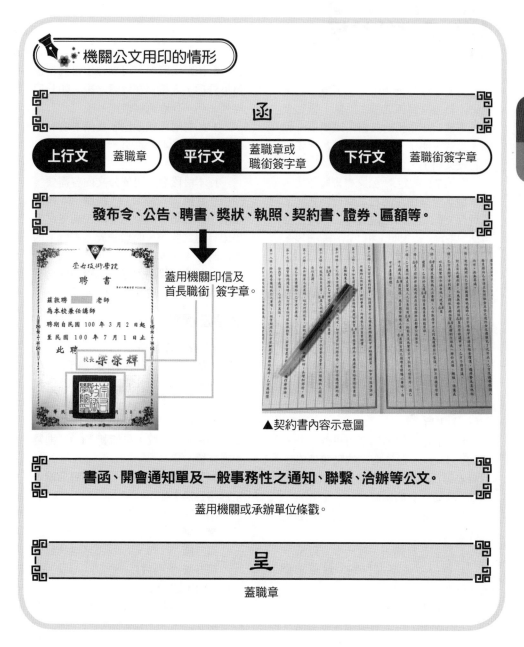

蓋用機關印信及首長職銜簽字章。

▲契約書內容示意圖

書函、開會通知單及一般事務性之通知、聯繫、洽辦等公文。

蓋用機關或承辦單位條戳。

呈

蓋職章

UNIT **5-5**
公文的結構

據現行《公文程式條例》第 8 條說：「公文文字應簡淺明確。」可見「簡淺明確」為公文寫作之基本原則，畢竟公文是處理公眾事務的文書，以簡單、淺顯、具體、明確，人人看得懂為首要，切忌咬文嚼字、賣弄文采。

又第 7 條規定：「公文得分段敘述，冠以數字，採由左而右之橫行格式。」現行公文的結構以三段式為主，即正文包括「主旨」、「說明」和「辦法」三段。但若案情較簡單者，可以用「主旨」一段式表達；也可以「主旨」、「說明」或「主旨」、「辦法」二段式完成。一般來說，如在實務上，當然是愈簡單愈好，能寫一段者，絕不寫到二段或三段；但考試時，儘量寫成三段式，最好別「偷工減料」！

三段式結構

（一）主旨

1.「主旨」的名稱不可更改，一定要用「主旨」。它是全文的精華所在，首要表達行文之目的與期望，敘述應力求簡單明瞭、具體明確。

2. 不分項，主旨的內容緊接在冒號後面書寫。

3. 期望及目的語，置於本段段尾。

4. 有復文或辦理日期、截止日期者，應在本段說明。

（二）說明

1.「說明」可依實際情況或需要，改為「經過」、「原因」等名稱。當案情緣由無法於「主旨」說明白時，可於本段交代清楚，必須就其事實、來源或理由，作較詳細之敘述。

2. 依案情需要，可以分項書寫；也可不分項，直接寫在冒號之後。如分項條列，另一列應縮格書寫。

3. 如有附件或期望收受副本者有所作為時，應在本段說明。

（三）辦法

1. 本段段名，可依公文內容需要，改用「建議」、「請求」、「擬辦」、「核示事項」等名稱。本段主要用在向受文者提出具體之要求，而無法於「主旨」內簡述時，才在本段中逐一列舉。

2. 其分項條列內容過於複雜或含有表格形態時，宜編列為附件。

分項及標點

（一）分項標號

1. 製作公文時，如果遇到分項標號，應另縮格以「全形」字體呈現「一、二、三、……」、「（一）、（二）、（三）……」、「1、2、3……」或「(1)、(2)、(3)……」。按：小括號「( )」則為半形字體。

2. 分項條列時，下一層應另列縮一全形格書寫，如：

第一層　一、
第二層　　（一）
第三層　　　　1、
第四層　　　　　　(1)

（二）內文標點

1. 中文字體、中文的標點符號，應以全形為之。

2. 阿拉伯數字、外文字母及外文之標點符號，應以半形為之。

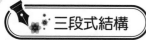 三段式結構

（一）主旨

1. 名稱不可更改，一定要用「主旨」。它是全文的精華所在，敘述應力求簡單明瞭、具體明確。
2. 不分項，主旨的內容緊接在冒號後面書寫。
3. 期望及目的語，置於本段段尾。
4. 有復文或辦理日期、截止日期者，應在本段說明。

（二）說明

1. 可依實際情況或需要，改為「經過」、「原因」等名稱。當案情緣由無法於「主旨」說明白時，可於本段交代清楚，必須就其事實、來源或理由，作較詳細之敘述。
2. 依案情需要，可以分項書寫；也可不分項，直接寫在冒號之後。如分項條列，另一列應縮格書寫。
3. 如有附件或期望收受副本者有所作為時，應在本段說明。

（三）辦法

1. 本段段名，可依公文內容需要，改用「建議」、「請求」、「擬辦」、「核示事項」等名稱。本段主要用在向受文者提出具體之要求，而無法於「主旨」內簡述時，才在本段中逐一列舉。
2. 其分項條列內容過於複雜或含有表格形態時，宜編列為附件。

UNIT 5-6 公文的副本和附件

公文副本

副本的使用原則，據現行《公文程式條例》第9條規定：「公文，除應分行者外，並得以副本抄送有關機關或人民；收受副本者，應視副本之內容為適當之處理。」

在公文處理的過程中，為了加強各機關之間的聯繫，增進行政效率，除了主要受文者以正本行文之外，尚須其他相關機關或個人配合，亦可同時抄送副本，使之了解案情之進展。

（一）適用範圍

1. 受理之案件，主體機關或通案分行之機關用正本，其餘有關聯之機關則用副本。

2. 收到其他機關來文，一時未能函復，須向其他機關查詢者，可將查詢行文之副本抄送來文機關。

3. 因緊急情況越級行文時，得以副本抄送其直屬上級或下級機關。

（二）注意事項

1. 副本的效力雖不及正本，但副本收受者應視其內容，本於職權，作適當之處理。

2. 應以「正本」行文時，不宜草率抄送副本交差；且對上級機關，以不行副本為宜。

3. 副本也要蓋印，註明日期、字號等與正本格式完全相同，並在右上角標明「副本」字樣，以示區別。

4. 如要求副本收受者也要有所作為時，宜在「說明」段內載明。

5. 正本所含之附件，如須檢送副本收受者，應在文末「副本」項內註明「含附件」、「不含附件」或「含○○附件」。

公文附件

所謂「附件」，即公文的附屬文件。在處理公文的過程中，經常需要相關之資料、圖片、證書等加以佐證，為了減省公文的作業程序，提升行政效率，一般會將這些附屬文件隨著公文而發送。

（一）使用原則

1. 公文如有附件，通常會在「說明」段的最後一項載明，並在「附件」內註明「見說明第○項」字樣。若為一段式公文，亦可在「主旨」段內標明。

2. 公文如有附件隨呈，應在「附件」項內註明其內容名稱、形式、數量等相關字樣。

3. 附件有二種以上時，可分別標示「附件1」、「附件2」……。

4. 附件以不蓋用印信為原則，除非有特別規定者，為例外。

（二）注意事項

1. 如附件之正本須留存，而以電子文件、抄本或影印本發出時，須註明：「原本存卷，另以電子檔、抄本或影印本發出」。

2. 有時間性之公文，其附件不及隨文送出者，須註明：「文先發，附件另送」，並與發文單位聯繫，洽知發文號碼，備於補送附件時註明。

3. 無論任何原因，凡附件須另寄者，應在公文「附件」項內註明「附件另寄」的字樣。

圖解應用文──職場・大考・生活必勝絕招100回

副本和附件的注意事項

副本

1

副本的效力雖不及正本,但副本收受者應視其內容,本於職權,作適當之處理。

2

應以「正本」行文時,不宜草率抄送副本交差;且對上級機關,以不行副本為宜。

3

副本也要蓋印,註明日期、字號等與正本格式完全相同,並在右上角標明「副本」字樣,以示區別。

4

如要求副本收受者也要有所作為時,宜在「說明」段內載明。

5

正本所含之附件,如須檢送副本收受者,應在文末「副本」項內註明「含附件」、「不含附件」或「含○○附件」。

附件

1

如附件之正本須留存,而以電子文件、抄本或影印本發出時,須註明:「原本存卷,另以電子檔、抄本或影印本發出」。

2

有時間性之公文,其附件不及隨文送出者,須註明:「文先發,附件另送」,並與發文單位聯繫,洽知發文號碼,備於補送附件時註明。

3

無論任何原因,凡附件須另寄者,應在公文「附件」項內註明「附件另寄」的字樣。

 實用百寶盒

　　喜歡看古裝戲的人對它一定不陌生——笏(ㄏㄨˋ)板,就是古代臣子上朝時拿在手上的長形板子,長2尺6寸、寬3寸,又可稱為「手板」、「玉板」或「朝板」。其功能或用來恭錄皇帝旨意、聖裁,或可充當上奏言事的備忘錄。

　　唐代五品以上官員執象牙笏板,六品以下執竹笏。到了明代,五品以上官吏上朝才執笏,一般芝麻綠豆官則不執。至清代,由於滿人尚武,文武百官都習慣騎馬上朝,雙手無暇執笏,所以廢去這項老傳統。

UNIT 5-7
公文用語（上）

公文有其專門用語。茲將現行的公文用語，概分為十一類：起首語、稱謂語、引述語、經辦語、准駁語、除外語、請示語、期望及目的用語、抄送語、附送語和結束語。本文先介紹起首語、稱謂語、引述語、經辦語、准駁語五種：

一、起首語

起首語，指公文起首所用之發語詞。如「查」、「有關」、「關於」、「謹查」、「茲」等，為一般公文所通用。公布法律或發布命令時，起首用「制定」、「訂定」、「修正」、「廢止」等。任用人員時，起首語為「特任」、「特派」、「任命」、「派」、「茲派」、「茲聘」、「僱」等。

二、稱謂語

稱謂語，指對受文者稱呼或自稱的用語。如有隸屬關係之下級對上級，稱「鈞府」、「鈞長」、「鈞座」。對無隸屬關係之上級機關，稱「大」，如立法院、司法院等，稱「大院」；另如「大部」、「大局」、「大處」等，依此類推。對於無隸屬關係之同級、下級或人民團體，稱「貴」；如「貴局」、「貴處」、「貴公司」等。以上為直接稱謂時用，均應「挪抬」（前面空一格）示敬。

對屬員或人民，稱「臺端」、「先生」、「女士」；自稱「本」。間接稱謂時，用「該」。如須一再提及機關名稱、職員姓名，則於第二次以後宜用間接稱謂，改稱「該公司」、「該員」等。

三、引述語

引述語，指引據其他機關或受文者來文之用語。引述上級機關或首長公文時，用「依」、「奉」；引述同級機關公文時，用「准」；引述下級機關或屬員、人民公文時，用「據」。

回復上級機關來文或首長公文，於引述完畢時，用「奉悉」；回復同級機關來文，於引述完畢時，用「敬悉」；回復下級機關公文，於引述完畢時，用「已悉」。

於復文時，用「復（稱謂）……函」。於告知辦理之依據時，用「依（稱謂）……辦理」。對上級機關發文後續函時，用「（發文年月日字號及文別）……諒蒙 鈞察」；對同級或下級機關發文後續函時，用「（發文年月日字號及文別）……諒達」。

四、經辦語

經辦語，指案情處理過程之聯繫用語。如對上級機關或首長，用「遵經」、「遵即」等。一般通用之經辦語，有「業經」、「業已」、「均經」、「迭經」、「旋經」、「嗣經」。

五、准駁語

准駁語，指在審核或答復受文者請求時之用語。准駁性、建議性、採擇性、判斷性之公文用語必須明確肯定，切忌模稜兩可。如對同級機關或人民團體時，用「敬表同意」、「同意照辦」、「不能同意辦理」、「歉難同意」、「無法照辦」、「礙難同意」、「敬請諒察」等；如對下級機關，用「自應照准」、「應予照准」、「准予照辦」、「應予不准」、「應予駁回」等。而決行人員批核公文，用「如擬」、「可照准」、「准如所請」、「如擬辦理」、「應從緩議」等。

稱謂語、准駁語

稱謂語 指對受文者稱呼或自稱的用語。

無隸屬關係：下級對上級	稱「大」。

無隸屬關係：同級互稱、上級對下級或人民團體	稱「貴」。

大院

立法院　　　財團法人

貴院

貴公司

立法院　　　司法院

財團法人

機關對屬員或人民 直接稱謂 間接稱謂	自稱「本」。 稱「臺端」、「先生」、「女士」。 用「該」。

有隸屬關係：下級對上級	稱「鈞府」、「鈞長」、「鈞座」。

鈞府

市政府

臺北市內湖區行政中心

區公所

准駁語 准駁語，指在審核或答復受文者請求時之用語。

對同級機關或人民團體	表示同意	用「敬表同意」、「同意照辦」。
對同級機關或人民團體	表示不同意	用「不能同意辦理」、「歉難同意」、「無法照辦」、「礙難同意」、「敬請諒察」。
對下級機關	表示同意	用「自應照准」、「應予照准」、「准予照辦」。
對下級機關	表示不同意	用「應予不准」、「應予駁回」。
決行人員批核公文		用「如擬」、「可照准」、「准如所請」、「如擬辦理」、「應從緩議」等。

UNIT *5-8* 公文用語（下）

再來介紹其他六種：除外語、請示語、期望及目的用語、抄送語、附送語和結束語。

六、除外語

除外語，指處理案件之除外用語。如「除……外」、「除……暨……外」等，為通用。

七、請示語

請示語，指請問、請教之衡量用語。如「是否可行」、「是否有當」、「可否之處」等，為通用。

八、期望及目的用語

期望及目的用語，指對受文者表達行文之期望或目的之用語。如對上級機關或首長查核、指示之時，使用「請　鑒核」、「請　核示」、「請　鑒查」、「請　核備」等。其中「鑒核」用以報核案件；「核示」用來請示案件、「鑒查」用作僅供了解；「核備」表示核備案件。

如對同級機關知悉辦理時，使用「請　查照」、「請　照辦」、「請　備案」、「請　辦理惠復」、「請　查明惠復」、「請　查照轉知」、「請　查核辦理」等。

如對下級機關知悉辦理時，使用「請查照」、「請照辦」、「請備案」、「請辦理見復」、「請查明見復」、「請查照轉知」、「請查核辦理」等。用語和同級機關類似，但對下級單位不必「挪抬」而已。另「請」字可以改用「希」，如「希查照」、「希照辦」、「希辦理見復」等；只適用於下級機關。

以下簡單說明各期望及目的用語的含意及用途：

1. 請　鑒核、請　核示：表示發文者請受文者核定，以便發文者依核示事項辦理；多用在上行文。

2. 請　辦理惠復：表示發文者請受文者辦妥後回復發文者；多用在平行文，上行文亦可通用。

3. 請　查照：表示發文者請受文者查明後依文中所述辦理，多用在平行文。或用在下行文時，不必「挪抬」；或改用「希查照」亦可。

4. 請　辦理見復：表示發文者請受文者辦妥後務必回復發文者，多用在平行文。或用在下行文時，不必「挪抬」；亦可改用「希辦理見復」。

九、抄送語

抄送語，指致送副本、抄件之用語。如對上級機關或首長，用「抄陳」；對同級機關，用「抄送」；對下級機關，用「抄發」。

十、附送語

附送語，指致送資料、文件之用語。如對上級機關附送附件時，用「附陳」、「檢陳」；對同級或下級機關附送附件時，用「檢送」、「檢附」、「附」、「附送」等。

此外，附送語亦可寫在公文的開頭，當成起首語使用。

十一、結束語

結束語，指全文之總結用語。如對總統簽，用「謹呈」；於簽末，用「謹陳」、「敬陳」、「右陳」；於便箋，用「此致」等。

 期望及目的用語

對上級

如對上級機關或首長查核、指示之時，使用「請 鑒核」、「請 核示」、「請 鑒查」、「請 核備」等。

（按：「鑒核」用以報核案件；「核示」用來請示案件、「鑒查」用作僅供了解；「核備」表示核備案件。）

上行文

1. 請 鑒核、請 核示：表示發文者請受文者核定，以便發文者依核示事項辦理。

2. 請 辦理惠復：表示發文者請受文者辦妥後回復發文者。

對同級

如對同級機關知悉辦理時，使用「請 查照」、「請 照辦」、「請 備案」、「請 辦理惠復」、「請 查明惠復」、「請 查照轉知」、「請 查核辦理」等。

平行文

1. 請 辦理惠復：表示發文者請受文者辦妥後回復發文者。

2. 請 查照：表示發文者請受文者查明後依文中所述辦理。

3. 請 辦理見復：表示發文者請受文者辦妥後務必回復發文者。

對下級

如對下級機關知悉辦理時，使用「請查照」、「請照辦」、「請備案」、「請辦理見復」、「請查明見復」、「請查照轉知」、「請查核辦理」等。用語和同級機關類似，但對下級單位不必「挪抬」。

（按：「請」字可以改用「希」，如「希查照」、「希照辦」、「希辦理見復」等；只適用於下級機關。）

下行文

1. 請查照、希查照：表示發文者請受文者查明後依文中所述辦理。

2. 請辦理見復、希辦理見復：表示發文者請受文者辦妥後務必回復發文者。

不必挪抬

UNIT 5-9 公文寫作規範

據現行《公文程式條例》第7條說：「公文得分段敘述，冠以數字，採由左而右之橫行格式。」近年來為了配合電子化公文之需要，公文寫作一律改用由左而右之橫行格式書寫。公文中的數字寫法也有一些變化，必須依照行政院祕書處頒訂的《文書處理手冊》辦理。

關於橫式公文的數字使用、書寫原則，我們可以歸納為三類：

一、使用阿拉伯數字

凡具有一般數字意義、統計意義，或以阿拉伯數字表示較清楚者，皆使用阿拉伯數字。

（一）一般數字意義

1. 代號（碼）、國民身分證統一編號、編號、發文字號：如 ISBN 978-957-11-6663-6。

2. 序數：如第 14 屆第 3 會期。

3. 日期、時間：如民國 100 年 1 月 14 日、520 就職典禮、51 勞動節、延後 2 週辦理。

4. 電話、傳真：如（02）2266-1374。

5. 郵遞區號、門牌號碼：112 臺北市北投區明德路一段 100 號。

（二）統計意義

1. 計量單位：180 公分、62 公斤、5 萬元、28.6 坪、90 度、土地 1.5 筆等。

2. 統計數據（人數、比數、金額、百分比等）：如 603,198,672 人、2:1、6 億 3953 萬 2,789 元、36％等。

二、使用中文數字

凡屬於描述性用語、專有名詞、慣用語，或以中文數字表示較適當者，均使用中文數字。

（一）描述用語：如一律、再三、第一夫人、一流學府、國小三年級等。

（二）專有名詞（頭銜、人名、地名、書名、店名等）：如亞歷山大二世、陳三、九份、《四書集註》、五南書局等。

（三）習慣用語（星期、比例、概數、約數等）：如星期四、十三分之一、約三四天、五百多人等。

三、特殊的法律用語

特殊的法律用語，又可分為兩類：

（一）必須使用阿拉伯數字

法規條項款目、編章節款目之統計數據者，以及引述或摘述法規條文內容時，必須使用阿拉伯數字。

1. 法規條項款目、編章節款目之統計數據：如《事務管理手冊》共分 15 編、415 條文。

2. 引述或摘述法規條文內容：如依《兒童福利法》第 44 條規定：「違反第 2 條第 2 項規定者，處新臺幣 1 千元以上 3 萬元以下罰鍰。」

（二）必須使用中文數字

屬於法規制訂、修正及廢止案之法制作業公文書（如令、函、法規草案總說明、條文對照表等），應依〈中央法規標準法〉、「法律統一用語表」等相關規定辦理。如行政院令：修正《事務管理手冊》第一百十一條條文。又行政院函：修正《事務管理手冊》財產管理第五十點、第五十一點、第五十二點，並自中華民國九十三年二月十六日生效。

 **數字使用原則**

阿拉伯數字

代號(碼)、編號	臺 83 內字第 095513 號	計量單位	35 立方公尺、7.54 公頃
序數	第 14 屆第 3 會期	統計數據（如百分比）	36%、603,198,672 人
日期、時間	921 大地震、7 時 25 分	法規條項款目	《事務處理規則》共分 15 編、415 條
電話、傳真	(02)2266-1374	引述法規條文	依《兒童福利法》第 44 條規定：「違反第 2 條第 2 項規定者，處新臺幣 1 千元以上 3 萬元以下罰鍰。」
郵遞區號、門牌號碼	112 臺北市北投區明德路一段 100 號		

    五二〇總統就職大典

這次防災演習，共出動三萬五千八百三十二人。

中文數字

描述用語	如一律、再三、第一夫人、一流學府、國小三年級……
專有名詞	如亞歷山大二世、陳三、九份、《四書集註》、五南書局……
習慣用語	如星期四、十三分之一、約三四天、五百多人等……
法規制訂、修正及廢止案之法制作業公文書	如行政院令：修正《事務管理手冊》第一百十一條條文。

  9 份   5 南書局   3 國演義 我乃張 3 豐是也！

九份　五南書局

UNIT 5-10
「令」寫作範例

「令」用於公布法律，任免、獎懲官員，總統、軍事機關、部隊發布命令之時。令屬於下行文，在法律上具有強制性和約束力，所以受令者一定要徹底認真地執行。

令的寫法，以下分為「公布法律命令」和「發布人事命令」二項說明：

一、公布法律命令

所謂「公布法律命令」，包括公布法律、發布法規命令、解釋性規定與裁量基準之行政規則。關於令的寫作原則有三：

1.令的正文可以不分段，敘述時動詞一律在前面，例如：

（1）訂定「○○○施行細則」。

（2）修正「○○○辦法」第○條條文。

（3）廢止「○○○辦法」。

2.制定或廢止多種法律，同時公布時，可以併入同一令中處理；發布法規命令時，也是如此。

3.令的發布方式，應以刊登政府公報或新聞紙方式為之，並可以在機關電子公布欄公布；如有必要，得以公文分行各機關。

二、發布人事命令

所謂「發布人事命令」，包含發布官員任免、遷調、獎懲等的人事消息。人事命令的格式由人事主管機關訂定，應遵守由左而右橫行書寫的原則。

以下就令之公布法律命令、發布人事命令，各舉一例示範：

（一）總統公布法律命令

檔　號：
保存年限：

總統　令

發文日期：中華民國○年○月○日
發文字號：○字第○號
〔印信位置〕

茲修正護照條例第四條、第九條及第十一條條文，公布之。附「護照條例」修正條文。

總　　　統　○○○（蓋職銜簽字章）
行政院院長　○○○（蓋職銜簽字章）
外交部部長　○○○（蓋職銜簽字章）

（二）總統發布人事命令

檔　號：
保存年限：

總統　令

發文日期：中華民國○年○月○日
發文字號：○字第○號
〔印信位置〕

特派○○○為107年專門職業及技術人員特種考試典試委員長。

總　　　統　○○○（蓋職銜簽字章）
行政院院長　○○○（蓋職銜簽字章）
考試院院長　○○○（蓋職銜簽字章）

【說明：】

1.印信：應蓋機關印信，但刊登公報或登報者，則無須蓋印。

2.蓋章戳：由發布之機關蓋首長職銜簽字章，如須副署，依憲法第37條規定：「總統依法公布法律，發布命令，須經行政院院長之副署，或行政院院長及有關部會首長之副署。」可以在首長署名之下加以副署。

圖解應用文──職場・大考・生活必勝絕招100回

「令」的使用

★「令」用於公布法律，任免、獎懲官員，總統、軍事機關、部隊發布命令之時。

★令屬於下行文，在法律上具有強制性和約束力，所以受令者一定要徹底認真地執行。

公布法律命令

所謂「公布法律命令」，包括公布法律、發布法規命令、解釋性規定與裁量基準之行政規則。

寫作原則

1 令的正文可以不分段，敘述時動詞一律在前面，例如：(1) 訂定「○○○施行細則」。(2) 修正「○○○辦法」第○條條文。(3) 廢止「○○○辦法」。

2 制定或廢止多種法律，同時公布時，可以併入同一令中處理；發布法規命令時，也是如此。

3 令的發布方式，應以刊登政府公報或新聞紙方式為之，並可以在機關電子公布欄公布；如有必要，得以公文分行各機關。

發布人事命令

所謂「發布人事命令」，包含發布官員任免、遷調、獎懲等的人事消息。

人事命令的格式由人事主管機關訂定，應遵守由左而右橫行書寫的原則。

實用百寶盒

「令」的本義是命令。因為無論從甲骨文或金文來看，「令」字都是由「亼」和「卩」所組成。「亼」象徵「口」倒置之形，表示上位者張口發施號令之意；而「卩」則象徵跪坐的人形，亦即聽從上位者發施號令的對象。因此，許慎《說文解字》載：「令，發號也，从亼、卩。」可見「令」合「亼」、「卩」而成文，為一會意字。

甲骨文

金文

UNIT 5-11 「呈」寫作範例

「呈」為對總統有所呈請或報告時使用。呈屬於上行文，使用的機會相對較少，因為只適用於向總統呈請或報告之時。

呈的格式與函大同小異，正文一樣可分為「主旨」、「說明」和「辦法」三段式寫作；所不同的是，呈的「受文者」，文末「正本」冒號之後，寫的只能是總統。其餘沒有太大出入，以下針對呈的正文加以說明：

1. 主旨：必須簡明扼要敘述呈文之目的和期望，務必一氣呵成，不可以分項敘述，末尾要附加上行文適用之期望及目的語。

2. 說明：詳述呈文之事實、經過、來源及理由等。如果案情繁雜，得以分項敘述，每項起首宜換行，並縮一個全形字元後，冠以一、二、三、……。

3. 辦法：提供具體可行之建議、報告、請求等。與「說明」一樣，如果案情繁複，得以分項敘述，每項起首應換行，並縮一個全形字元，冠上一、二、三、……，逐條敘述。

此外，「主旨」之段名不可更改，其餘「說明」、「辦法」可視實際需要而自行變更段名。同理，只有「主旨」不能省略，「說明」、「辦法」皆可依實際情況斟酌調整，需要則有，不需要則略。所以呈的正文可以寫成一段式（只有「主旨」）、二段式（「主旨」＋「說明」、「主旨」＋「辦法」）、三段式（「主旨」＋「說明」＋「辦法」）均可。其餘比照上行函辦理，如文末機關首長署名，須蓋職章。

以下姑舉一例示範：

檔　號：
保存年限：

行政院　呈

地址：○市○路○號
聯絡方式：（承辦人、電話、傳真、E-mail）

郵遞區號：
受文者地址：
受文者：總統

發文日期：中華民國○年○月○日
發文字號：○字第○號
速別：最速件
密等及解密條件或保密期限：
附件：

主旨：呈報「行政院核四電廠停建報告書」乙份，恭請　鑒核。
說明：
一、依○年○月○日司法院大法官會議○字第○號規定，應向立法院院會補行報告並備詢。
二、本案已函請立法院安排○年○月○日第○屆第○會期臨時會議提出報告及備詢完畢。
三、謹呈「行政院核四電廠停建報告書」乙份。

正本：總統
副本：

行政院院長　○○○（蓋職章）

【說明：】

1.「檔案」、「保存年限」：請務必按照公文檔案編排方式及保存年限之規定填寫。

2.「發文字號」：承辦人員按公文性質依序編列發文字號，編號前冠以承辦單位之代字。

圖解應用文——職場·大考·生活必勝絕招100回

「呈」的寫法

「呈」為對總統有所呈請或報告時使用，屬於上行文。

「呈」的格式與「函」大同小異：

相同處 正文皆可分為「主旨」、「說明」和「辦法」三段式寫作。

不同處 「呈」中在「受文者」及文末的「正本」冒號之後，寫的只能是總統。

❶ 主旨

必須簡明扼要敘述呈文之目的和期望，務必一氣呵成，不可以分項敘述，末尾要附加上行文適用之期望及目的語。

★段名不可以更改。
★「主旨」是呈文的重點所在，故一定要寫出來。
★正文可以寫成一段式（只有「主旨」）。
★正文無論寫成一段式、二段式、三段式，「主旨」絕不可省略。

❷ 說明

詳述呈文之事實、經過、來源及理由等。如果案情繁雜，得以分項敘述，每項起首宜換行，並縮一個全形字元後，冠以一、二、三……。

★可視實際需要而自行變更段名。
★可依實際情況斟酌調整，需要則有，不需要則略。
★正文可以寫成二段式（「主旨」＋「說明」）、三段式（「主旨」＋「說明」＋「辦法」）均可。

❸ 辦法

提供具體可行之建議、報告、請求等。與「說明」一樣，如果案情繁複，得以分項敘述，每項起首應換行，並縮一個全形字元，冠上一、二、三……逐條敘述。

★可視實際需要而自行變更段名。
★可依實際情況斟酌調整，需要則有，不需要則略。
★正文可以寫成二段式（「主旨」＋「辦法」）、三段式（「主旨」＋「說明」＋「辦法」）均可。

 實用百寶盒

　　「呈」的本義是向上級稟報的意思。如《正字通·口部》載：「下以情陳於上曰呈。」甲骨文中「呈」字，由「口」、「王」所組成。「口」代表陳述之意；「王」即上級長官也。如此一來，「呈」應為會意字。

　　不過，文字學家許慎可不這麼認為，因此後世以為甲骨文所錄此字，或為一異體字。據《說文解字》載：「呈，平也，从口、壬聲。」或許平民開口出聲把訊息呈報上去，才是「呈」的本義。从口、壬聲，可見它是一個形聲字才對！

呈　

甲骨文

UNIT 5-12
「咨」寫作範例

　　「咨」為總統與國民大會（民國94年6月起已停止運作）、立法院、監察院公文往復時使用。咨屬於平行文，因為總統是人民選出來的，而立法院、監察院是民意機關，他們之間是對等的關係，理應平起平坐，無上下、主從之分，故為平行文。

　　由於咨目前僅用於總統與立法院、監察院公文往復時，使用的範圍不廣，一般人比較沒機會用到，除非在這幾個特定機構上班者例外。其實咨的格式與寫法與平行函類似，只要融會貫通了，舉一反三，倒也不困難。

　　姑舉一例示範如右：

實用百寶盒

　　根據《中華民國憲法》規定：國民大會為五權憲法體制中權力最高的機關，由人民選出的國民大會代表所組成，國民大會最重要的職權在於選舉總統和副總統。

　　不過，2005年6月國民大會通過立法院提出的憲法修正案，凍結所有與國民大會相關的條文，使國民大會停止運作，從此改變了我國憲政體制的架構。

　　廢除國民大會後，其主要職權移至立法院、司法院憲法法庭，或直接交付公民投票等。如：自此之後，開放全民投票選舉總統和副總統。總統彈劾案原本由立法院向國民大會提出，如今改由司法院大法官組成憲法法庭加以審理。此外，增訂大法官審理彈劾案職權，並凍結監察院彈劾正、副總統的規定。

檔　　號：
保存年限：

總統　咨

地址：○市○路○號
聯絡方式：（承辦人、電話、傳真、E-mail）

郵遞區號：
受文者地址：
受文者：立法院

發文日期：中華民國○年○月○日
發文字號：○字第○號
速別：
密等及解密條件或保密期限：
附件：

主旨：為提任曾厚道為行政院院長，咨徵同意。
說明：
一、行政院長歐陽世恭懇請辭職，已勉循所請，予以照准，茲擬以曾厚道為繼任行政院長。
二、曾員質樸堅毅，積極有為，歷任行政首長任內政績卓著，於民生經濟、社會福利、重大建設、環保措施等方面，多所建樹，深獲民心，以之為行政院院長，必能勝任愉快。
三、爰依我國《憲法》第五十五條第一項之規定，檢同曾厚道履歷表乙份，提請　貴院同意以便任命。

正本：立法院
副本：

總統 ○○○（蓋職章）

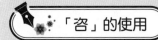

「咨」的使用

★「咨」屬於平行文,為總統與國民大會(民國 94 年 6 月起已停止運作)、立法院、監察院公文往復時使用。(因為總統是人民選出來的,而立法院、監察院是民意機關,他們之間是對等的關係,理應平起平坐,無上下、主從之分。)

★其實「咨」的格式與寫法與「平行函」類似,只要融會貫通了,舉一反三,倒也不困難。

實用百寶盒

　　「咨」的本義是開口向人詢問疑惑、與人商議事情之意。金文、小篆中「咨」字,由「次」、「口」組成。「次」既是聲符,表示讀音,也像人張口說話之狀,或為人嘆息的樣子;「口」即開口說話的意思。

　　而許慎《說文解字》載:「咨,謀事曰咨,從口、次聲。」仍作開口諮詢、商議之謂,是一個形聲字。《爾雅‧釋詁》亦載:「咨,謀也。」不出諮商、謀劃的範疇。

　　而後世「咨」用作同級官員往來的文書;今日民主政治下,「咨」成為國家正、副元首與民意機關間往來的一種平行文書。

金文　　　　小篆

UNIT 5-13
「函」寫作要領

　　行政機關之一般公文以「函」為主，可分為上行、平行和下行三種。此外，民眾與機關之間申請、答復時，也是使用函。所以說，函的使用範圍最廣，用到的機會也最多，一般職場、公職、甄試等如加考公文寫作，幾乎百分之九十五以上都會要求撰寫一篇函，其重要性可想而知。

　　我們將函的寫作要領，歸納成三點，分述如次：

一、基本原則

　　1. 文字敘述要簡潔流暢、淺顯易懂，內容求求具體明確，以達「簡、淺、明、確」之要求。

　　2. 必須正確使用新式標點符號。

　　3. 正文應摘述來文的要點，不可直接套用對方的文句。

　　4. 應採用肯定的語氣，辭意須具體妥貼，並遵守公文往返應有的禮貌。避免使用辭義艱深、無意義或模稜兩可的語句。

　　5. 在結構上，正文得依案情的繁複、普通或簡單，斟酌採用三段式（「主旨」、「說明」、「辦法」），或二段式（「主旨」加「說明」、「主旨」加「辦法」），亦可只用一段式（「主旨」）寫作。原則上，在公文操作實務中，愈簡單愈好，能一段完成式者，絕不寫成二段式、三段式；但如在考場上，則建議以寫三段式為宜。

二、分段款式

　　1. 主旨：為全文的精華所在，用來說明行文的目的與期望，文字宜力求具體扼要、簡單明瞭。主旨必須一段到底，不宜分項敘述。寫完後，別忘了依上行、平行、下行文之異，加上適當的目的及期望語。

　　2. 說明：當案情必須就事實、來源或理由等，作較詳細的敘述，無法於「主旨」中交代清楚時，才寫本段。段名可依其內容需要改為「經過」、「原因」等。說明得依內容多寡，分列數項敘述，或一氣呵成不分項，皆可。

　　3. 辦法：向受文者提出具體的要求。本段需要則寫，不需要則略；段名亦可依實際情形改為「建議」、「請求」、「擬辦」、「核示事項」等。辦法可以一段寫完不分項，亦可分項逐條敘述。

三、各段規格

　　1. 各段「主旨」、「說明」、「辦法」之前，不必冠以數字；但段名之後，要加上冒號（：）。

　　2. 「說明」、「辦法」中，如果條列的內容過於繁雜或含有表格等，應該編為附件。

　　3. 字形大小：在目前公文實務中，一律以電腦打字方式製作公文，因此對其內容文字的大小有一定的規範：

　　（1）機關全銜、文別：20 級字（置中對齊）。

　　（2）受文者、主旨、說明、辦法等主要內容 16 級字（靠左對齊）。

　　（3）地址、聯絡方式、受文者郵遞區號、受文者地址、發文日期、發文字號、速別、密等及解密條件或保密期限、附件、正本、副本等資訊：12 級字。

「函」的寫法

❶ 主旨

★為全文的精華所在,用來說明行文的目的與期望,文字宜力求具體扼要、簡單明瞭。

★主旨必須一段到底,不宜分項敘述。寫完後,別忘了依上行、平行、下行文之異,加上適當的目的及期望語。

> 公文中一定要有「主旨」。
>
> ★主旨就是主旨,不可以變更段名。
> ★「主旨」只能一段到底,絕對不可以分項敘述。

❷ 說明

★當案情必須就事實、來源或理由等,作較詳細的敘述,無法於「主旨」中交代清楚時,才寫本段。可見本段是可有可無的,並非每一篇公文都有「說明」。

★段名可依內容需要改為「經過」、「原因」等。說明得依內容多寡,分項敘述,或一氣呵成不分項,皆可。

> 公文中的「說明」可有可無。
>
> ★「說明」可以改成「經過」、「原因」等名稱。
> ★「說明」可依內容多寡,分項敘述,或一段完成。

❸ 辦法

★「辦法」即公文中向受文者提出具體的要求。本段需要則寫,不需要則略;段名亦可依據實際情形更改為「建議」、「請求」、「擬辦」、「核示事項」等。

★辦法可以一段寫完不分項,亦可分項逐條敘述。

> 公文中的「辦法」有則寫,無則略。
>
> ★「辦法」可改為「建議」、「請求」、「擬辦」、「核示事項」等段名。
> ★「辦法」可依內容多寡,分項敘述,或一段完成。

 實用百寶盒

　　古代臣子經常要上奏章給皇帝,猜猜看他們大多寫些什麼內容?有如賈誼〈治安策〉、魏徵〈諫太宗十思疏〉等見解獨到的好文章,其中自然不乏無關痛癢的垃圾文字。看來封建帝王似乎也沒有想像中專制、霸道,不然,臣下怎敢寫出如此「廢文」傷害聖上的眼睛?

　　如清康熙年間,福建巡撫呂猶龍「奏為進獻臺灣所產番檨(芒果)」,是獻土產給皇上的奏章;雍正時,福建水師提督王紹「奏報臺灣番拾金不昧摺」,連有人拾金不昧這等小事都來稟報皇上,莫非吃飽太閒!

　　更扯的是,孫文成這傢伙曾一連五年上了廿二道請安摺子,問候:「皇上近日還好嗎?」雍正爺居然連回廿一次:「朕安。」直到第廿二次問安,御筆忍不住多批了幾個字:「朕躬甚安好,又胖些了。」可見皇上修養不錯,既沒有貶他官,也未曾加以訓斥。

　　皇帝難為啊!政務繁忙,日理萬機之餘,還要面對這些亂七八糟的奏摺,難怪乾隆爺(高宗)一度氣得御筆批示「放你的屁」四字,不知大臣得到這樣的回復心中作何感想?

UNIT **5-14**

「上行函」寫作範例

試擬行政院人事局上行政院函：為修正「天然災害停止辦公作業要點」，報請核定施行。

行政院人事局　函

地址：○市○路○號
承辦人：○○○
聯絡方式：

○○○
○市○路○號

受文者：行政院

發文日期：中華民國○年○月○日
發文字號：○字第○號
速別：最速件
密等及解密條件或保密期限：
附件：修正「天然災害停止辦公作業要點」乙份

主旨：修正「天然災害停止辦公作業要點」乙份，報請核定施行，請　鑒核。

說明：
　一、依立法院○年○月○日○字第○號函辦理。
　二、關於現行「天然災害停止辦公作業要點」對於重大天然災害停止辦公之標準、宣布時機等與實際狀況頗多不符，本局遵經將現行要點重新檢討修正。

辦法：奉准後，通函所屬各機關及各直轄縣、市政府，轉知所屬遵照辦理。

正本：行政院
副本：立法院

局長 ○○○（蓋職章）

「上行函」解析

地址、承辦人、聯絡方式、受文者郵遞區號、受文者地址、發文日期、發文字號、速別、密等及解密條件或保密期限、附件、正本、副本等資訊：12 級字。

機關全銜、文別：20 級字（置中對齊）。

行 政 院 人 事 局　函

地址：○市○路○號
承辦人：○○○
聯絡方式：

○○○
○市○路○號

受文者：行政院　　　受文者：16 級字（靠左對齊）。

發文日期：中華民國○年○月○日
發文字號：○字第○號
速別：最速件
密等及解密條件或保密期限：
附件：修正「天然災害停止辦公作業要點」乙份

主旨：修正「天然災害停止辦公作業要點」乙份，報請核定施行，請　鑒核。

上行函之期望及目的用語。

說明：
分成二項敘述。

說明：
一、依立法院○年○月○日○字第○號函辦理。
二、關於現行「天然災害停止辦公作業要點」對於重大天然災害停止辦公之標準、宣布時機等與實際狀況頗多不符，本局遵經將現行要點重新檢討修正。

辦法：
不分項，一段完成。

辦法：奉准後，通函所屬各機關及各直轄縣、市政府，轉知所屬遵照辦理。

正文：主旨、說明、辦法：16 級字（靠左對齊）。

正本：行政院
副本：立法院

局長 ○○○　（蓋職章）

機關首長署名：16 級字（靠左對齊）。

上行函：宜蓋機關首長之職章。

「平行函」寫作範例　試擬行政院研究發展考核委員會致函行政院各部會：請儘速建立網路使用規範及稽核制度，以防止公務員利用網路從事非公務用途。

圖解應用文──職場‧大考‧生活必勝絕招100回

行政院研究發展考核委員會　函

地址：○市○路○號
承辦人：○○○
聯絡方式：

○○○
○市○路○號

受文者：行政院各部會

發文日期：中華民國○年○月○日
發文字號：○字第○號
速別：普通
密等及解密條件或保密期限：
附件：

主旨：請各部會儘速建立「網路使用規範及稽核制度」，
　　　以防止公務員利用網路從事非公務之用途，
　　　請　查照。
說明：
　　一、依本院○年○月○日第○次院會院長指示辦理。
　　二、邇來公務員利用辦公時間從事非公務活動，嚴
　　　　重影響公務員形象，亟需相關單位督促與改進。
辦法：
　　一、制定「網路使用規範及稽核制度」，並確實施行。
　　二、制定懲處標準，對於違反規定之公務員，經徹查
　　　　屬實，絕不寬貸。

正本：行政院各部會
副本：

主任委員 ○○○（蓋職章）

「平行函」解析

地址、承辦人、聯絡方式、受文者郵遞區號、受文者地址、發文日期、發文字號、速別、密等及解密條件或保密期限、附件、正本、副本等資訊：12級字。

機關全銜、文別：20級字（置中對齊）。

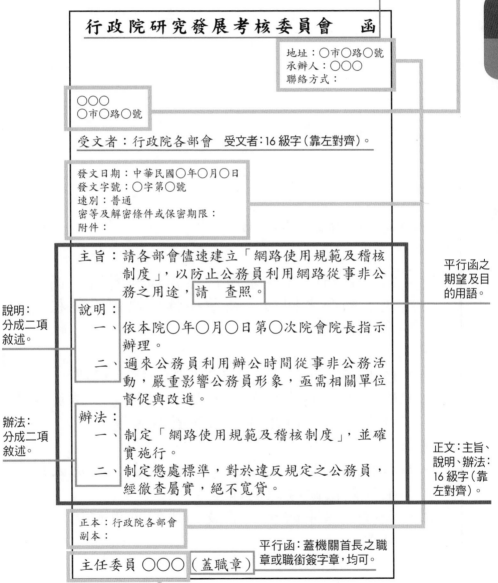

行政院研究發展考核委員會　函

地址：○市○路○號
承辦人：○○○
聯絡方式：

○○○
○市○路○號

受文者：行政院各部會　　受文者：16級字（靠左對齊）。

發文日期：中華民國○年○月○日
發文字號：○字第○號
速別：普通
密等及解密條件或保密期限：
附件：

主旨：請各部會儘速建立「網路使用規範及稽核制度」，以防止公務員利用網路從事非公務之用途，請　查照。

說明：
　一、依本院○年○月○日第○次院會院長指示辦理。
　二、邇來公務員利用辦公時間從事非公務活動，嚴重影響公務員形象，亟需相關單位督促與改進。

辦法：
　一、制定「網路使用規範及稽核制度」，並確實施行。
　二、制定懲處標準，對於違反規定之公務員，經徹查屬實，絕不寬貸。

正本：行政院各部會
副本：

主任委員　○○○　（蓋職章）

說明：分成二項敘述。

辦法：分成二項敘述。

平行函之期望及目的用語。

正文：主旨、說明、辦法：16級字（靠左對齊）。

平行函：蓋機關首長之職章或職銜簽字章，均可。

機關首長署名：16級字（靠左對齊）。

113

UNIT **5-16**
「下行函」寫作範例

試擬教育部致各縣市教育局函，要求各校加強對國、高中中輟生動向之關切，積極輔導中輟生重返校園。

教育部　函

地址：〇市〇路〇號
承辦人：〇〇〇
聯絡方式：

〇〇〇
〇市〇路〇號

受文者：各縣市教育局

發文日期：中華民國〇年〇月〇日
發文字號：〇字第〇號
速別：速件
密等及解密條件或保密期限：普通
附件：

主旨：請　貴局確實要求所轄各校加強對國、高中中輟生動向之關切，並積極輔導他們重返校園，希查照。

說明：
　一、依本部〇年〇月〇日〇字第〇號函辦理。
　二、邇來國、高中中輟生有增加之趨勢，造成諸多社會問題，因此輔導工作刻不容緩。

辦法：
　一、各校相關單位應確實掌握學生出、缺席人數，主動關懷缺曠課的學生。
　二、加強輔導中輟生，並鼓勵他們重返校園，完成學業。

正本：各縣市教育局
副本：

部長 〇〇〇 （蓋職銜簽字章）

「下行函」解析

地址、承辦人、聯絡方式、受文者郵遞區號、受文者地址、發文日期、發文字號、速別、密等及解密條件或保密期限、附件、正本、副本等資訊：12級字。

機關全銜、文別：20級字（置中對齊）。

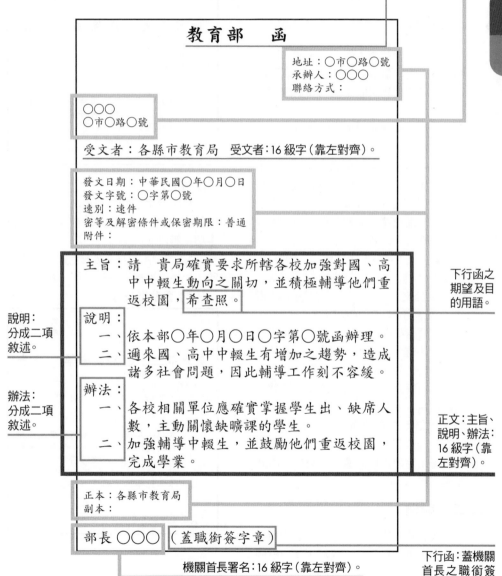

教育部　函

地址：○市○路○號
承辦人：○○○
聯絡方式：

○○○
○市○路○號

受文者：各縣市教育局　　受文者：16級字（靠左對齊）。

發文日期：中華民國○年○月○日
發文字號：○字第○號
速別：速件
密等及解密條件或保密期限：普通
附件：

主旨：請　貴局確實要求所轄各校加強對國、高中中輟生動向之關切，並積極輔導他們重返校園，希查照。

下行函之期望及目的用語。

說明：
分成二項敘述。

說明：
一、依本部○年○月○日○字第○號函辦理。
二、邇來國、高中中輟生有增加之趨勢，造成諸多社會問題，因此輔導工作刻不容緩。

辦法：
分成二項敘述。

辦法：
一、各校相關單位應確實掌握學生出、缺席人數，主動關懷缺曠課的學生。
二、加強輔導中輟生，並鼓勵他們重返校園，完成學業。

正文：主旨、說明、辦法：16級字（靠左對齊）。

正本：各縣市教育局
副本：

部長 ○○○　　（蓋職銜簽字章）

下行函：蓋機關首長之職銜簽字章。

機關首長署名：16級字（靠左對齊）。

115

UNIT 5-17 「公告」寫作範例

「公告」也是公文的一種，是各機關對社會大眾有所宣布時使用，屬於平行文。

一、寫法

1. 文字應符合「簡、淺、明、確」的原則，用字遣辭要簡單明白，具體貼切，避免使用艱深的語句，務必讓人人都看得懂。

2. 內容應簡明扼要，字體宜放大、顯眼，務必使人一目了然。

3. 張貼於機關公布欄之公告，文末須蓋用機關印信及署機關首長職銜、姓名。登報用或載於機關電子公布欄之公告，文末則免蓋用機關印信，亦免署機關首長職銜、姓名。

4. 正文：可分為「主旨」、「依據」、「公告事項」三段式結構寫作。寫法比照一般公文之「主旨」、「說明」、「辦法」，大同小異，可依此類推。

5. 公告如有附件、附表、簡章、簡則等文件時，僅註明參閱「〇〇文件」即可，於公告事項內不必重複敘述。

6. 由於公告是向民眾或特定團體宣告時使用，所以沒有「正本」、「副本」的「受文者」，在結構上較函簡單。

7. 一般工程招標或標購物品等公告，得用定型化格式處理，免採三段式結構寫作。

二、範例

我們將一般公告區分為「登報用公告」和「張貼用公告」兩類，逐一舉例如次：

（一）登報用公告

```
                              檔　號：
                              保存年限：

    紅葉市政府環保局　　公告

發文日期：中華民國〇年〇月〇日
發文字號：〇字第〇號


主旨：107年清明節連續假期（4月4日
　　　至8日），各區清潔隊除固定停止收
　　　運日週三（4月4日）、週日（4月
　　　8日）停收垃圾外，其餘日期維持
　　　正常垃圾收運，敬請市民多加利用。
```

【說明：】

1. 由於案情較為單純，在「主旨」內說明即可，不必另立「依據」、「公告事項」等段。

2. 登報用公告，文末免蓋用機關大印，也不必署機關首長職銜、姓名。

（二）張貼用公告

```
                              檔　號：
                              保存年限：

    臺北市立〇〇國民中學　　公告

發文日期：中華民國〇年〇月〇日      ┌──────┐
發文字號：〇字第〇號                │印信位置│
                                    └──────┘

主旨：本校一年級善班張喬芯同學主動照
　　　料校內兩隻流浪犬，一學年從未間
　　　斷。此種愛護動物的精神，值得嘉
　　　勉，予以記小功乙次，以資獎勵。
依據：依本校學生獎懲條例第〇條第〇款
　　　辦理。

校長　〇〇〇
```

「公告」的寫法

1. 文字應符合「簡、淺、明、確」原則，務必人人都看得懂。

2. 內容應簡明扼要，字體宜放大、顯眼，務必使人一目了然。

3. 正文：可分為「主旨」、「依據」、「公告事項」三段式結構寫作。寫法比照一般公文之「主旨」、「說明」、「辦法」，大同小異。

4. 公告如有附件、附表、簡章、簡則等文件時，僅註明參閱「〇〇文件」即可，於公告事項內不必重複敘述。

5. 公告上並沒有「正本」、「副本」的「受文者」，可見公告的結構較「函」簡單。

6. 一般工程招標或標購物品等公告，得用定型化格式處理，免採三段式結構寫作。

登報用公告

★指登報用或載於機關電子公布欄之公告。

★免蓋機關印信，免署首長職銜、姓名。

免蓋
機關印信

免署首長
職銜、姓名

張貼用公告

★即張貼於機關公布欄之公告。

★文末須蓋用機關印信及署機關首長職銜、姓名。

UNIT 5-18 「書函」寫作範例

「書函」於公務未決階段須磋商、徵詢意見或通報時使用。它較函不正式，但又比便函、備忘錄、簡便行文表等慎重。且書函的適用範圍較函廣泛，凡答復簡單案情、寄送普通文件或書刊、一般聯繫或查詢等皆可使用。

一、寫法

書函的格式結構、文字用語均比照函的規定。所不同的有兩處：

1. 文別：「函」須改為「書函」。
2. 蓋章戳：須改為蓋機關條戳。

依據現行《公文程式條例》明載，如以電子交換方式行之，得不蓋用印信。一般公文蓋用機關印信的位置，通常在首頁中間偏右上方的空白處，但書函則蓋於全文最後，相當於函署首長職章或職銜簽字章處。

書函的正文與函一樣可分為「主旨」、「說明」、「辦法」三段式，只有「主旨」是必要的，須一段完成，不宜分項敘述，也不可變更段名。其餘「說明」、「辦法」皆視案情需要，可更改段名，可自行省略，亦可分項述說；唯分項條列時，每項開頭須冠以數字一、二、……，並縮一個全形字元排列。

書函的基本格式與函十分近似，有「受文者」、「附件」、「正本」、「副本」等，寫法完全一模一樣。可以說書函與函簡直就是孿生姊妹，從頭至尾只有兩處不同（見以下說明），其餘皆相同。而函用於公務已決階段，書函只有在公務未決之時適用。

二、範例

檔　　號：
保存年限：

臺北市立〇〇國民中學　書函

地址：〇市〇路〇號
承辦人：〇〇〇
電話：(00)00000000
傳真：(00)00000000
E-mail：aa@aa.aa.tw

郵遞區號：
受文者地址：

受文者：臺北市立美術館

發文日期：中華民國〇年〇月〇日
發文字號：〇字第〇號
速別：
密等及解密條件或保密期限：
附件：

主旨：本校三年級學生計325人，訂於107年10月8日前往　貴館參觀，屆時請派員指導，請　查照。
說明：本案本校聯絡人：陳大器老師，電話：(00)00000000

正本：臺北市立美術館
副本：臺北市政府教育局

（臺北市立〇〇國民中學條戳）

【說明：】

1. 臺北市立〇〇國民中學行文給臺北市立美術館應為無隸屬關係之同級機關，故為平行文。

2. 所以書函「主旨」末之期望及目的語，應比照平行函用「請　查照」。

圖解應用文——職場・大考・生活必勝絕招100回

「書函」的使用

★「書函」於公務未決階段須磋商、徵詢意見或通報時使用。

★「書函」較「函」不正式，但又比「便函」、「備忘錄」、「簡便行文表」等正式。

★「書函」的適用範圍較「函」廣泛，凡答復簡單案情、寄送普通文件或書刊、一般聯繫或查詢等皆可使用。

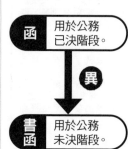

函	用於公務已決階段。

異

書函	用於公務未決階段。

```
                              檔    號：
                              保存年限：

臺北市立○○國民中學    │書函│

               地址：○市○路○號
               承辦人：○○○
               電話：(00)00000000
               傳真：(00)00000000
               E-mail：aa@aa.aa.tw

郵遞區號：
受文者地址：

受文者：臺北市立美術館

發文日期：中華民國○年○月○日
發文字號：○字第○號
速別：
密等及解密條件或保密期限：
附件：

主旨：本校三年級學生計325人，訂於107年
     10月8日前往 貴館參觀，屆時請
     派員指導，請 查照。
說明：本案本校聯絡人：陳大器老師，電話：
     (00)00000000

正本：臺北市立美術館
副本：臺北市政府教育局

（臺北市立○○國民中學條戳）
```

文別須改為「書函」。

❶ 如撰寫函時，文別：「函」。

臺北市立○○國民中學行文給臺北市立美術館應為無隸屬關係之同級機關，故為平行文。所以期望及目的語比照平行函辦理，用「請 查照」。

書函的正文與函一樣分為「主旨」、「說明」、「辦法」三段式，只有「主旨」是必要的，須一段完成，不宜分項敘述，也不可變更段名。其餘「說明」、「辦法」皆視案情需要，可更改段名，可自行省略，亦可分項述說；唯分項條列時，每項開頭須冠以數字一、二、……，並縮一個全形字元排列。

由於事情單純，所以「說明」採一段完成，並省略了「辦法」。

須改為蓋機關條戳。

❷ 如撰寫函時，文末蓋機關首長之章戳。

UNIT 5-19 「簽」寫作範例

「簽」用於幕僚處理公務時表達意見，以供上級了解案情，並作為抉擇依據的公文。

一、寫法

簽的寫法與函大致相同。唯簽屬於機關內部公文，結構上少了「地址」、「聯絡方式」、「受文者」、「發文日期」、「發文字號」、「正本」、「副本」等繁複的格式，且正文亦略有不同：

1. 簽的基本結構為「主旨」、「說明」、「擬辦」三段式。

（1）主旨：簡明扼要地敘述該簽的目的，不可變更段名，不可分項，必須一段完成，但段末要加上期望及目的語。由於簽為下級對上級陳報公務時使用，為上行文，故期望及目的語應酌參上行函用語，簽用「簽請 核示」、「陳請 核示」等。

（2）說明：對案情之來源、經過及有關法規或前案，以及處理方法之分析等，作簡要之敘述，並視需要分項條列，亦可一段完成，不再分項敘述。

（3）擬辦：為簽之重點所在，一般都以「擬辦」為段名。該段應針對案情提出具體的處理意見、解決方案等。意見較多時，應分項敘述；當然也可以不分項，一段完成。

2. 簽的各段內容應該截然劃分清楚，「說明」中絕不提擬辦意見，「擬辦」內不再重複「說明」的敘述。

二、範例

例一：

```
                              檔  號：
                              保存年限：

簽  於總務處

主旨：本校近日來經常發現有校外人士進
     入校園中，為免衍生安全問題，擬
     召開校園安全會議，並請 鈞長主
     持，陳請 核示。
說明：
  一、本校校園屬於開放式，未有嚴格之
     門禁。
  二、過來常有師生反映圖書館開放閱覽
     區，成為閒雜人等群聚、喧嘩之處，
     不但嚴重影響閱讀品質，更造成安
     全上的隱憂。
擬辦：
  一、邀請校長、學務長、各系主任參加，
     並請保全公司派員列席。
  二、由教官室研擬「校園安全維護方
     案」，提交本次會議討論。
       敬 陳
校  長

              職李大同  107 年 8 月 23 日
```

例二：

```
                              檔  號：
                              保存年限：

簽  於美術系

主旨：本系擬舉辦第 13 屆「美術週」系列
     活動，陳請 核示。
說明：
  一、本系第 13 屆「美術週」系列活動，
     訂於 107 年 11 月 5 日至 10 日。
  二、本屆「美術週」預定舉辦三場座談
     會、畫展、校園寫生比賽等各項活
     動（另見附表）。
擬辦：如奉 核可，按各項活動計畫實施。
       敬 陳
校  長

              職葉小叙  107 年 8 月 15 日
```

「簽」的寫法

★「簽」用於幕僚處理公務時表達意見，以供上級了解案情，並作為抉擇依據的公文。

★「簽」的寫法與「函」大致相同。唯「簽」屬於機關內部公文，結構上少了「地址」、「聯絡方式」、「受文者」、「發文日期」、「發文字號」、「正本」、「副本」等繁複的格式，且正文亦略有不同：一般聯繫或查詢等皆可使用。

(1)簽的基本結構為「主旨」、「說明」、「擬辦」三段式。

(2)簽的各段內容應該截然劃分清楚，「說明」中絕不提擬辦意見，「擬辦」內不再重複「說明」的敘述。

檔　　號：
保存年限：

簽　於總務處

主旨：本校近日來經常發現有校外人士進入校園中，為免衍生安全問題，擬召開校園安全會議，並請 鈞長主持，陳請 核示。

說明：
一、本校校園屬於開放式，未有嚴格之門禁。
二、過來常有師生反映圖書館開放閱覽區，成為閒雜人等群聚、喧嘩之處，不但嚴重影響閱讀品質，更造成安全上的隱憂。

擬辦：
一、邀請校長、學務長、各系主任參加，並請保全公司派員列席。
二、由教官室研擬「校園安全維護方案」，提交本次會議討論。

敬 陳
校　長

職李大同　107 年 8 月 23 日

★主旨：簡要地敘述簽的目的，不可變更段名，不可分項，必須一段完成，且段末須加上期望及目的語。

★由於「簽」為下級對上級陳報公務時使用，為上行文，故期望及目的語應酌參上行函用語，簽適用「簽請 核示」、「陳請 核示」等。

說明：對案情之來源、經過及有關法規或前案，以及處理方法之分析等，作簡要之敘述，並視需要分項條列，亦可一段完成，不再分項敘述。

★擬辦：為簽之重點所在，一般都以「擬辦」為段名。

★該段應針對案情提出具體的處理意見、解決方案等。意見較多時，應分項敘述；當然也可以不分項，一段完成。

UNIT **5-20**
其他公文寫作範例（上）

依行政院頒布《文書處理手冊》，其他因辦理公務需要的文書，我們姑且列舉「報告」、「箋函與便箋」、「申請函」為例：

報告

「報告」為機關所屬人員就個人事務有所陳情時使用。其性質與簽相近：一般來說，如為私事，用報告來陳情；若為公務，則用簽。

報告的寫法，與簽亦大同小異。試舉例如次：

報告 於會計室

主旨：擬請婚假兩週，請 賜准，並遴員代理職務。

說明：
一、職訂於 107 年 11 月 12 日與辛愛咪小姐結婚。
二、請 准假十個工作天，時間自 11 月 12 日至 11 月 23 日止。
三、所負責之職務，請遴派人員代理。
四、檢附結婚喜帖乙紙。
　　敬　陳

主任
局長

　　　　　職張要文（蓋職章或私章）
　　　　　107 年 8 月 16 日

箋函與便箋

「箋函」乃以個人名義處理公務之書信。「便箋」則用於案情簡單時之簽擬、單位間之洽商與回復等情況。

箋函的寫法，如同簡易的書信，但文末須蓋章。便箋的寫法，比報告更為簡單，不必分「主旨」、「說明」等段落，只要分項條列即可；格式上也十分簡便，只須註明日期，不必署名，亦不必用印。

（一）箋函

有德部長勛鑒：

　　本院文獻處為增進同仁對古代文物之了解，於今年 6 月出版《故宮博物院文物圖鑒索引》一書，特隨函附奉乙冊，敬請 卓參，並祈賜教。耑此。　順頌
勛祺

　　　　　弟陳諾（蓋章）　敬啟
　　　　　107 年 8 月 16 日

（二）便箋

　　　　　　　　　　　檔　號：
　　　　　　　　　　　保存年限：

便箋　於祕書處
　　　　　　　　　107 年 8 月 17 日

一、有關行政院人事行政局來函要求上網填報本府約聘同仁基本人事資料事宜。

二、經會知本府資訊中心提供資料，並經整理如附件，擬於奉 核後，依該局規定於 107 年 9 月 10 日前上網逕復。當否？請 核示。

申請函

「申請函」為人民向機關團體或公司行號申請事務時使用。舉例如下：

申請函

中華民國 107 年 8 月 20 日

受文者：法務部
主旨：本人因更改名字，申請 貴部所領之○字第○號律師證書所載姓名「葉美麗」，更改為與身分證登記相符之姓名「葉玫君」，請 查照惠允。
說明：檢附前述律師證書正本、考試院律師考試及格證書及戶籍謄本各乙件，並規費新臺幣○元整匯票乙張。
申請人：葉玫君（蓋章）
性別：女
年齡：三十二
職業：律師
地址：○市○路○號○樓
電話：(00)00000000

| 報告 | 機關所屬人員就個人事務有所陳情時使用。 | 適用於私事 | 所屬人員對上級有所陳情、報告或表達意見時使用。 |
| 籤 | 用於幕僚處理公務時表達意見，以供上級了解案情，並作為抉擇依據的公文。 | 適用於公務 | |

| 籤函 | 以個人名義處理公務之書信。 | 寫法如同簡易的書信，但文末須蓋章。 |
| 便籤 | 用於案情簡單時之籤擬、單位間之洽商與回復等情況。 | ★不必分「主旨」、「說明」等段落，只要分項條列即可。
★只須註明日期，不必署名，亦不必用印。 |

| 申請函 | 人民向機關團體或公司行號申請事務時使用。 | 為個人使用之公文 |
| 函 | ★使用層面最廣：可以是機關與機關間致函、回函之往返，也可以是機關發函給個人。
★依彼此層級的不同，又有「上行函」、「平行函」、「下行函」之分。 | 為機關、團體、公司、行號等所使用之公文 |

實用百寶盒

　　「函」，甲骨文中作「圅」，像箭筒裡裝著箭矢，且還用繫釦扣上。而許慎《說文解字》載：「函，舌也。象形。舌體弓弓，弓亦聲。肣，俗『函』，從肉、今。」謂「函」像舌頭捲曲的樣子，「肣」為俗體字，採用肉、今會意。其實「肣」即今「含」字，表示把肉含在嘴裡的意思。

　　後世引申為裝在木盒中的信件，如吳質〈答東阿王書〉云：「信到，奉所惠貺，發函伸紙。」再由此發展為現行公文的一種，「函」或「申請函」。

UNIT 5-21
其他公文寫作範例（下）

關於行政院所頒布《文書處理手冊》的其他公文，我們再列舉「通報」、「通知」、「聘書」為例：

通報

「通報」的形式與函近似，但較函簡單。其基本格式只有「受文者」、「發文日期」、「發文字號」和正文的「主旨」、「說明」二段式結構，最後蓋上發文機關章戳即可。而「主旨」、「說明」的寫法與函相同。

總務處　通報

受文者：本校各單位

發文日期：中華民國 107 年 8 月 13 日
發文字號：○字第○號

主旨：通報 107 年 8 月 28 日因 C 棟大樓電力維修工程，全校停電一天相關事宜，請 知照。

說明：
一、本校 107 年 8 月 28 日因停電之故，日、夜間部全面停班、停課一天。
二、當天圖書館（含各樓層閱覽室、研究小間、24 小時自修室及一樓書報室）將全面閉館，住宿生如有使用圖書館之需要，請轉往鄰近市立圖書館。
三、注意事項：
（一）宿舍區全天維持正常供電，但學生餐廳、福利社、照相館、影印店、文具店及理髮廳將歇業一天，造成不便，敬請 見諒！
（二）操場、籃球場、網球場等戶外空間白天 (8:00～17:00) 照常開放使用，而體育館全天閉館。
（三）當天夜間校園內只有宿舍區照明設施維持正常，請住宿生改由松柏路側門進出；其他出入通道將於 17:00 以後全面封閉。

（蓋總務處章戳）

通知

「通知」的寫法與通報類似，只是內容更簡略。

教務處出版組　通知

受文者：○○○老師

發文日期：中華民國 107 年 5 月 14 日
發文字號：○字第○號

主旨：本組因印製期末考試卷，已暫停補充教材之印製，請 查照。

說明：
一、本組自 5 月 21 日起排定印製期末考試卷，為使本校各學制之期末考試卷能順利印製完成，故於 5 月 21 日起一週停止一切小考、講義等補充教材之印製。
二、貴授課班級如有影印之需求，歡迎至本組開立影印單後，請自行至校內輸出中心印刷，如造成不便，敬請 見諒！

（蓋總務處章戳）

聘書

「聘書」是學校、機關、公司、團體等聘用人員時的文書。

皇霸股份有限公司聘書

○字第○○○○號

茲敦聘
張喬芯女士為皇霸股份有限公司財經顧問
聘期自民國 107 年 6 月 1 日起至民國 108 年 5 月 31 日止

董事長　陳迪諾

[蓋公司印]

中　華　民　國　107 年 5 月 20 日

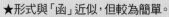

各種公文

通報

★形式與「函」近似,但較為簡單。
★基本格式:
(1)「受文者」、「發文日期」、「發文字號」。
(2)正文為「主旨」、「說明」二段式結構。
(3)蓋上發文機關章戳。
★「通報」中「主旨」、「說明」的寫法,與「函」相同。

通知

寫法與「通報」類似,只是內容更簡略。

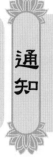

聘書 公文類

為學校、機關、公司、團體等聘用人員時的文書。

證書 書狀類

亦稱「證明書」,通常由機關、團體開立,用來證明當事人具備某項能力、資格或其他特殊狀況的一種文書;如結業證書、研習證明書、診斷證明書、出版證明書等。

聘書:屬於「公文」

證書:屬於「書狀」

UNIT **5-22** 公職考試集錦（上）

由於公文是處理公務的文書，是每位準公務員必須駕輕就熟的文體，所以在公職考試中非常非常之重要。

1.【　】依《公文程式條例》規定，有關「機關公文之蓋印或簽署」之敘述，下列何者錯誤？（106年公路局）
(A)機關公文，一定得蓋用機關印信，並由機關首長署名、蓋職章或蓋簽字章。 (B)機關內部單位處理公務，基於授權對外行文時，由該單位主管署名、蓋職章；其效力與蓋用該機關印信之公文同。 (C)機關公文蓋用印信或簽署及授權辦法，除總統及五院自行訂定外，由各機關依其實際業務自行擬訂，函請上級機關核定之。 (D)機關公文以電報、電報交換、電傳文件或其他電子文件行之者，得不蓋用印信或簽署。

2.【　】交通部發文給考選部，應用何種期望及目的語？（105年司法五等）
(A)請鑒核 (B)希備查 (C)請查照 (D)請照辦

3.【　】從下列法律用字、用語，選出正確的選項：（105年公務員五等）
(A)執行計劃 (B)市政府僱員 (C)對法院申請羈押 (D)科五千元以下罰金

4.【　】小明在應用文考試之後，為了讓自己公文寫作能力更加精進，將所有錯誤的地方都訂正抄寫了一遍，但仍有錯誤的地方，請選出敘述錯誤的選項：（103年警察）
(A)上級機關對下級機關，公文往復時用「令」。 (B)行政院長、考試院長對總統有所呈請時用「呈」。 (C)承辦人員就職掌事項對機關首長有所請示、建議時用「簽」。 (D)總統與立法院、監察院公文往復時用「咨」。

5.【　】製作公文時，以下哪一種情形，並不適合使用「函」？（100年鐵路）
(A)上級機關對所屬下級機關有所指示、交辦時。 (B)下級機關對上級機關有所請求或報告時。 (C)機關長官對所屬有所指示或交辦時。 (D)民眾與機關間之申請或答復時。

6.【　】下列關於公文承辦之敘述，何者正確？（模擬題）
(A)登載於電子布告欄之資訊，如對某些特定對象有所影響，或需其有所作為者，可另以書函或結合電子目錄服務之電子郵遞方式，告知前述訊息。 (B)不得以電話洽辦緊急事項。 (C)簽稿送請核判如須附送參考資料或檔案且數量較多時，除標明附件號數外，並將重要處斜摺，露出下端或加籤條，以利查閱。 (D)公文書或附件如係屬發文通報周知或需要收文機關轉發者，以登載於電子布告欄為原則，附件則以紙本文件方式處理。

7.【　】下列有關引據來文起迄語，何者有誤？（模擬題）
(A)「奉交下」係在來文致本機關，而以次一級機關（單位）發文時用。
(B)「案陳」係在來文致本機關（單位），而以上一級機關名義發文時用。
(C)……「諒達」、「計達」係在對平行或下級機關發文續函時用。 (D)「諒蒙、察悉、諒邀、察鑒」係在對下級機關發文續函時用。

1. 【A】《公文程式條例》第3條明定，機關公文得視其性質，蓋用印信或簽署：一、蓋用機關印信，並由機關首長署名、蓋職章或蓋簽字章。二、不蓋用機關印信，僅由機關首長署名，蓋職章或蓋簽字章。三、僅蓋機關印信。……機關公文以電報、電報交換、電傳文件或其他電子文件行之者，得不蓋用印信或簽署。

2. 【C】交通部與考選部為平行機關：(A)請鑒核：對上級 (B)希備查：對下級 (C)請查照：可以用在同級或下級 (D)請照辦：對下級。

3. 【D】(A)執行「計劃」→名詞用「計畫」(B)市政府「僱員」→名詞用「雇員」(C)對法院「申請」羈押→對法院用「聲請」(D)正確：科五千元以下罰金。

4. 【A】(A)上級機關對下級機關，公文往復時應用「函」；公布法律、任免、獎懲官員，總統、軍事機關、部隊發布命令時，才用「令」。(B)正確：行政院長、考試院長對總統有所呈請時用「呈」。(C)正確：承辦人員就職掌事項對機關首長有所請示、建議時用「簽」。(D)正確：總統與立法院、監察院公文往復時用「咨」。

5. 【C】製作公文時，哪一種情形不適合使用「函」？(A)正確：上級機關對所屬下級機關有所指示、交辦時。(B)正確：下級機關對上級機關有所請求或報告時。(C)機關長官對所屬有所指示或交辦時，應使用「手令」或「手諭」。(D)正確：民眾與機關間之申請或答復時。

6. 【A】(A)正確：登載於電子布告欄之資訊，如對某些特定對象有所影響，或需其有所作為者，可另以「書函」或結合電子目錄服務之電子郵遞方式，告知前述訊息。(B)如遇緊急事項，為爭取時效，得以電話洽辦。(C)「簽」為幕僚處理公務表達意見，以供上級了解案情並作抉擇依據的文書。「稿」為公文的草本，得依各機關規定程序核判後發出。簽稿送請核判如須附送參考資料或檔案且數量較多時，除標明附件號數外，並應於文內敘述參考資料或檔案之名稱及份數。(D)公文書或附件如係屬發文通報周知或需要收文機關轉發者，以登載於電子布告欄為原則，附件宜盡量使用電子文件。

7. 【D】(A)正確：「奉交下」係在來文致本機關，而以次一級機關（單位）發文時用。(B)正確：「案陳」係在來文致本機關（單位），而以上一級機關名義發文時用。(C)正確：……「諒達」、「計達」係在對平行或下級機關發文續函時用。(D)「諒蒙、察悉、諒邀、察鑒」係在對上級機關發文續函時用。

> 按：引述上級機關或首長公文時，用「依」、「奉」；引述同級機關公文時，用「准」；引述下級機關或屬員、人民公文時，用「據」。
>
> 回復上級機關來文或首長公文，於引述完畢時，用「奉悉」；回復同級機關來文，於引述完畢時，用「敬悉」；回復下級機關公文，於引述完畢時，用「已悉」。
>
> 於復文時，對上級機關發文後續函時，用「（發文年月日字號及文別）……諒蒙　鈞察」；對同級或下級機關發文後續函時，用「（發文年月日字號及文別）……諒達」。

UNIT 5-23
公職考試集錦（下）

　　雖然每次考試的題目都不一樣，但藉由熟悉歷屆考古題，可以為我們指引一條明路。因為唯有掌握出題的方向，才能「知己知彼，百戰百勝」。

1.【　】國立臺灣大學函教育部的公文用語，下列選項錯誤的是：（107年公務員初等）
(A) 奉悉 (B) 檢陳 (C) 是否可行 (D) 請辦理見復

2.【　】關於公文格式用語與規範，下列何者有誤？（105年原住民五等）
(A) 機關對團體稱「貴」。 (B)「咨」為總統與立法院公文往復時使用。 (C) 對無隸屬關係之機關而言，上級稱「大」。 (D)「說明」為「簽」之重點所在，應針對案情，提出具體處理意見，或解決問題之方案。

3.【　】下列對於「簽」、「稿」撰擬之說明，何者錯誤？（102年一般行政）
(A) 有關政策性或重大興革案件，宜「先簽後稿」。 (B) 須限時辦發不及先行請示之案件，可「以稿代簽」。 (C) 依法准駁，但案情特殊須加說明之案件，應「簽稿並陳」。 (D)「擬辦」部分，為「簽」之重點所在，應針對案情，提出具體處理問題之方案。

4.【　】水災過後，災民向縣、市政府申請救助，宜用何種公文？（101年普考）
(A) 呈 (B) 咨 (C) 簽 (D) 函

5.【　】依據我國「印信條例」的規定，蓋用於呈文、簽呈、各種證券、報表，及其他公務文件時，應使用下列何種印信？（100年鐵路）
(A) 印 (B) 關防 (C) 職章 (D) 圖記

6.【　】以下公文格式敘述及處理方式，何者錯誤？（99年鐵路）
(A) 文書除稿本外，必要時得視其性質及適用範圍，區分為正本、副本、抄本（件）、影印本或譯本。 (B) 正本及副本，均用規定公文紙繕印，蓋用印信或章戳。 (C) 以電子文件行之者，得不蓋用印信或章戳，並應附加電子簽章。 (D) 抄本（件）及譯本，須加蓋機關印信或章戳，其文面應分別標明「抄本（件）」、「譯本」。

7.【　】常為政府機關首長所為之書信，比較強調一定的格式，力求層級禮儀，稱為下列何者？（99年法學）
(A) 書函 (B) 書信 (C) 箋函 (D) 文書

8.【　】有關公文寫作，下列何者不正確？（99年預備軍官）
(A)「令」為總統、軍事機關、部隊發布命令時使用。 (B) 民眾與機關間的申請與答復時應使用「公告」。 (C) 幕僚處理公務、表達意見，以供上級了解案情，並作抉擇的依據時，應使用「簽呈」。 (D)「擬辦」為簽呈重點所在，應針對案情，提出具體處理意見，或解決問題之方案。

9.【　】公文用語中，何者非機關對人民所通用的稱謂？（97年預備軍官）
(A) 先生、女士 (B) 君 (C) 臺端 (D) 貴

10.【　】現行公文用語中，對無隸屬關係之上級機關的稱謂語，可用：（模擬題）
(A) 鈞 (B) 貴 (C) 大 (D) 臺端

1.【D】按：「請辦理見復」只適用於上級機關對下級機關。而臺灣大學對教育局是上行文，故不適用。

2.【D】關於公文格式用語與規範：(A)、(B)、(C) 正確。(D)「擬辦」才是「簽」之重點所在，應該針對案情，提出具體處理意見，或解決問題的方案。

3.【B】由於「簽」是承辦人員向上級提出建議、表達看法時使用。「稿」是公文的草稿。所以：(A) 正確：有關政策性或重大興革案件，宜「先簽後稿」。按：「先簽後稿」，先與上級討論、徵求認同或指示，再擬訂草稿，審核後定案，才發文。(B) 須限時辦發不及先行請示之案件，宜「簽稿並陳」。按：為了爭取時效，「簽稿並陳」承辦者的意見與公文草稿一起送陳。(C) 正確：依法准駁，但但案情特殊須加說明之案件，應「簽稿並陳」。(D) 正確：「擬辦」部分，為「簽」之重點所在，應針對案情，提出具體意見，或解決方案。

4.【D】水災過後，災民向縣、市政府申請救助，宜用「申請函」。(A) 呈：對總統有所呈請或報告時用之。(B) 咨：總統與立法院、監察院公文往復時用之。(C) 簽：承辦人員就職掌事項，或下級機關首長對上級機關首長有所陳述、請示、請求、建議時使用。(D) 函：各機關間公文往復，或人民與機關間之申請與答復時用之。

5.【C】(A) 印（大印）：蓋用於永久性之公文。(B) 關防：蓋用於臨時性、特殊性之機關公文。(C) 職章（小官章）：蓋用於呈、簽及其他公務文件。(D) 圖記：蓋用於公務業務，或各項證明文件上。

6.【D】(A) 正確：文書除稿本外，必要時得視其性質及適用範圍，區分為正本、副本、抄本（件）、影印本或譯本。(B) 正確：正本及副本，均用規定公文紙繕印，蓋用印信或章戳。(C) 正確：以電子文件行之者，得不蓋用印信或章戳，並應附加電子簽章。(D) 按：抄本（件）、譯本無須加蓋機關印信或章戳，但文面應標示「抄本（件）」、「譯本」。

7.【C】(A) 書函：用於公務未決階段之磋商、通報等，或可取代過去之便函、備忘錄，其適用範圍較函廣泛，舉凡一般聯繫、查詢等均可用，但性質不如函之正式。(B) 書信：用來向他人傳遞消息或溝通思想、情感等的文字，是人與人之間社交往來、情意交流的重要媒介。(C) 箋函：機關首長以機關單位的立場，但用個人名義，作為陳述、諮商、請示、致謝等，以處理公務之書信。箋函也是公文的一種。(D) 文書：公文、契券等文件的總稱。

8.【B】(A) 正確：「令」為總統、軍事機關、部隊發布命令時使用。(B) 民眾與機關間的申請與答復時應使用「函」。(C) 正確：幕僚處理公務、表達意見，以供上級了解案情，並作抉擇的依據時，應使用「簽呈」。(D) 正確：「擬辦」為簽呈重點所在，應針對案情，提出具體處理意見，或解決問題之方案。

9.【D】機關對人民所通用的稱謂：先生、女士、君、臺端。

10.【C】(A) 鈞：有隸屬關係之下級對上級，稱「鈞府」、「鈞長」、「鈞座」。(B) 貴：對於無隸屬關係之下級、同級或人民團體，稱「貴」。(C) 大：對無隸屬關係之上級機關，稱「大」。(D) 臺端：對屬員或人民，稱「臺端」、「先生」、「女士」。

UNIT 5-24 教師甄試寶典

圖解應用文——職場・大考・生活必勝絕招100回

公文相關常識也是教師甄試出題的大本營，請務必確實掌握，才不致大意失荊州，空留遺恨。

1.「函」使用的時機：(1) 上級機關對所屬下級機關有所指示、交辦、批復。(2) 下級機關對上級機關有所請求或報告時。(3) 同級機關或不相隸屬機關間行文時。(4) 民眾與機關間的申請與答復時。(105 年臺南市)

2. 法律統一用字：(1)「雇員」、「雇主」、「雇工」，名詞用「雇」；「僱用」、「僱聘」，動詞用「僱」。(2)「計畫」，名詞用「畫」；「策劃」、「規劃」、「擘劃」，動詞用「劃」。(3)「聲請」，對法院用；「申請」，對行政機關用。(4)「給與」，指給與實物；「給予」，指給予名位、榮譽等抽象事物。(5)「紀錄」，名詞專用；「記錄」，動詞專用。(104 年中區)

3. 公文的目的在於處理公眾事務，並及時解決問題；所以文字應以簡、淺、明、確為原則。撰稿時須條理分明，措辭以切實、誠懇、簡明扼要為準，宜使用通俗、淺顯易懂的語體文寫作，避免流於模稜兩可、陳腔濫調，出現方言俗語或與公務無關之內容。此外，為求語意清楚表達，公文中務必使用新式標點符號，內容擇要說明即可，不必詳細敘述會商研議的過程。(101 年嘉義市)

4. 公文的處理與時效：(1) 專案管制：處理須三十日以上辦結者得申請。(2) 處理時限：最速件一日、速件三日、普通件六日。(3) 會簽會核時限：最速件一小時、速件二小時、普通件四小時。(4) 公文夾：最速件紅色、速件藍色、普通件白色、機密件黃色。又「機

密文書」還可分為「國家機密文書」、「一般公務機密文書」兩種：前者再細分為「絕對機密」、「極機密」、「機密」三個等級；後者則屬於第四等級：「密」。(103 年基隆市)

5. 機關印信之使用：(1) 發布令、公告、考績通知書、聘書、授權狀、獎狀、證明書、執照、契約書、匾額等，應蓋用機關印信及首長職銜簽字章。(2) 呈：用機關首長全銜、姓名，蓋職章。(3) 函：上行文署機關首長全銜、姓名，蓋職章；平行文蓋職章或職銜簽字章；下行文則蓋職銜簽字章。(4) 書函、開會通知單及一般事務性之公文，蓋用機關或承辦單位條戳。(5) 一般公文蓋用機關印信，應以首頁右側偏上方空白處用印為原則；簽署使用之章戳，則蓋於全文最後。(6) 公文及原稿用紙在二頁以上者，在其騎縫處均應蓋用騎縫章。(103 年基隆市)

6. 公告：應於文別「公告」二字右側空白位置，蓋用機關印信；文末蓋用首長職銜簽字章。如為登報之公告，得用較大之字體簡明標明公告之目的，但不必署名、用印。登載於機關電子布告欄者，也無須蓋印。(101 年嘉義市)

7. 簽稿之擬辦方式：(1) 先簽後稿：如制定、訂定、修正、廢止法令案件，或涉及層面較廣、重大案件、其他性質重要必須先簽請核定的案件。(2) 簽稿並陳：文稿內容須另為說明、對以往處理情形酌加析述之案件；或依法准駁，但案情特殊須加說明之案件等。(3) 以稿代簽：為一般案情簡單，或例行承轉之案件。(103 年基隆市)

教甄必考內容

公文的處理與時效

專案管制

處理須 30 日以上辦結者得申請。

處理時限

最速件 1 日、速件 3 日、普通件 6 日。

會簽會核時限

最速件 1 小時、速件 2 小時、普通件 4 小時。

公文夾

最速件紅色、速件藍色、普通件白色、機密件黃色。

機密文書

國家機密文書

絕對機密	極機密	機密
1 等	**2 等**	**3 等**

一般公務機密文書

密
4 等

機關印信的使用

① 發布令、公告、考績通知書、聘書、授權狀、獎狀、證明書、執照、契約書、匾額……　應蓋用機關印信及首長職銜簽字章

② 呈　用機關首長全銜、姓名，蓋職章。

③ 書函、開會通知單及一般事務性的公文　蓋用機關或承辦單位條戳。

④ 函

上行文	署機關首長全銜、姓名，蓋職章。
平行文	蓋職章或職銜簽字章。
下行文	蓋職銜簽字章。

蓋用機關印信 應於首頁右側偏上方空白處用印。　**簽署使用之章戳** 蓋於全文最後。

蓋用騎縫章 公文用紙在 2 頁以上者，蓋在其騎縫處。

公告

★應於文別「公告」二字右側空白位置，蓋用機關印信。

★文末蓋用首長職銜簽字章。

★登錄之公告、登載於電子布告欄之公告，則不必署名，也無須蓋印。

簽稿之擬辦方式

① 先簽後稿　性質重要須先簽請核定的案件。

② 簽稿並陳　案情特殊須加以說明之案件。

③ 以稿代簽　案情簡單、例行承轉之案件。

UNIT **5-25** 升學考試祕笈

一般學生由於缺乏公文的實務經驗，如須加考公文，此領域相對較為生疏，建議多花一些時間準備。熟能生巧而已，真的沒有想像中困難！

1. 【 】立法院已三讀通過一例一休「勞基法」修正案，總統府要以何種公文頒布？（106年私醫聯招）
   (A) 令 (B) 函 (C) 咨 (D) 公告

2. 【 】以下關於公文寫作用語，何者有誤？（103年彰師大教程）
   (A)「請　核示」是提請長官參考之意。 (B)「鈞長」是稱陳核長官。 (C)「職」是自稱。 (D) 結束言可用「右陳」或「敬陳」。

3. 【 】下列有關公文寫作的敘述，何者錯誤？（103年私醫聯招）
   (A) 對直屬長官稱「鈞長」，自稱「職」。 (B) 對無隸屬關係的上級機關行文，稱謂上級應加「鈞」字。 (C) 事情簡單的公文，儘量使用「主旨」一段完成；能一段完成的，勿強分為二、三段。 (D)「辦法」一段之標題，可因公文內容改用「建議」、「請求」、「擬辦」等更適當的名稱。

4. 【 】下列有關公文的敘述，何者正確？（100年私醫）
   (A) 機關首長對屬員，或機關對人民之稱謂，可用「臺端」。 (B) 對平行機關之准駁語，可用「准予照辦」。 (C) 公告應標明「受文者」。 (D) 案情不論繁簡，一律使用主旨、說明、辦法三段式。

5. 【 】下列有關公文的敘述何者有誤？（99年私醫聯招）
   (A) 結構通常採用「主旨」、「說明」、「辦法」三段式 (B) 公文的寫作宜儘量使用語體文 (C) 依公文系統有上行、平行、下行三種 (D) 函僅於平行之機關使用。

6. 【 】關於公文的用語，下列選項何者錯誤？（模擬題）
   (A) 機關（或首長）對屬員，或機關對人民應稱「臺端」。 (B) 稱謂語部分，無隸屬關係之較低機關對較高機關，應稱「大院」、「大部」。 (C) 稱謂語部分，有隸屬關係之下級機關對上級機關，應稱「鈞部」、「鈞府」。 (D) 為達格式統一，無分行文機關，公文起首語一律用「查」、「關於」。

7. 【 】承辦人員辦稿時，處理附件注意事項，下列何者有誤？（模擬題）
   (A) 附件有2種以上時，分別標以附件1、附件2、……。 (B) 附件除附卷者外，如係隨文附送，辦稿時，用「檢送」、「檢附」等字樣。 (C) 有時間性之公文，其附件不及隨文送出者，請註明「文先發，附件請向承辦人員洽取」字樣。 (D) 如需以電子郵件發出，辦稿時請書「附電子檔」字樣，並註明「原本存卷，另以電子檔發出」。

8. 【 】複選：下列哪些公文依規定應蓋用首長職銜簽字章？（模擬題）
   (A) 發布令 (B) 呈 (C) 上行函 (D) 一般會銜公文

9. 【 】函之正文，除按規定結構擬撰外，訂有辦理或復文期限者，應於哪一段內敘明？（模擬題）
   (A) 主旨 (B) 說明 (C) 辦法 (D) 擬辦

升學試題精解

1.【A】(A) 令：公布法律、任免、獎懲官員，總統、軍事機關、部隊發布命令時用之。 (B) 函：各機關間公文往復，或人民與機關間之申請與答復時用之。 (C) 咨：總統與立法院、監察院公文往復時用之。 (D) 公告：各機關對公眾有所宣布時用之。

2.【A】(A)「請 核示」表示發文者請受文者核定，以便發文者依核示事項辦理；多用在上行文。 (B) 正確：「鈞長」是稱陳核長官。 (C) 正確：「職」是自稱。 (D) 正確：結束言可用「右陳」或「敬陳」。

3.【B】(A) 正確：對直屬長官稱「鈞長」，自稱「職」。 (B) 對於有隸屬關係的上級機關行文，稱謂上級才應加上「鈞」字。 (C) 正確：事情簡單的公文，儘量使用「主旨」一段完成；能一段完成的，勿強分為二、三段。 (D) 正確：「辦法」一段之標題，可因公文內容改用「建議」、「請求」、「擬辦」等更適當的名稱。

4.【A】(A) 正確：機關首長對屬員，或機關對人民之稱謂，可用「臺端」。 (B)「准予照辦」為對下級機關之准駁語。 (C) 公告是將事情公布周知，讓大家都知道，所以沒有「受文者」。 (D) 案情簡單者，可使用「主旨」一段完成，無須「說明」、「辦法」。

5.【D】(A) 正確：結構通常採用「主旨」、「說明」、「辦法」三段式 (B) 正確：公文的寫作宜儘量使用語體文 (C) 正確：依公文系統有上行、平行、下行三種 (D) 函可分為上行、平行、下行，是機關與機關之間，或人民與機關間申請、答復時使用。

6.【D】公文用語：(A) 正確：機關（或首長）對屬員，或機關對人民應稱「臺端」。 (B) 正確：稱謂語部分，無隸屬關係之較低機關對較高機關，應稱「大院」、「大部」。 (C) 正確：稱謂語部分，有隸屬關係之下級機關對上級機關，應稱「鈞部」、「鈞府」。 (D) 公文之起首語，對上級機關用「謹查」；公布法令用「制訂」、「訂頒」、「修正」、「廢止」；任用人員用「特任」、「特派」、「任命」、「派」、「茲派」、「茲聘」、「僱」。

7.【C】承辦人員辦稿時，處理附件的注意事項：(A) 正確：附件有2種以上時，分別標以附件1、附件2、……。(B) 正確：附件除附卷者外，如係隨文附送，辦稿時，用「檢送」、「檢附」等字樣。 (C) 有時間性之公文，其附件不及隨文送出者，請註明「文先發，附件另送」，並與發文單位聯繫，洽知發文號碼，備於補送附件時註明。 (D) 正確：如需以電子郵件發出，辦稿時請書「附電子檔」字樣，並註明「原本存卷，另以電子檔發出」。

8.【A. D】複選：下列哪些公文依規定應蓋用首長職銜簽字章？(A) 發布令：蓋首長職銜簽字章 (B) 呈：蓋首長之職章 (C) 上行函：蓋首長之職章 (D) 一般會銜公文：首長職銜簽字章

9.【A】按：函之正文，除按規定結構擬撰外，訂有辦理或復文期限者，應於「主旨」段內敘明。

第 6 章
會議文書

UNIT *6-1* 會議文書概說

我們生處於民主政治、工商社會之下，日常生活裡，無論職場、社區、社團、宗族等各公私立機關團體，為了訂立政策、推展工作、指派任務、檢討業績、解決問題……，經常要召開各式各樣的會議。

現今社會結構複雜，許多公、私事務已非我們一個人所能獨自解決，必須藉助召開會議，聽取各方意見，大家一起研擬、討論、斟酌、協商……，透過群體的力量才能讓事情圓滿落幕。如此一來，開會成為現代人生活中很重要的一環，無可避免。

何謂「會議」？

根據孫文《民權初步》說：「凡研究事理而為之解決，一人謂之獨思，二人謂之對話，三人以上而循有一定規則者，則謂之會議。」而內政部訂定的《會議規範》第1條也說：

> 三人以上，循一定之規則，集思廣益，研究事理，尋求多數意見，達成決議，解決問題，以收群策群力之效者，謂之會議。

可見會議的定義是：參加人數必須在三人以上，討論事情時，要遵守一定的規則，而目的在於集思廣益，並達成共識，來解決問題。

民國54年7月20日由內政部公布《會議規範》100條，對於會議的定義、適用範圍、開會額數、會議程序、議事紀錄、議場秩序、主席、紀錄人員、出席人、列席人、代表人、發言、動議、提案、修正案、表決、委員會、復議、權宜問題、秩序問題、申訴、選舉等，都有詳細的規定。舉凡一切會議的召開，都應依此一規範進行。

何謂「會議文書」？

比較正式的會議，通常必須在召開之前發出「開會通知單」，並附上「議程」（即會議程序），讓與會人士事先了解當天會議將如何進行、討論哪些事項等，可以提前準備。

會議進行中，往往會採錄音、錄影形式將會中討論的內容、決議的過程等，做好妥當的保存，方便日後隨時調閱參看。再不然，也一定有「簽到單」、「提案單」、「會議紀錄」等書面資料，讓與會人士可以現場簽到、提案討論，或有人記下會議的重要內容、決議事項等，一方面存檔，作為日後執行的依據；一方面會後可以再寄給所有出席會議或不克出席的相關人士，讓大家對於會議內容更加清楚明白。

當然，如果會議進行中，還必須決議某些事項，一般多採用舉手表決方式，最後以「少數服從多數，多數尊重少數」為原則，方便又迅速。但如果涉及重大事件，為了慎重其事，則必須投票表決。那麼，就要事先製作「選舉票」，當場投票，之後開票，並宣布投票結果。這是民主社會決議事情的方式，人人都應了解、熟悉其作業模式。

總言之，一個會議的召開，從最開始的「開會通知單」到最後的「會議紀錄」等等，整個過程中所有相關的文書資料，如「議事日程」、「開會程序」、「簽到單」、「提案單」、「選舉票」……，皆為所謂的「會議文書」。

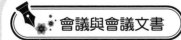 會議與會議文書

會議

獨思：一人獨自研究事理，解決問題。

會議：三人以上循**一定規則**，集思廣益，研究事理，達成共識，來解決問題。

對話：二人一起研究事理，解決問題。

舉凡一切會議的召開，都應依民國 54 年 7 月 20 日內政部公布《會議規範》100 條之規定進行。

會議文書

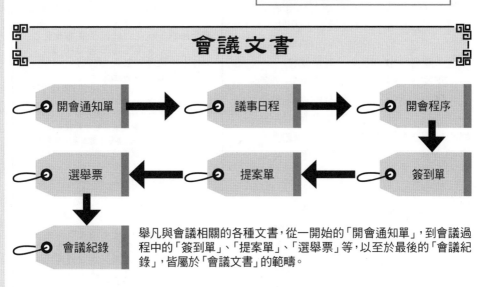

開會通知單 ➡ 議事日程 ➡ 開會程序

選舉票 ⬅ 提案單 ⬅ 簽到單

會議紀錄

舉凡與會議相關的各種文書，從一開始的「開會通知單」，到會議過程中的「簽到單」、「提案單」、「選舉票」等，以至於最後的「會議紀錄」，皆屬於「會議文書」的範疇。

UNIT 6-2
「開會通知單」寫作範例

　　為了讓會議能順利進行，必須在事前通知所有與會人士，此種通知參加會議的文書，稱為「開會通知單」。

　　開會通知可以採公告方式，知會所有應該參與會議的人士；亦可以用個別書面通知方式，告知對方。如遇緊急狀況，甚至可以直接打電話通知參加會議。通知方式沒有限定，可以自行靈活運用。

　　不過，正式的會議總以書面個別寄送開會通知單比較慎重，也較有禮貌。

一、寫法

　　開會通知單的寫法，與公文之「函」有點像，但內容較簡單。正文只須列出「開會事由」、「開會時間」、「開會地點」、「主持人」、「聯絡人及電話」即可。不必像函分為「主旨」、「說明」、「辦法」之三段式結構，只須將開會緣由在「開會事由」中交代清楚就好。

　　正文上方載明「發文日期」、「發文字號」、「速別」、「密等及解密條件或保密期限」、「附件」，靠左書寫，字體略小。但「○○開會通知單」（標題，字體宜放大）之下第一行「受文者：○○○」靠左書寫，且字體宜與正文同大小。

　　正文下方還須註明「出席者」、「列席者」、「副本」等，靠左書寫，字體略小。之後「備註」字體大小須比照正文，有要補充說明則寫於此，無則冒號後留白，但「備註」一項，不可省略。備註事項如內容繁多，宜分項敘述，條列於後。最後，於文末蓋用該單位條戳。

二、範例

檔　　號：
保存年限：

桃花源社區發展委員會
開會通知單

（郵遞區號）
（地址）

受文者：桃花源社區所有住戶

發文日期：中華民國107年8月4日
發文字號：○字第○號
速別：普通
密等及解密條件或保密期限：普通
附件：

開會事由：研商桃花源社區環境美化
　　　　　及水土保護相關事宜。
開會時間：107年8月18日（星期六）
　　　　　上午9時
開會地點：桃花源社區發展委員會
　　　　　會議室（C棟316室）
主持人：桃源里里長　武霖仁
聯絡人及電話：陶先生
　　　　　　　(02)12345678轉226

出席者：臺北市政府環保局王科長、劉專員、
　　　　市議員姚愛美服務處張莉莉主任、桃
　　　　花源社區發展委員會趙主委、錢委員、
　　　　孫委員，以及桃花源社區住戶代表
列席者：
副本：桃源里里長辦公室、桃花源社區發展委
　　　員會

備註：
　一、現場將由姚愛美議員服務處發
　　　送鬱金香種子，供與會嘉賓帶
　　　回栽種，以美化居家環境。數
　　　量有限，歡迎踴躍索取。
　二、會議現場備有茶水，但為了響
　　　應環保政策，將不提供紙杯，
　　　提醒與會人士自備杯具，敬
　　　請　多加利用。

桃花源社區發展委員會（蓋條戳）

開會通知單的作法

檔　　號：
保存年限：

桃花源社區發展委員會開會通知單

（郵遞區號）
（地址）

受文者：桃花源社區所有住戶

發文日期：中華民國 107 年 8 月 4 日
發文字號：○字第○號
速別：普通
密等及解密條件或保密期限：普通
附件：

開會事由：研商桃花源社區環境美化及水
土保護相關事宜。
開會時間：107 年 8 月 18 日（星期六）
上午 9 時
開會地點：桃花源社區發展委員會會議室
C 棟 316 室
主持人：桃源里里長 武霖仁
聯絡人及電話：陶先生
(02)12345678 轉 226

出席者：臺北市政府環保局王科長、劉專員、市議員
姚愛美服務處張莉莉主任、桃花源社區發展
委員會趙主委、錢委員、孫委員，以及桃花
源社區住戶代表

列席者：
副本：桃源里里長辦公室、桃花源社區發展委員會

備註：
一、現場將由姚愛美議員服務處發送鬱
金香種子，供與會嘉賓帶回栽種，
以美化居家環境。數量有限，歡迎
踴躍索取。
二、會議現場備有茶水，但為了響應環
保政策，將不提供紙杯，提醒與會
人士自備杯具，敬請　多加利用。

桃花源社區發展委員會（蓋條戳）

標題
「○○開會通知單」：
字體宜放大。

受文者
標題下第一行「受文
者：○○○」應靠左側
書寫，且字體與正文一
樣大。

偏左側的小字
載明「發文日期」、「發
文字號」、「速別」、「密
等及解密條件或保密
期限」、「附件」，靠左
書寫，字體略小。

正文
只須列出「開會事由」、
「開會時間」、「開會
地點」、「主持人」、「聯
絡人及電話」即可。

偏左側的小字
註明「出席者」、「列
席者」、「副本」等，宜
靠左書寫，字體略小。

備註
1. 字體大小比照正文。
2. 有要補充說明則寫
於此，無則冒號後
留白。
3. 備註事項如內容繁
多，宜分項敘述，條
列於後。

用印
文末蓋用該單位條戳。

139

UNIT **6-3**
「議事日程」寫作範例

　　「議事日程」就是會議程序，也簡稱為「議程」。根據《會議規範》第8條明定，開會之前應先編訂會議程序。所以我們在開會前，必須依照實際需要，預先編排好會議進行的程序，如此一來，會議才能按此程序順利進行。

　　會議程序的安排，小型會議往往由主席或祕書事先草擬，大型會議則由祕書處或程序委員會擬訂，之後都應於會前提交大會認可，或予以修正後實施。議事日程的內容，可以根據功能區分為「行禮如儀」、「檢討過去」、「策勵將來」和「感謝出席」四大部分，再依其實際內容細分為若干程序。如一般性的會議程序，應包括：

1. 會議開始，主席致辭
2. 宣讀上次的會議紀錄
3. 報告決議案執行情形
4. 各單位近期工作報告
5. 其他相關議題的報告
6. 答復上述報告之質詢
7. 提案討論
8. 臨時動議
9. 選舉
10. 散會

上列各項會議程序，可依實際需要加以調整。此外，由於大型會議與會人士眾多，開會時間冗長、議程緊湊，所以會前的程序規劃更顯得重要。

　　無論大、小型會議，議事日程以表格式呈現為宜，就是編列成議程表，明確標示出會議進行的時間、地點，及該時段討論的主題內容、主持人等資訊，讓與會眾人可以一目了然。

　　如何寫作「議事日程」呢？以下試舉一例示範：

桃花源社區發展委員會 會　議　議　程 時間：107年8月18日（星期六）9:00~12:30			
時　間	內　容	主持人	地　點
8:45~9:00	報　到		
9:00~9:20	主席 致辭	武霖仁	C棟 316室
9:20~9:40	環保政策 宣導	王科長	C棟 316室
9:40~10:00	美化環境 的重要	張主任	C棟 316室
10:00~10:10	休　息		
10:10~10:40	委員會 工作簡報	各位 負責人	C棟 316室
10:40~11:00	住戶代表 發言	武霖仁	C棟 316室
11:00~11:10	休　息		
11:10~11:30	相關單位 答復	各位 負責人	C棟 316室
11:30~12:00	提案討論	武霖仁	C棟 316室
12:00~12:10	臨時動議	武霖仁	C棟 316室
12:10~12:30	播放水土保持 宣導短片／ 發送紀念品		C棟 316室
12:30	散　會		

【說明：】議程的細項可以斟酌增減，如上例無須選舉，故不列入此項；而該會議需要「播放水土保持宣導短片／發送紀念品」，自行納入會議程序即可。

議事日程的作法

議事日程

行禮如儀　檢討過去

「議事日程」就是會議程序，也簡稱為「議程」。根據《會議規範》第 8 條明定，開會之前應先編訂會議程序。

策勵將來　感謝出席

一般的會議程序

1. 會議開始，主席致辭

2. 宣讀上次的會議紀錄

3. 報告決議案執行情形

4. 各單位近期工作報告

5. 其他相關議題的報告

6. 答復上述報告之質詢

7. 提案討論

8. 臨時動議

9. 選舉

10. 散會

上列各項會議程序，可依實際需要加以調整，程序項目可自行增減。

無論大、小型會議，議事日程以**表格式**呈現為宜，就是編列成議程表，明確標示出會議進行的時間、地點，及該時段討論的主題內容、主持人等資訊，讓與會眾人可以一目了然。

按：一般會議程序之「宣讀上次的會議紀錄」、「報告決議案執行情形」、「答復上述報告之質詢」、「選舉」四項，在此議程中因為不需要，所以沒被排入。

桃花源社區發展委員會
會議議程
時間：107 年 8 月 18 日（星期六）9:00~12:30

時　間	內　容	主持人	地　點
8:45~9:00	報　到		
9:00~9:20	主席致辭	武霖仁	C棟316室
9:20~9:40	環保政策宣導	王科長	C棟316室
9:40~10:00	美化環境的重要	張主任	C棟316室
10:00~10:10	休　息		
10:10~10:40	委員會工作簡報	各位負責人	C棟316室
10:40~11:00	住戶代表發言	武霖仁	C棟316室
11:00~11:10	休　息		
11:10~11:30	相關單位答復	各位負責人	C棟316室
11:30~12:00	提案討論	武霖仁	C棟316室
12:00~12:10	臨時動議	武霖仁	C棟316室
12:10~12:30	播放水土保持宣導短片／發送紀念品		C棟316室
12:30	散　會		

議程表

按：此議程基於實際需要，自行加入「住戶代表發言」、「播放水土保持宣導短片／發送紀念品」二項程序。

UNIT **6-4**
「開會程序」寫作範例

開會是現代人基本的民主素養之一。會議進行必須遵守一定的次序，所以「開會程序」也稱為開會秩序。為了表示會議的莊嚴隆重，通常在具有慶祝或紀念意義的大會上，開會程序多以大張紅紙書寫，張貼於會場醒目之處，由司儀宣讀，用來引導會議的進行。

開會程序一般只標示會議進行中各項流程的先後次序而已，不像議事日程那樣鉅細靡遺編列出會議的時間、地點、內容、主持人等細節。以下我們試舉平日朝會升旗典禮、重要集會畢業典禮的開會程序為例：

一、升旗典禮

朝會暨升旗典禮程序

1. 升旗典禮開始
2. 全體肅立
3. 主席就位
4. 唱國歌
5. 向國旗行注目禮（升旗，播放國旗歌）
6. 禮畢
7. 主席致辭
8. 頒獎
9. 各處室報告
10. 散會

【說明：】一般朝會為例行的儀式，主席不一定每次都有事情報告，如果不須致辭，便直接接續下一個項目。同理，也不是每次朝會都要頒獎，無獎可頒時，就自動進行下一項程序。

二、畢業典禮

臺北市立○○國民小學
畢業典禮程序

1. 典禮開始
2. 全體肅立
3. 主席就位
4. 奏樂
5. 唱國歌
6. 向國旗暨　國父遺像行三鞠躬禮
7. 主席復位（請坐下）
8. 頒獎
9. 主席致辭
10. 來賓致辭
11. 家長代表致辭
12. 畢業生代表致謝辭
13. 在校生代表致歡送辭
14. 唱校歌
15. 唱驪歌
16. 奏樂
17. 禮成

【說明：】

1. 主席：根據《會議規範》第17條規定，主席的任務，包括：主持會議進行、維持會場秩序、承認發言人地位、接述動議、將議案宣付討論及表決、簽署會議紀錄等相關文件、答復一切相關詢問等。

2. 司儀：凡掌理儀式、典禮之進行者，稱為「司儀」。在預定的時間內，依照已經排定的議程，協助主席有秩序地掌控會議或典禮的進度，是司儀的主要職責。

開會程序的作法

「**開會程序**」，也稱為開會秩序。

★為了表示會議的莊嚴隆重，通常在具有慶祝或紀念意義的大會上，開會程序多以大張紅紙書寫，張貼於會場醒目之處，由司儀宣讀，用來引導會議的進行。

★開會程序一般只標示會議進行中各項流程的先後次序而已，不像議事日程那樣鉅細靡遺編列出會議的時間、地點、內容、主持人等細節。

哈比小學校慶暨運動會開幕式

一、大會開始
二、全體肅立
三、主席就位
四、唱國歌
五、向國旗暨　國父遺像行三鞠躬禮
六、主席請復位
七、主席及來賓致辭
八、校慶運動會暨各項表演活動開始

主席

主席的任務，包括：主持會議進行、維持會場秩序、承認發言人地位、接述動議、將議案宣付討論及表決、簽署會議紀錄等相關文件、答復一切相關詢問等。

司儀

凡掌理儀式、典禮之進行者，稱為「司儀」。在預定的時間內，依照排定的議程，協助主席有秩序地掌控會議或典禮的進行，是司儀的主要職責。

升旗典禮

朝會暨升旗典禮程序

1. 升旗典禮開始
2. 全體肅立
3. 主席就位
4. 唱國歌
5. 向國旗行注目禮（升旗，播放國旗歌）
6. 禮畢
7. 主席致辭 —— 主席不一定每次都有事情報告，如果不須致辭，便直接接續下一個項目。
8. 頒獎
9. 各處室報告
10. 散會

不是每次朝會都要頒獎，無獎可頒時，就自動進行下一項程序。

畢業典禮

臺北市立○○國民小學
畢業典禮程序

1. 典禮開始
2. 全體肅立
3. 主席就位
4. 奏樂
5. 唱國歌
6. 向國旗暨　國父遺像行三鞠躬禮
7. 主席復位（請坐下）
8. 頒獎
9. 主席致辭
10. 來賓致辭
11. 家長代表致辭
12. 畢業生代表致謝辭
13. 在校生代表致歡送辭
14. 唱校歌
15. 唱驪歌
16. 奏樂
17. 禮成

UNIT **6-5**
「委託書」、「簽到單」寫作範例

民主社會中，凡事講求既要徵詢多數人的意見，也要尊重少數人的看法，因此會議就成為彼此溝通、協調的重要管道。俗話說：「三個臭皮匠，勝過一個諸葛亮。」透過會議還可以集思廣益，大家一起面對困境，有錢出錢，有力出力，同心協力解決難題，這是民主精神的可貴之處。

本文我們要針對無法親自出席會議時，委託別人代表參加會議，該如何撰寫「委託書」？以及召開會議的一方，工作人員又要如何製作「簽到單」？讓所有與會人士都可以透過簽名，完成報到手續。

一、委託書範例

委託書　107 年 8 月 17 日

　　茲委託
陳迪諾先生代表本人出席本公司第 3 次股東大會，並代表行使大會期間一切權利與義務。
　　此致
○○股份有限公司

　　　　　　委託人　簡筱椏（簽章）

【說明：】有了這張委託書，陳迪諾就可以代表簡筱椏出席○○公司股東大會，並於會議上行使一切權利與義務；只要經由簡筱椏本人簽名或蓋章，這份委託書便具有法律效力。特別提醒：一些重要會議（如股東會等），除非是自己的至親家人，否則千萬不要輕易委託他人代表；萬一所託非人，那恐怕會令人傾家蕩產，欲哭無淚！

二、簽到單範例

○○股份有限公司
107 年度第 3 次股東大會
簽　到　單

時間：中華民國 107 年 8 月 22 日（星期三）
　　　上午 9 時
地點：臺北總公司鴻福樓大禮堂
出席人簽名：

序號	出席人	備註
1		
2		
3		
4		
5		
6		
7		
8		
9		
10		
11		
:		
:		
:		

委託書、簽到單的作法

委託書

委託書　107 年 8 月 17 日

　　茲委託
陳迪諾先生代表本人出席本公司第 3 次股東大會，並代表行使大會期間一切權利與義務。
　　此致
○○股份有限公司

　　　　　　　　委託人　簡筱椏（簽章）

有了這張委託書，就可以完全代表行使權利。

受委託者一定要好好把關，才不致有負所託。

千萬慎選委託人！因為一旦所託非人，保證讓人欲哭無淚。

簽到單

○○股份有限公司
107 年度第 3 次股東大會
簽　到　單

時間：中華民國 107 年 8 月 22 日（星期三）
　　　上午 9 時
地點：臺北總公司鴻福樓大禮堂
出席人簽名：

序號	出席人	備註
1		
2		
3		
4		
5		
：		
：		

★請與會者自行依序簽上自己的姓名。

★如未取得委託書，不可以代他人簽到。

簽到處

他山試金石

❶ 下週三下午大家要去參加「現代公民的民主素養」研討會，請準時入場喔！

沒關係，哥罩你！

❷ 可是我社團有活動……

研討會現場
石兄簽名：「石頭」；隨後又代草草簽下「朱草草」三個字。

❸

絕對不可以！石兄沒有取得草草的委託書，這樣公然代為簽到，涉嫌「偽造署押之罪」！

❹

實用百寶盒

　　「代人簽到」的行為已經觸犯《刑法》第 217 條：「偽造印章、印文或署押，足以生損害於公眾或他人者，處三年以下有期徒刑。」建議大家千萬不要代人簽到，免得被逮個正著，雖然不一定會依法送辦，但機關內部的行政處分絕對躲不掉，保證讓你吃不完兜著走！

UNIT 6-6 「提案」寫作範例

根據《會議規範》第34條明定:「動議以書面為之者稱提案,提案除依特別規定,得由個人或機關團體單獨提出者外,須有附署。其附署人數如無另外規定,與附議人數同。」可見「提案」就是會議出席人所提出的書面動議,經由其他出席者附署後,送交會議表決。

一、寫法

提案的基本格式,應分為「案由」、「說明」、「辦法」三段式結構,這是提案的正文。另須附上「提案人」和「附署人」的簽名,這是提案的附帶資料。總言之,上述五個項目,缺一不可。關於提案的寫法,逐一分述如次:

1. 案由:即簡明扼要敘述提案的主旨,務必使人能一目了然。寫法類似一般公文之「主旨」。

2. 說明:或作「理由」亦可。可分項逐條說明提案之動機或理由。寫法比照一般公文之「說明」。

3. 辦法:即提案落實之際,提出具體而可行的方法。寫法如普通公文之「辦法」。

4. 提案人:通常以個人或機關團體的名義提出皆可。提案人必須在提案上簽名或蓋章,以示負責。

5. 附署人:附署人數如無特殊規定者,與附議人數相同即可。附署人要在提案上簽名或蓋章。且附署人必須達到一定的人數限定,提案始能正式成立。

二、範例

(一) 里民大會提案

清廉里第13屆第1次里民大會提案

案由:請里內儘速籌款興建大型活動中心,以供里民休閒、娛樂之用途,提升大家的生活品質,請　公決。

說明:

一、里內人口老化現象日益嚴重,退休的長者需要一個可以泡茶、下棋、聊天、唱卡拉OK、閱讀書報等的活動場所。

二、上班族於假日休閒時,有觀賞藝文表演、進修第二外語、電腦多媒體課程、金融相關知識等需求,而里內展演空間不足、教學設備落後,導致青、壯年人口逐漸外移。

三、青少年、孩童亟需一個安全又舒適的運動場所,而里內公園設施老舊、空間狹隘,無法發揮應有的功能。

辦法:送請里長辦公室籌劃。

提案人:李愛蓮

附署人:○○○　○○○　○○○　○○○
　　　　○○○　○○○　○○○　○○○
　　　　○○○　○○○　○○○　○○○

(二) 大廈管理委員會提案

山好水大廈管理委員會提案

案由:請臺中市政府環保局協助尋找化糞池之正確位置案,請　公決。

說明:

一、臺中市政府環境保護局105年9月20日以○字第○號函稱:「依據《廢棄物清理法》第○條規定,化糞池之汙物應由所有權人、管理人或使用人,每年不定期清除一至二次。違反者依同法第○條規定,處以○元以上至○元以下之罰鍰。」

二、本大廈因為無法確定化糞池之位置,故多年來一直未曾執行化糞池清理工作。

辦法:請臺中市政府環保局派員前來協助尋找化糞池之正確位置,以利定期清理,俾免受罰。

提案人:王珍欣

附署人:○○○　○○○　○○○　○○○
　　　　○○○　○○○　○○○　○○○

 提案的作法

「提案」就是會議出席人所提出的書面動議，經由其他出席者附署後，送交會議表決。

清廉里第13屆第1次里民大會
提案

案由：請里內儘速籌款興建大型活動中心，以供里民休閒、娛樂之用途，提升大家的生活品質，請　公決。

說明：
一、里內人口老化現象日益嚴重，退休的長者需要一個可以泡茶、下棋、聊天、唱卡拉OK、閱讀書報等的活動場所。
二、上班族於假日休閒時，有觀賞藝文表演、進修第二外語、電腦多媒體課程、金融相關知識等需求，而里內展演空間不足、教學設備落後，導致青、壯年人口逐漸外移。
三、青少年、孩童亟需一個安全又舒適的運動場所，而里內公園設施老舊、空間狹隘，無法發揮應有的功能。

辦法：送請里長辦公室籌劃。

提案人：李愛蓮
附署人：○○○ ○○○ ○○○ ○○○
　　　　○○○ ○○○ ○○○ ○○○
　　　　○○○

正文

1. 案由：
即簡明扼要敘述提案的主旨，務必使人一目了然。寫法類似一般公文之「主旨」。

2. 說明：
或作「理由」亦可。可分項逐條說明提案之動機或理由。寫法宜比照一般公文之「說明」。

3. 辦法：
即提案落實之際，提出具體而可行的方法。寫法一如普通公文之「辦法」。

附帶資料

1. 提案人：
通常以個人或機關團體的名義提出皆可。提案人必須在提案上簽名或蓋章，以示負責。

2. 附署人：
附署人數如無特殊規定者，與附議人數相同即可。附署人要在提案上簽名或蓋章。且附署人必須達到一定的人數限定，提案始能正式成立。

UNIT **6-7**
「選舉票」寫作範例

根據《會議規範》第55條規定：表決之方式，可分為「舉手表決」、「起立表決」、「正反兩方分立表決」、「唱名表決」（即出席人被點到名時，起立回答「贊成」、「反對」或「棄權」）、「投票表決」五種。而條文中明定：「（投票表決）除對人之表決應採無記名投票外，對事之表決，以記名投票表示負責為原則。」

一般選舉票的基本格式，應包括四個項目：

1. 選舉的名稱
2. 候選人的號次及姓名
3. 選舉的時間（〇年〇月〇日）
4. 主辦選務單位或監選人蓋章

此外，若為無記名投票，應事先布置投票場地，備妥簾幕、桌子、圈選工具、印泥、投票箱等物品，免得到時手忙腳亂。如果是記名投票，相對來說比較簡單，只須將預備好的選舉票當場發下去，讓與會者簽名之後，再回收，統計票數即可。如在選舉票上有規定要加蓋監選人印章，應該遵守規定加蓋。

以下我們針對投票表決時，「選舉票」的製作，分為無記名投票、記名投票兩方面，舉例加以說明：

一、無記名投票用選舉票

一般對於人的表決方式應採無記名投票，使用統一的圈選工具，且在投票時應有適當的隔離措施，一律採祕密投票的方式實施。事後再依正常程序進行開票作業，務求公開、透明，杜絕黑箱作業，才能使人信服。

〇〇〇 選 舉 票		
圈選	號次	候選人
	1	趙大大
	2	錢多多
	3	孫中中
	4	李小小
主辦選務單位或監選人蓋章 中華民國〇年〇月〇日		

二、記名投票用選舉票

通常對事的表決，以記名投票為宜，投票人應簽署姓名，以示負責。

除了投票的內容針對人或事有所區別之外，選舉票應包括的項目大致相同，可以依此類推。

海外設廠之據點選舉票		
圈選（請簽章）	號次	候選地點
	1	深 圳
	2	雅加達
	3	馬尼拉
	4	清 邁
	5	胡志明市
主辦選務單位或監選人蓋章 中華民國〇年〇月〇日		

表決與選舉票

表決方式

舉手表決

起立表決

正反兩方
分立表決

我贊成

唱名表決

投票表決

製作選舉票

一般選舉票的基本格式

1. 選舉的名稱
2. 候選人的號次及姓名
3. 選舉的時間（〇年〇月〇日）
4. 主辦選務單位或監選人蓋章

無記名投票
對人之表決

記名投票
對事之表決

祕密投票

應事先布置投票場地，備妥簾幕、桌子、圈選工具、印泥、投票箱等物品。

★將預備好的選舉票當場發下去，讓與會者簽名之後，再回收，統計票數即可。

★如在選舉票上有規定要加蓋監選人印章，應遵守規定加蓋。

〇〇〇 選 舉 票		
圈選	號次	候選人
	1	趙大大
	2	錢多多
	3	孫中中
	4	李小小
主辦選務單位或監選人蓋章 中華民國〇年〇月〇日		

海外設廠之據點選舉票		
圈選（請簽章）	號次	候選地點
	1	深　圳
	2	雅加達
	3	馬尼拉
	4	清　邁
	5	胡志明市
主辦選務單位或監選人蓋章 中華民國〇年〇月〇日		

UNIT 6-8
「會議紀錄」寫作範例

「會議紀錄」就是將會議進行過程中所討論的事項予以記錄、保存的文書，又稱「議事紀錄」。這樣的文書資料可作日後處理事務的依據與參考。

一、寫法

會議紀錄並沒有固定的格式，應視會議過程中實際的情形加以記錄。但一般常見的會議紀錄，不外包括以下幾個項目：

1. 會議名稱及會次
2. 會議時間
3. 會議地點
4. 出席人姓名及人數
5. 列席人姓名
6. 請假人姓名
7. 主席姓名
8. 紀錄人姓名
9. 報告事項
10. 選舉
11. 討論事項
12. 臨時動議
13. 散會
14. 主席、紀錄簽名

不是每一場會議都需要記錄這些項目，得視實際情況自行增減，靈活運用。其中「報告事項」、「討論事項」當為會議紀錄的重點，宜逐條記錄清楚，如有附件，也應一併加以註明。「選舉」、「臨時動議」等，有則記，無則略。如會議中有進行選舉，應將選舉的內容、候選人姓名、得票數、廢票數一一詳細記載，並標示當選者姓名。

二、範例

幸福企業股份有限公司
員工福利委員會
第 4 次會議紀錄

時間：民國 107 年 8 月 17 日（星期五）
　　　下午 1 時
地點：本公司交誼廳
出席：○○○ ○○○ ○○○ ○○○
　　　○○○ ○○○ ○○○ ○○○
　　　○○○ ○○○
列席：張要文　辛愛咪
請假：○○○ ○○○ ○○○
主席：陳迪諾
紀錄：葉允彤
主席致辭：略
報告事項：
　一、員工福利社本年 1 月至 6 月業務報告（見附件一）。
　二、福利社由於業務繁忙，自本年 3 月起增聘臨時職員一名，報請追認。
　決議：准予追認。
討論事項：
　一、為增進本公司員工福利，特擬定本會新年度促銷計畫草案（見附件二），提請討論案。
　決議：修正通過。
　二、擬動用上年度營利所得金額新臺幣 60 萬元整，提撥家境清寒員工子女獎助學金，救助弱勢族群，發揮同事之愛，提請公決案。
　決議：通過。
臨時動議：
　蔡委員可君提議，利用中秋節連假舉辦烤肉活動，以增進同仁及眷屬間情誼，是否可行？提請公決案。
　決議：通過。
散會，下午 3 時 20 分
　　　　（主席簽名）（紀錄簽名）

會議紀錄的作法

「會議紀錄」就是將會議進行過程中所討論的事項予以記錄、保存的文書，又稱「議事紀錄」。

會議紀錄：a. 沒有固定的格式，b. 應
視會議過程中實際的情形加以記錄。
一般常見的會議紀錄，包括以下幾個
項目：

1. 會議名稱及會次
2. 會議時間
3. 會議地點
4. 出席人姓名及人數
5. 列席人姓名
6. 請假人姓名
7. 主席姓名
8. 紀錄人姓名
9. 報告事項
10. 選舉
11. 討論事項
12. 臨時動議
13. 散會
14. 主席、紀錄簽名

a. 得視實際情況自行增減，靈活運用。
b. 「報告事項」、「討論事項」當為會議
紀錄的重點，宜逐條記錄清楚，如有
附件，也應一併加以註明。
c. 「選舉」、「臨時動議」等，有則記，
無則略。

幸福企業股份有限公司員工福利委員會第 4 次會議紀錄

時間：民國 107 年 8 月 17 日（星期五）
　　　下午 1 時
地點：本公司交誼廳
出席：○○○ ○○○ ○○○ ○○○
　　　○○○ ○○○ ○○○ ○○○
　　　○○○ ○○○
列席：張要文　辛愛咪
請假：○○○ ○○○ ○○○
主席：陳迪諾
紀錄：葉允彤
主席致辭：略

報告事項：
　一、員工福利社本年 1 月至 6 月業務報
　　　告（見附件一）。
　二、福利社由於業務繁忙，自本年 3 月
　　　起增聘臨時職員一名，報請追認。
決議：准予追認。 **重點：應逐條記錄清楚**

討論事項：
　一、為增進本公司員工福利，特擬定本
　　　會新年度促銷計畫草案（見附件
　　　二），提請討論案。
決議：修正通過。
　二、擬動用上年度營利所得金額新臺幣
　　　60 萬元整，提撥家境清寒員工子女
　　　獎助學金，救助弱勢族群，發揮同
　　　事之愛，提請公決案。
決議：通過。

臨時動議：
　　蔡委員可君提議，利用中秋節連假
　　舉辦烤肉活動，以增進同仁及眷屬
　　間情誼，是否可行？提請公決案。
決議：通過。 **有則記，無則略**

散會，下午 3 時 20 分

　　　　（主席簽名）（紀錄簽名）

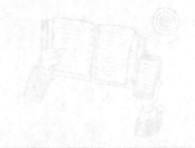

第7章

單據、書狀與契約

UNIT *7-1*
單據概說

何謂「單據」？就是人們在買賣物品或借用、收領財物時，以文字書寫方式所立下的憑據。舉凡訂單、發票、借據、領據、收據等，皆統稱為「單據」。

常見的單據

單據的種類繁多，我們來介紹幾種較常見的：

（一）借據

借據，就是借用財物的書面憑證，可作為日後催討或償還的依據。借據的適用範圍，在於：

1. 借貸金額不算龐大。
2. 借用物品不太貴重。
3. 借用期限不太長久。

否則，應該使用借貸契約或租賃契約比較合適。

（二）領據

領據，為領取機關團體所給與的財物時，開具的一種書面憑證。領據通常用在對上級機關或人民團體發給財物時。又根據領取東西的不同，可分為領款、領物兩種。

（三）收據

收據，是收受財物的一方以文字書寫，留給給與的一方作為憑證之用的一種文書。一般而言，收據多半用在向平行、下行機關或對個人收取金錢、物品時。收據可以由個人開立，也可以由單位開立。

單據的結構

單據的結構，應包括「標題」、「正文」、「落款」三部分。

（一）標題

在單據的最前面，應標示出它的性質，如「借據」、「領據」、「收據」等，並以此作為標題。

（二）正文

1. 開頭：起首空兩格，「借據」以「茲借到」啟篇，「領據」以「茲領到」起行，「收據」以「茲收到」開始。

2. 主體：寫作時有三個重點：

（1）文中應標明立據對方（個人、機關、團體）的名稱。

（2）文中應標明借（領、收）到財物的名稱、數量和單位。

（3）如為借據，應標明借貸期限或歸還日期。

3. 結尾：必須另起一行，空兩格寫上「此據」二字作為結束。

（三）落款

1. 如果立據人為個人時，由當事人署名、蓋私章。

2. 如果立據人為機關、團體時，由機關首長（負責人）、主辦會計、出納及經手人連署、蓋章，並加蓋機關（團體）之印信。

3. 最後，應標註開立之日期。

一般機關、團體的單據已有固定格式，只要照其格式填寫即可。如無固定格式，必須按上述基本結構寫作。關於數字的書寫，都應使用國字大寫，並在數字後面加個「整」字，如「陸萬參仟伍佰捌拾柒元整」，以免被人增添數字。

 單據的作法

| 領　　據 | 標題 |

　　茲領到
臺北市政府環保局發送之「草莓環保購物
袋」貳佰伍拾份。
　　此據

　　　　　　勤懇里里長 曾有鋅（蓋章）
　　　　　　經領人 吳惠璇（蓋章）

中 華 民 國 １０７ 年 ９ 月 ２４ 日

落款

★立據人為機關、團
　體時，由機關負責
　人及經手人連署、
　蓋章，並加蓋機關
　印信。
★最後，應標註開立
　之日期。

正文

1. 開頭：
起首空兩格，「領據」以「茲
領到」起行。

2. 主體：
　(1)文中應標明立據對方的名
稱（如：臺北市政府環保局）。
　(2)文中應標明領到財物的
名稱、數量和單位（如：草莓
環保購物袋貳佰伍拾份）。
※數字宜使用國字大寫。

3. 結尾：
須另起一行空兩格寫上「此據」
二字作為結束。

輕鬆一下，聽個笑話

❶

　　有錢的員外即將把自己的掌上明珠嫁給
一個窮秀才。愛女心切的父親為了怕女兒
吃苦，特地操辦了超豐厚的嫁妝送寶貝女
兒出閣。

　　員外問準女婿：「老夫為女兒準備如此
豐盛的妝奩，賢婿呀，你打算怎麼辦？」

　　窮酸女婿回答：「岳父大人，小婿可以開
立一張收據給您喔！」

❷

　　從前有個官員被土匪綁票了，土匪拿刀架
在官員的脖子上，威脅道：「給我寫信叫人送
五百兩贖金來，否則，你這條小命就不保了！」

　　官員討價還價道：「大哥，行個方便，人情
價三百兩怎樣？」

　　「好，就三百兩。」土匪豪爽地答應了。

　　官員忍不住又說：「大哥，別忘了，收據還
是開五百兩喔！我回去好報帳。」

UNIT 7-2
單據寫作範例

一、借據

【範例一：】王大同向李小康借用腳踏車、帳棚、捕蚊燈各一件，自即日起，借期為三十天。試擬借據一則。

```
　　　　　　　借　據

　　茲借到
李小康先生腳踏車乙部、帳棚乙個、捕蚊
燈乙臺，借期自 107 年 8 月 18 日至 107
年 9 月 16 日。
　　　此據
　　　　　　　　　　王大同（蓋章）

中 華 民 國 1 0 7 年 8 月 1 8 日
```

【範例二：】花菲菲向花香香借新臺幣八十八萬元炒股票，自下週三起，借期三個月。試擬借據一則。

```
　　　　　　　借　據

　　茲借到
花香香女士新臺幣捌拾捌萬元整，借期自
107 年 8 月 22 日至 107 年 11 月 22 日。
　　　此據
　　　　　　　　　　花菲菲（蓋章）

中 華 民 國 1 0 7 年 8 月 2 2 日
```

二、領據

【範例一：】古錐村村長領到市政府文化局發送「超可愛母親節賀卡」三百份，請代村長郝娃伊草擬領據一則。

```
　　　　　　　領　據

　　茲領到
○市政府文化局發送之「超可愛母親節賀
卡」參佰份。
　　　此據
　　　　　古錐村村長　郝娃伊（蓋章）
　　　　　　經領人　張可人（蓋章）

中 華 民 國 1 0 7 年 4 月 1 3 日
```

【範例二：】曾優秀領到「大胃王比賽」冠軍獎金兩萬五千元，試擬領據一則。

```
　　　　　　　領　據

　　茲領到
「大胃王比賽」冠軍獎金新臺幣貳萬伍仟
元整。
　　　此據
　　　　　　　　　　曾優秀（蓋章）

中 華 民 國 1 0 7 年 8 月 1 8 日
```

三、收據

【範例一：】甜蜜蜜蛋糕坊開幕，收到櫻桃子致贈花籃、匾額各一，請代店長蕭恬恬草擬收據一則。

```
　　　　　　　收　據

　　茲收到
櫻桃子小姐致贈花籃乙個、匾額乙件。
　　　此據
　　　　　　　店長　蕭恬恬（蓋章）

中 華 民 國 1 0 7 年 9 月 9 日
```

【範例二：】慈悲心功德會收到清水市市長小林田一郎捐贈善款日幣十五萬元，試擬收據一則。

```
　　　　　　　收　據

　　茲收到
清水市市長小林田一郎捐贈日幣壹拾伍萬
元整。
　　　此據
　　　　　　慈悲心功德會（蓋章戳）
　　　　　　經收人　○○○（蓋章）

中 華 民 國 1 0 7 年 8 月 1 5 日
```

圖解應用文——職場・大考・生活必勝絕招100回

 **單據的使用**

借據

借物

借期 30 天

借款

借期 3 個月

正文的寫法

1. 開頭:起首空兩格,以「茲借到」啟篇。
2. 主體:
   (1) 應標明立據對方的名稱。
   (2) 應標明借到財物的名稱、數量和單位。
   (3) 應標明借貸期限或歸還日期。
3. 結尾:須另起一行,空兩格寫上「此據」作為結束。

【牛刀小試】梁杉柏向公司預支十萬元薪水,該如何擬此單據呢?

> 借　據
>
> 　茲借支
> 九月份、十月份薪水計新臺幣壹拾萬元整。
> 　此據
> 　　　　　　　　　梁杉柏(蓋章)
>
> 中　華　民　國　1 0 7　年　8　月　2 0　日

按:預支薪水算是事先向老闆借款,日後以所得薪資償還,故仍屬借貸,應寫「借據」。

領據

正文的寫法

1. 開頭:起首空兩格,以「茲領到」起行。
2. 主體:
   (1) 應標明立據對方的名稱。
   (2) 應標明領到財物的名稱、數量和單位。
3. 結尾:須另起一行,空兩格寫上「此據」作為結束。

領物

領款

收據

正文的寫法

1. 開頭:起首空兩格,以「茲收到」開始。
2. 主體:
   (1) 應標明立據對方的名稱。
   (2) 應標明收到財物的名稱、數量和單位。
3. 結尾:須另起一行,空兩格寫上「此據」作為結束。

> 收　據
>
> 　茲收到
> 喜捨功德會捐贈 3kg 白米伍百包、泡麵參百箱及食品、飲料罐頭共壹百捌拾箱。
> 　此據
> 　　　　　　濟貧慈善基金會(蓋章戳)
> 　　　　　　經收人　黃土水(蓋章)
>
> 中　華　民　國　1 0 7　年　9　月　2 7　日

UNIT **7-3**
書狀概說

書狀的定義

　　「書狀」，通常針對一事，表明當事人應該享有的權利、履行的義務或證明當事人之情狀，由一方簽署之後，交由另一方收執，作為信守依據的文書。

　　書狀與契約性質相近，都是必須信守約定，有關權利義務的文書。書狀、契約都具有法律效力，一般事情較單純者使用書狀即可；如涉及重大事項，則以雙方當事人擬訂契約為宜。

書狀的種類

　　書狀的種類繁多，大致可分為與人事相關者、與財物相關者兩大類。

（一）與人事相關者

　　與人事相關的書狀，茲列舉如次：

　　1. 證明書：也包括「證書」。通常由機關、團體開立，用來證明當事人具備某項能力、資格或其他特殊狀況的一種文書。如畢業證書、研習證明書、診斷證明書等。

　　2. 志願書：由當事人在自由意志下所開立，用來表明做該項行動的決定完全出於自願，因此無論後果如何，都不會予以追究的一種文書。如手術志願書、離職志願書等。

　　3. 悔過書：當事人對於自己所犯下的過錯，深感懊悔，願意改過向善，而另一方也願意接受，給他一個自新的機會。這時當事人必須寫悔過書，一則表示歉意，一則宣示悔過之決心。如老師要求犯錯的學生寫悔過書，老闆要求失職的員工寫悔過書等。

　　4. 推薦書：當事人品學兼優、才德具備，故由機關團體、社會賢達等撰寫推薦文字，證明他足以勝任某一職務或領取某一獎項等的一種文書。如推薦入學、就業、獲獎等的推薦書。

　　5. 遺囑：根據《民法》第 1189 條規定：「遺囑應依下列方式之一為之：一、自書遺囑。二、公證遺囑。三、密封遺囑。四、代筆遺囑。五、口授遺囑。」（詳見本書〈7-6 書狀寫作範例（中）〉）然而，無論哪一種形式的遺囑，都必須自留遺囑人死亡時，才開始產生效力。

（二）與財物相關者

　　與財物相關的書狀，茲列舉如次：

　　1. 切結書：為了避免日後產生糾紛，由當事人以書面承諾某種義務的文書。如維護校園兩性平權切結書、損害賠償切結書等。

　　2. 承諾書：與「切結書」性質相似；但承諾書是由承諾負擔的一方撰寫，也是一種承諾履行義務的文書。

　　3. 催告書：即催促當事人履行某種義務的文書。當事人收到催告書，如遲遲未有回應，或故意置之不理，等同於承認。

　　4. 保證書：就是幫別人掛保證（背書）的一種文書。萬一當事人無法履行約定時，撰寫保證書的人必須代為負起責任。古今為人作保，而導致傾家蕩產的例子，時有耳聞，不可不謹慎！

　　5. 同意書：指在沒有外力介入下，願意將自己的權利釋放出去的文書。

　　6. 委託書：指當事人無法親自出席會議、從事任何活動等，而委託他人代為行使權利與義務的一種文書。

 書狀的種類

 書狀的種類

（一）與人事相關者

1. 證明書

由機關、團體開立，用來證明當事人具備某項能力、資格或其他特殊狀況的一種文書。

2. 志願書

由當事人在自由意志下所開立，用來表明做該項行動的決定完全出於自願，因此無論後果如何，都不會予以追究的一種文書。

4. 推薦書

當事人品學兼優、才德具備，故由機關團體、社會賢達等撰寫推薦文字，證明他足以勝任某職務或領取某獎項等的一種文書。

3. 悔過書

當事人對於自己所犯下的過錯，深感懊悔，願意改過向善，而另一方也願意接受，給他一個自新的機會。這時當事人必須寫悔過書，一則表示歉意，一則宣示悔過之決心。

5. 遺囑

無論哪一種形式的遺囑，都必須自留遺囑人死亡時，才開始產生效力。

（二）與財物相關者

1. 切結書

為了避免日後產生糾紛，由當事人以書面承諾某種義務的文書。

2. 承諾書

承諾書由承諾負擔的一方撰寫，也是一種承諾履行義務的文書。

3. 催告書

即催促當事人履行某種義務的文書。當事人收到催告書，如遲遲未有回應，或故意置之不理，等同於承認。

4. 保證書

就是幫別人掛保證（背書）的一種文書。萬一當事人無法履行約定時，撰寫保證書的人必須代為負起責任。

5. 同意書

指在沒有外力介入下，願意將自己的權利釋放出去的文書。

6. 委託書

指當事人無法親自出席會議、從事任何活動等，而委託他人代為行使權利與義務的一種文書。

UNIT 7-4 書狀的結構

雖說書狀沒有固定格式,但依照一般習慣,我們列出其基本結構如次:

一、名稱

為了表明書狀的種類,故在書狀正文之前通常會標示它的名稱,如「證明書」、「悔過書」、「遺囑」、「切結書」、「同意書」等。有的會更清楚標示其性質,如「電腦研習證明書」、「放棄急救同意書」等。

二、字號

如為證明書、證書,在書狀名稱之下,通常會有一行小字註明「○字第○○○號」,這是該書狀的流水編號,以便日後稽查。但如為悔過書、推薦書等,則無須此項。

三、正文

此為書狀的主體,應該載明當事人之姓名、出生年月日、權利、義務等內容,以及證明的事項、有效期限等,務求正確無誤、毫無遺漏才好。

四、交遞語、受狀者

一般書狀在正文之末,通常會加上「此致 ○○○」。「此致」二字,即「交遞語」,表明此書狀要交遞給何人或什麼機關。「○○○」為「受狀者」,可以是負責人(代表人)或機關團體(單位)等。例如:「此致 星斗大學校長」、「此致 仁德醫院」,那麼「星斗大學校長」、「仁德醫院」即受狀者。

五、簽名、蓋章

由當事人出具之書狀,應於最後簽署真實姓名、蓋章,必要時還得寫上身分證統一編號、地址、電話等基本資料。由於書狀是表示信守權利、義務的文書,具有法律效力,所以在末尾必須簽名、蓋章,以示負責。

六、日期

書狀上所標示的日期,應採「中華民國○年○月○日」方式,不可以使用西元紀年,要用國曆日期,不宜用農曆。如為機關、團體出具的書狀,應在「中華民國」後面,「○年○月○日」上,加蓋大印或關防,以資取信。

實用百寶盒

關於書狀的效用,可簡單歸納為以下三點:

一、具有簡便性

書狀和契約性質相近,但它使用起來簡便許多;有些書狀更以表格的方式呈現,方便填寫,迅速又有效。因此,在日常生活中被廣泛運用,的確比契約更簡便、實用。

二、具有證明力

書狀在法律上是一種當然的證據,具有絕對的證明力。只要擬定之後,由當事人簽名或蓋章,它的法律效力立即產生,不必像契約還要經過一道道繁複的手續。

三、具有約束力

對於書狀中所承諾履行的權利、義務,一定要切實遵守,絕不可藉故推拖,逃避責任。否則,可以提民事訴訟,足見其約束力之強大,不容小覷。

Win 電腦研習證明書

○字第○○○○號

學員葉允彤係臺灣省南投縣人中華民國 88 年
8 月 19 日生在本公司電腦研習班結業依本公司之
規定授予研習證明書

此證

Win 電腦軟體股份有限公司董事長　陳迪諾（簽章）
　　　　　　　電腦研習班主任　　張要文（簽章）

中 華 民 國 １０７ 年 ９ 月 ２６ 日

名稱

為了表明書狀的種類，故在書狀正文之前通常會標示它的名稱。

正文

此為書狀的主體，應載明當事人之姓名、出生年月日、權利、義務等內容，以及證明的事項、有效期限等，務求正確無誤、毫無遺漏。

交遞語、受狀者

一般書狀在正文之末，通常會加上「此致 ○○○」。「此致」二字，即「交遞語」，表明此書狀要交遞給何人或什麼機關。「○○○」為「受狀者」，可以是負責人（代表人）或機關團體（單位）等。但如為證書或證明書，由機關團體開立證明交遞給個人存查，則僅須寫上「此證」或「特此證明」即可。

字號

如為證明書、證書，在書狀名稱之下，通常會有一行小字註明「○字第○○○號」，這是該書狀的流水編號，以便日後稽查。

簽名、蓋章

由於書狀是表示信守權利、義務的文書，具有法律效力，所以在末尾必須簽名、蓋章，以示負責。

日期

書狀上所標示的日期，應採「中華民國○年○月○日」。如為機關、團體出具的書狀，應在「中華民國」後面，「○年○月○日」之上，加蓋大印或關防，以資取信。

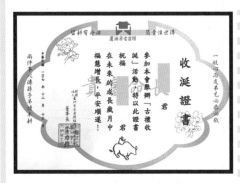

依照傳統習俗，嬰兒出生四個月時通常會舉辦「收涎」儀式，希望藉此讓寶寶停止流口水，頭好壯壯，快快長大。

「收涎」就是用紅線將餅乾掛在嬰兒的脖子上，家人取下餅乾在寶寶嘴邊比劃，並說些吉祥話，表達祝福之意。

「收涎」用的餅乾，傳統以圓形、空心為主，現代父母喜歡客製化商品，充滿巧思與創意。

UNIT **7-5** 書狀寫作範例（上）

書狀的種類繁多，不勝枚舉；我們先以「證明書」、「志願書」、「悔過書」和「推薦書」為例：

證明書

> **證 明 書**
>
> 　　歐芃絳係臺灣省彰化市人，中華民國 86 年 8 月 3 日生，於中華民國 105 年 5 月 1 日至 7 月 31 日期間在本公司擔任工讀生，認真負責，特此證明。
>
> 黑皮網路行銷公司負責人　莊開心（簽章）
>
> 中 華 民 國 1 0 5 年 8 月 1 7 日

> **學士學位證書**
>
> 　　　　　　　　　　○字第○○○○號
>
> 　　學生袁香芹係臺灣省嘉義市人，中華民國 80 年 8 月 13 日生，在本校文學院歷史學系修業期滿，成績及格准予畢業。依大學法第貳拾玖條之規定授予史學學士學位。
>
> 　　此證
>
> 　　　　星斗大學校長　藍霸天（簽章）
> 　　　　文學院院長　楚長歌（簽章）
>
> 中 華 民 國 1 0 2 年 6 月 5 日

志願書

> **志 願 書**
>
> 　　學生江直澍，明心高級中學畢業，參加 107 年度大學入學測驗，分發至 貴校生物系，並於 9 月 1 日報到，今因故索回高中畢業證書，自願放棄就學，恐後無憑，立此存照。
>
> 　　此致
> 星斗大學
>
> 　　　　　學生姓名：江直澍（簽章）
> 　　　　　家長姓名：江正男（簽章）
> 　　　　　地址：○市○路○號○樓
> 　　　　　電話：(02)00000000
>
> 中 華 民 國 1 0 7 年 9 月 7 日

悔過書

> **悔 過 書**
>
> 　　本人神野大雄不慎弄壞哆拉也夢先生的任意門，承蒙 也夢先生寬宏大量，大人不計小人過。本人特撰寫悔過書乙紙，表達由衷懺悔之意，並保證負起所有修繕費用，絕不推諉。
>
> 　　此致
> 哆拉也夢先生
>
> 　　　　立悔過書人：神野大雄（簽章）
>
> 中 華 民 國 1 0 7 年 8 月 2 1 日

推薦書

> **推 薦 書**
>
> 敬啟者：
> 　　謹推薦本系畢業生莊奇儒同學參加 貴所入學考試，奇儒在本系就讀期間，勤勉向學，尤其西洋美術史一科，用力最深，表現亮眼。此外，奇儒生性風雅，多才多藝，精通素描、油畫，對中西方文學、藝術皆有涉獵，加上樂觀開朗、熱心助人，甚得系上師生的喜愛。因此，本人深信若蒙 貴所錄取，給予學習的機會，奇儒必將成為藝壇的明日之星，特此推薦。
>
> 　　此致
> 星斗大學藝術研究所
>
> 　　　　推薦人
> 　　　　旭日大學美術系主任　范谷谷　敬啟
>
> 中 華 民 國 1 0 7 年 3 月 2 1 日

> **推 薦 書**
>
> 茲推薦
> 　　徐采薇君參加本年度網路美少女選拔，敬請惠予考慮支持。
>
> 　　此致
> 第一屆網路美少女選拔大會
>
> 　　　　推薦人
> 　　　　明心高中校長　朱見琛（簽章）
>
> 中 華 民 國 1 0 7 年 4 月 1 9 日

圖解應用文——職場・大考・生活必勝絕招 100 回

 **書狀範例**

證明書

文末只須寫上「此證」或「特此證明」即可。

志願書

★一定要在正文寫明事件、緣由等,一切出於自願,絕無半點強迫。

★文末須使用「交遞語」和「受狀語」,即「此致 ○○○」。且「受狀語」應使用「平抬」以示敬意。

▶心甘情願

悔過書

撰寫悔過書一定要真心誠意,除了表示道歉之意以外,更應具有改過自新的決心。

▲誠心悔過,決心改過

推薦書

一級棒!

推薦書必須據實推薦,切忌誇大其辭,混淆視聽,所言必定合乎情理。最後,請推薦人簽名、蓋章,以示負責。

要為自己的推薦負責任▲

UNIT 7-6
書狀寫作範例（中）

接著，我們再來介紹「遺囑」和「切結書」兩種書狀。

遺囑

前文提及《民法》第1189條明定遺囑的五種形式：

1. 自書遺囑：就是立遺囑人親筆書寫或親自打字，然後簽名、蓋章者。

2. 公證遺囑：指立遺囑人將遺囑寫好後，拿到具有公信力的機構（如律師事務所、代書事務所等），進行公證者。一般大企業家、富豪家財萬貫，為了避免身後子孫爭產風波不斷，都會如此慎重其事。

3. 密封遺囑：就是立遺囑人將他祕密寫好的遺囑密封後簽名，並指定兩名以上的見證人，提經公證人證明的遺囑。這顯然比公證遺囑更謹慎，一般尋常人家應該不必如此大費周章。

4. 代筆遺囑：由見證人代筆作成的遺囑。相傳當年孫文的遺囑，正是由汪精衛所代筆記錄。

5. 口授遺囑：可能立遺囑人已經命在旦夕，無法以其他方式製作遺囑了，故採口授由他人代筆記錄或直接口述錄音所完成的遺囑。

以下示範「自書遺囑」與「代筆遺囑」各一例：

遺　囑

立遺囑人曾大慶，民國20年12月26日生，臺北市人，身分證號碼：A123456789，茲依《民法》規定，自立遺囑，內容如後：
一、坐落於臺北市○區○段○小段○地號土地及地上建物（臺北市○區○路○號）三層樓住宅全棟，由長子曾豐富（民國45年8月11日生臺北市人，身分證號碼：A111456789）單獨全部繼承。

二、本人○○銀行、○○銀行及○○銀行戶頭內所有定存、活存之現金，將來所剩餘額，一律由長女曾豐美（民國48年9月22日生臺北市人，身分證號碼：A211256789）單獨全部繼承。

　　立遺囑人：曾大慶　親筆（蓋章）
　　　見證人：曾黃美惠（蓋章）
　　　見證人：曾大媚（蓋章）

中華民國 100 年 2 月 23 日

遺　囑

立遺囑人吳品雲，民國36年4月5日生，新北市人，身分證號碼：F221456789，茲依《民法》規定，訂立遺囑如下：
一、本人所有坐落新北市○區○段○小段○地號土地及地上建物（新北市○區○路○號）一層樓住宅，由長子吳祿庸（民國67年1月22日生新北市人，身分證號碼：F114567899）單獨全部繼承。
二、上項意旨，由吳品雲口授，吳有良代筆，並宣讀、講解，經立遺囑人認可後，按捺指紋，記明年月日如後。

　　立遺囑人：吳品雲（按捺指紋）
　　　見證人：辛忠雄（簽章）
　　　見證人：吳有良（簽章）
　　　見證人：吳有信（簽章）

中華民國 107 年 8 月 19 日

切結書

一般來說，切結書與承諾書性質相類似，但切結書較為正式。

切　結　書

本人瞿胖虎基於校園兩性平權原則，同意在任教期間，絕不涉及任何言語或肢體等有關性騷擾之行為，如有違反，除願意接受法律制裁外，並同意接受學校立即解聘，永不錄用。
　　此致
星斗大學

　　　　立切結書人：瞿胖虎（簽章）

中華民國 107 年 9 月 10 日

遺囑

1. 自書遺囑

立遺囑人親筆書寫或親自打字,然後簽名、蓋章的遺囑。

2. 公證遺囑

立遺囑人將遺囑寫好後,拿到具有公信力的機構(如律師事務所、代書事務所等),進行公證的遺囑。

3. 密封遺囑

立遺囑人將他祕密寫好的遺囑密封後簽名,並指定二名以上的見證人,提經公證人證明的遺囑。

4. 代筆遺囑

★由見證人代筆作成的遺囑。

★相傳當年孫文的遺囑,正是由汪精衛所代筆記錄。

5. 口授遺囑

可能立遺囑人已經命在旦夕,無法以其他方式製作遺囑了,故採口授由他人代筆記錄或直接口述錄音所完成的遺囑。

切結書

一般來說,切結書與承諾書性質相類似,但切結書較為正式。

較正式

 切結書 = 性質相似 = **承諾書**

UNIT 7-7
書狀寫作範例（下）

常見的書狀，還有「承諾書」、「催告書」、「保證書」、「同意書」和「獎狀」五種，逐一舉例如次：

承諾書

> ### 承　諾　書
>
> 　　借款人呂良光係本人親生兒子，茲因生意一時周轉不靈，未能於約定期限內還清債務，請再予半個月籌款，屆時如仍無法悉數還清，本人願意負責償還，恐口說無憑，特立書存照。
> 　　此致
> 王三泰
>
> 　　　　　　　　　　承諾人：呂五峰
> 　　　　　　　　地址：○市○區○路○號
>
> 中　華　民　國　１０７　年　７　月　１３　日

催告書

> ### 催　告　書
>
> 敬啟者：
> 　　臺端於107年8月1日向本公司承租電動摩托車乙輛，租期為五天，現已超過三天，特此催告，務請從速歸還，如一日內不獲回音，即向法院提出訴狀，一切後果請自行負責。
> 　　此致
> 馬小躍先生
>
> 　　　　　　　　　　　烏魯沐　敬啟
>
> 中　華　民　國　１０７　年　８　月　９　日

保證書

> ### 保　證　書
>
> 　　立保證書人梁光美，今保證任小樂，在貴農場工作期間，能認真負責，盡忠職守，如有怠惰及偷竊等行為，保證人願負督導及賠償責任，恐後無憑，立此為據。
> 　　此致
> 開心農場
> 　　　　　立保證書人：梁光美（簽章）
> 　　　　　身分證號碼：A221345678
> 　　　　　地址：○市○區○路○號
>
> 中　華　民　國　１０７　年　８　月　１１　日

同意書

> ### 同　意　書
>
> 　　立同意書人花芬芳，茲因游大魚先生承租本人所有位於內湖區○街○號的舞蹈教室，本人同意將庭院的原有設施供承租人免費使用，一直到租期結束為止。
>
> 　　　　　　　立同意書人：花芬芳（簽章）
>
> 中　華　民　國　１０７　年　８　月　３　日

獎狀

　　「獎狀」為記述功績或優良表現的原委，然後頒給受獎人的證書。獎狀也屬於書狀的一種。

> ### 星斗大學獎狀
>
> 　　　　　　　　　（○○）○字第○○○號
> 　　　　　　　　中華民國 106 年 6 月 24 日
>
> 　　本校外語學院英國文學系一年級A班榮獲106學年度西瓜盃全校歌唱比賽冠軍，特頒此狀，以資鼓勵。
>
> 　　　　校長　藍霸天（蓋職銜簽字章）

　　總言之，書狀的種類眾多，除了上述證明書、志願書、悔過書、推薦書、遺囑、切結書、承諾書、催告書、保證書、同意書和獎狀十一類之外，還有委託書也算是書狀的一種，但因為我們在第六章〈會議文書〉中已經介紹過，故於此不再贅述。

 **書狀範例**

承諾書

承諾的內容必須與承諾時的條件相吻合,承諾書始具有法律效力。

石兄承諾草草

當你考上研究所,就送你一部超跑。

→ 草草始終沒考上研究所,與承諾時的條件不相吻合。

↓

所以,石兄並不須兌現承諾送草草一部超跑。

催告書

當事人收到催告書後,遲遲不予回應,或故意置之不理,即等同於承認。

可見收到「催告書」,一味「裝死」是沒用的;不如坦然面對,才是解決問題之道!

保證書

幫別人掛保證的一種文書。萬一當事人無法履行約定時,撰寫保證書的人必須代為負起責任。

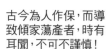
古今為人作保,而導致傾家蕩產者,時有耳聞,不可不謹慎!

同意書

在自由意志之下,表示願意釋放出某種權利的文書。

1. 石兄跟草草求婚,而草草點頭同意了。
2. 神父問道:「石頭先生,你願意娶朱草草小姐為妻,今生無論順逆窮達、生老病苦,始終不離不棄,互敬互愛嗎?」
3. 石兄:Yes, I do.
4. 山人說:「石頭,從此,表示你同意跟草草共享你的房子、車子、薪水和一切了!」

走入婚姻就是同意另一個人來分享你的一切

獎狀

為了記述功績或優良表現的原委,頒給受獎人的證書。

UNIT 7-8
契約概說

契約的定義

契約，也稱為「合同」、「合約」、「契據」、「契券」、「文契」、「判書」等，是法律行為的一種。

根據《民法》第 153 條第 1 項規定：「當事人互相表示意思一致者，無論其為明示或默示，契約即為成立。」可見當兩個以上的當事人，對某一事情彼此互相同意，根據法律、條例或習俗等就能成立一個契約。

契約的功能

俗話說：「一諾千金。」但在人際關係日益複雜的工商社會裡，口說無憑，容易衍生一些糾紛，因此雙方當事人如能訂立契約，白紙黑字寫清楚，作為日後信守承諾的依據，大家將更明瞭自己的權利與義務。——這就是契約的功能。

以下將契約的五大功能，逐一分述如次：

（一）可作為法律憑證

由於法律凡事講求證據，如果事先訂立書面契約，權利、義務具體羅列清楚，萬一發生糾紛，在法律上才能保障自己的權益，作為日後對簿公堂有力的憑證。

（二）可確認履約內容

契約上對於雙方當事人應享的權利、該盡的義務記載完備，因此，舉凡契約之履行、終止或解除等，都必須遵守一定的處理程序。如此一來，皆可經由契約確認履約的內容，讓當事人得以明確履行，不致發生偏差。

（三）可用來解決紛爭

契約上既已載明雙方當事人的權利、義務關係，一旦發生紛爭時，無論透過調解、仲裁或訴訟等方式處理，契約內容都可作為論斷是非曲直、明辨黑白對錯的最佳依據。

（四）可作為簽證憑據

如辦理國際貿易事務，在申請進、出口簽證時，往往需要根據貿易契約，作為核准簽證的憑據。

（五）可免去不少誤會

業務往來上，在彼此協商、洽談的過程中，難免會使用電子郵件、電話、傳真或信函，為了避免誤傳、誤寫、誤譯等不必要的誤會，最好在定案後能訂立契約，之後如發現錯誤應即時修正，才不致造成日後執行上的困難。

實用百寶盒

契約成立的條件，有：1. 雙方當事人必須都具有「行為能力」（指年滿 20 歲以上身心健全的成年人、未滿 20 歲但已結婚的正常人）。2. 必須經過一方「要約」（提出訂立合約的意思），一方「承諾」（同意訂立契約）的程序；如其中一方出於被迫，契約就不能成立。3. 必須遵守法律規定，如雙方當事人訂立契約從事販賣人口的勾當，由於販賣人口是違法的事，所以該契約不具法律效力。4. 不得違背善良風俗，如雙方當事人簽訂「桃色契約」，基於性自主及社會善良風俗等理由，這種契約也不能成立。5. 不得以「無法給付之物品或行為」作為契約之標的，如摘下天上的星星、把頭剃下來等，涉及這樣內容的契約都是無效的。

 **契約的功能**

（一）可作為法律憑證

由於法律凡事講求證據，如果事先訂立書面契約，權利、義務具體羅列清楚，萬一發生糾紛，在法律上才能保障自己的權益，作為日後對簿公堂有力的憑證。

（二）可確認履約內容

★契約上對雙方當事人應享的權利、該盡的義務記載完備，因此，舉凡契約之履行、終止或解除等，都必須遵守一定的處理程序。

★如此一來，可經由契約確認履約的內容，讓當事人得以明確履行。

（三）可用來解決紛爭

契約上既已載明雙方當事人的權利、義務關係，一旦發生紛爭，無論透過調解、仲裁或訴訟等方式處理，契約內容可作為論斷是非曲直、明辨黑白對錯的最佳依據。

（四）可作為簽證憑據

如辦理國際貿易事務，在申請進、出口簽證時，往往需要根據貿易契約，作為核准簽證的憑據。

（五）可免去不少誤會

業務往來上，在彼此協商、洽談的過程中，難免會使用電子郵件、電話、傳真或信函，為了避免誤傳、誤寫、誤譯等錯誤，最好在定案後能訂立契約，之後如發現有誤應即時修正，才不致造成日後執行上的困難。

❶ 石兄：「草草，賈董要訂100件無花果！」

❷ 草草：「沒問題，『無阿狗』（牛仔褲）100件。」

❸ 石兄：「天啊，我說的是國語，不是臺語！」

牛仔褲？

無花果？

UNIT 7-9
契約的種類

日常生活中，契約的應用範圍廣泛，種類十分繁多。在法律上，可分為「典型契約」、「非典型契約」、「混合契約」三大類：

一、典型契約

又稱為「有名契約」，就是在法律上有規定其名稱的契約。如《民法》中編列一些常見的契約：買賣、租賃、借貸、出典、抵押、僱傭、承攬、出版、合夥、保證……，都屬於典型契約。以下姑舉「買賣契約」、「租賃契約」和「借貸契約」為例。

（一）買賣契約

根據《民法》第345條規定：「稱買賣者，謂當事人約定一方移轉財產權於他方，他方支付價金之契約。當事人就標的物及其價金互相同意時，買賣契約即為成立。」一般來說，買賣昂貴的動產或不動產時，因為牽連層面較廣、較複雜，易衍生紛爭，故宜訂立契約。如買賣車輛、房地產等，簽訂契約是必要的。由於買賣契約一旦成立，標的物與賣主就永遠脫離關係，所以又稱「絕契」、「杜絕契」。俗名亦稱「死契」。

（二）租賃契約

根據《民法》第421條規定：「稱租賃者，謂當事人約定，一方以物租與他方使用收益，他方支付租金之契約。」當出租人將動產（車輛、機械、工具等）或不動產（土地、房屋等）之標的物，提供給承租人使用，而承租人支付租金的行為，稱為「租賃」。租賃成立後，標的物所有權並未移轉，承租方只取得租賃期限內的使用權，必須支付租金；出租方享有租金收入的同時，必須承擔標的物折舊的風險、維修的責任等。

（三）借貸契約

所謂「借貸」，包括「使用借貸」、「消費借貸」兩種。前者據《民法》第464條：「稱使用借貸者，謂當事人一方以物交付他方，而約定他方於無償使用後返還其物之契約。」就是暫時借實物給對方使用，用畢物歸原主；通常在標的物價值不菲或長期借貸時，才要訂立契約。消費借貸，據《民法》第474條：「稱消費借貸者，謂當事人一方移轉金錢或其他代替物之所有權於他方，而約定他方以種類、品質、數量相同之物返還之契約。」指所借用標的物為消耗性物品，如金錢、米糧等借貸，日後無法物歸原主，只能以相同物品歸還，此種借貸關係較複雜，最好立下契約。

二、非典型契約

就是「無名契約」，在法律上沒有規定其名稱的契約。常見的無名契約，如醫療契約、廣告契約、合建契約等，雖然《民法》中並未明定其名稱，但只要符合契約訂立原則，便能成立，屬於非典型契約。

三、混合契約

即混合數個有名或無名契約而成。在契約自由的原則之下，雙方當事人可依據實際需要，混合買賣、租賃、出版等數個有名契約，形成一個混合契約。也可以自創新名稱、新種類的契約，更可以混合幾個有名、無名契約成為一個混合契約。

 各種契約

一、典型契約

又稱為「有名契約」，就是在法律上有規定其名稱的契約。

(一)買賣契約

由於買賣契約一旦成立，標的物與賣主就永遠脫離關係，所以又稱為「絕契」、「杜絕契」。俗名亦稱「死契」。

買賣車輛

買賣房地產

(二)租賃契約

租賃成立後，標的物所有權並未移轉，承租方只取得租賃期限內的使用權，必須支付租金；出租方享有租金收入的同時，必須承擔標的物折舊的風險、維修的責任等。

房屋租賃

(三)借貸契約

使用借貸：
暫時借實物給對方使用，用畢物歸原主；通常在標的物價值不菲或長期借貸時，才要訂立契約。

可以原物歸還

消費借貸：
所借用標的物為消耗性物品，如金錢、米糧等借貸，日後無法物歸原主，只能以相同物品歸還。

無法以原物歸還

二、非典型契約

就是「無名契約」，在法律上沒有規定其名稱的契約。

醫療切結書

醫療契約

廣告契約

三、混合契約

★即混合數個有名或無名契約而成。

★在契約自由的原則下，雙方當事人可依據實際需要，混合買賣、租賃、出版等數個有名契約，形成一個混合契約。

UNIT *7-10* 契約的結構

一般契約必須具備的基本結構：

一、契約名稱

雖然契約不一定要有名稱，但為了方便解讀、歸檔，還是會為它命名，如「汽車買賣契約書」、「房屋租賃契約書」等。

二、當事人姓名

契約雙方當事人，或為自然人（個人），應使用真實姓名；如為代理人，應確認其是否經本人授權。或為法人（機關、團體、學校、公司等），則應記載全銜，並確定其代表人的身分。

三、訂立契約的原因

契約中往往會寫明訂約之緣由，確認該契約符合法律規定、不違背公序良俗等，以確保其成立。但省去不寫訂約原因亦可，不影響其法律效力。

四、訂立契約的程序

契約要經過一方「要約」、一方「承諾」的程序，所以契約書中常可見「經雙方同意訂立契約，共同遵守約定事項」的文字敘述，表示雙方在自由意志下訂約，並未遭到脅迫等外力介入。

五、契約標的物之內容

所謂「標的物」，指雙方當事人同意要轉移或變更的內容物。如租賃的「車輛」、買賣的「土地」，甚至立嗣契約中過繼的「小孩」等，應該交代清楚標的物各項資料，以免日後產生紛爭。

六、契約標的物之價格

契約中無可避免會牽扯到價格，宜用國字大寫清楚記載。如房屋租賃每月租金為 15,000 元，應寫成「壹萬伍仟元整」，這種寫法比較不易遭到篡改。如果款項不是一次付清，也要詳細註明已付、未付的金額。

七、標的物權利之保證

如買賣契約中，常見「日後如有第三人對該標的物主張權利時，概由賣主自行負責，與買主無干」等文字，以確保買主的權利。

八、當事人應遵守事項

契約中宜詳細規定雙方當事人應該遵守的權利、義務，務求條理分明，沒有遺漏。唯有記載具體、明確，才能具有約束力，以確保彼此都能遵守。

九、契約期限

契約中一定要明確記載該契約的有效期限，如租賃、抵押、合夥、僱傭等契約中，常見「自民國〇年〇月〇日起至民國〇年〇月〇日止」的字樣，作為日後法律規範的依據。

十、當事人簽名蓋章

契約當事人，如為自然人，應簽名、蓋章；如為法人則蓋關防圖記外，其負責人也要簽名、蓋章，以示負責。

十一、關係人簽名蓋章

除了雙方當事人，還有保證人、見證人、關係人等，都必須在契約上簽名、蓋章。

十二、訂約日期

法律上權利、義務的開始與結束，都以訂約日期為依據，所以訂約日期要確實寫清楚，並避免塗改。

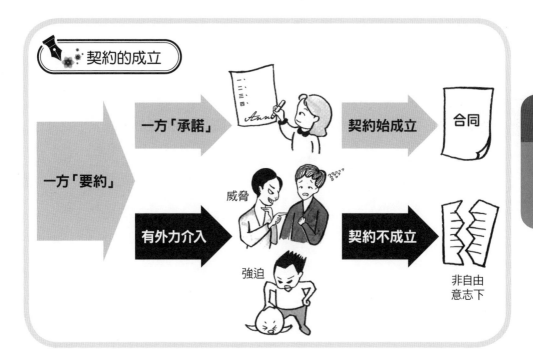

契約的成立

一方「要約」

一方「承諾」 → 契約始成立 → 合同

有外力介入 → 威脅 / 強迫 → 契約不成立 → 非自由意志下

 實用百寶盒

王褒〈僮約〉

　　王褒到成都辦事，借宿寡婦楊惠家中。住了一陣子後，他很自然地把這裡當成自個兒的家，隨意使喚起奴僕來。尤其一天到晚打發家僮便了為他去打酒，儼然一副男主人自居的樣子。某天，便了實在忍無可忍，故意跑到主人的墳前去「大聲哭訴」，他要訴諸輿論力量，請附近鄰居、經過路人大家評評理，世上怎會有如此厚顏無恥的讀書人？

　　這下好了，被便了這麼一鬧，王褒與楊惠間的緋聞風波傳得沸沸揚揚。身為女主人的楊惠豈能容得下如此愛嚼舌根的僮僕，索性決定把他賣掉，圖個耳根子清靜。偏偏這便了不但「大嘴巴」，脾氣又差，根本沒主人想買他。王褒為了報一箭之仇，只好花錢買下他。

　　便了心想一旦落入王褒手中還得了，於是要求事先訂立契約，他以後只依據契約行事，其餘契約上沒有明載的事，一樣也休想要他做！

　　王褒隨手寫下這篇〈僮約〉，清楚交代便了之後要做哪些事：從清早灑掃，到半夜給牲口添飼料，田間勞作，養豬餵牛，登山射鹿，結網捕魚，種植果樹，洗衣燒飯，各種粗活、細活，都是他分內的工作。此外，馬不能騎，車不能坐，有酒喝不得，有果子吃不得，……如果膽敢暗藏私房錢，保證讓他「吃不完兜著走」；要是不聽話，隨時一百大鞭伺候！

　　便了知道苦了，但「千金難買早知道」，他只能恭敬地磕頭拜見新主人。此時，王褒心裡超得意：「沒聽過『君子報仇，三年不晚』嗎？——這就是你得罪書生的下場！」

UNIT **8-1** 企劃書概說

企劃書的意義

圖解應用文——職場・大考・生活必勝絕招100回

企劃書，又稱「計畫書」。雖說「計畫」、「企劃」二辭含意稍有不同，前者指為了達成某一個目標所採取行動方針的靜態構想，後者為完成這靜態構想時「規劃」、「設計」等腦力激盪的過程，可見二者之間關係密切，故可籠統地相互通稱。

俗語說：「計畫永遠趕不上變化。」一針見血點出企劃書的特質，由於是事前的規劃，但未來的事誰知道呢？所以企劃書是活的，必須與時俱進，一再檢討、修訂；是有彈性的，必須機動調整，才能因時制宜。

企劃書是現代人日常生活極重要的規劃工具，舉凡職場上經營、管理、行銷、提案、辦活動等，或私人生涯規劃、升學、工作、購屋、旅遊……，皆可撰寫企劃書事先計劃一番，然後按部就班地努力，一切終將水到渠成，讓人嘗到美夢成真的滋味。

企劃書可依其範疇大小，區分為「策略性計畫書」和「技術性計畫書」兩類：前者指涵蓋範圍廣泛，且兼具整合性的長程計畫，又稱「事業企劃書」；後者主要是單項的執行計畫，或策略性計畫書的子計畫，即所謂「活動企劃書」。

企劃書的功用

無論公、私領域，一份好的企劃書，應該具備以下的功用：

（一）可作為具體實踐的依據

企劃書雖然屬於「紙上談兵」階段，但夠水準的企劃書不僅止於此，必須同時擁有可以具體實踐的潛能。因為「坐而言，不如起而行」，企劃書做得再好，如果不能具體落實，一切都是空談！故有經驗的企劃人才絕對要具有高瞻遠矚、蒐集情報、分析、整合、創新等能力，唯其如此，才能撰寫出可作為具體實踐依據的優秀企劃書。

（二）可作為解決問題的參考

對我們來說未來永遠是個未知數，會發生什麼事，天曉得！這只能說明企劃書有其侷限，再厲害的企劃高手也無法預知所有問題，因此，它不能貫徹始終，必須因時因地制宜，一遍遍地調整、修訂。但事前準備愈充足、規劃愈周詳、探討愈深入，在執行途中一旦面臨難題時，企劃書可作為解決問題的參考價值就愈高。

（三）可作為回顧檢討的藍本

做任何事情的終極目標也許只有一個，但過程的盤根錯節、千頭萬緒，絕對不可能只有一套因應之道。我們必須以企劃書為藍本，不時地回顧與檢討，掌握「大方向不變，小細節隨機應變」的原則，故古人說：「窮則變，變則通。」如果一味墨守成規，不知變通，又怎能不被現實的洪流吞噬？

（四）可作為迎向未來的指標

完善的企劃書彷彿黑暗裡的一盞明燈，它將指引我們前進的方向。如果凡事隨興，跟著感覺走，不做企劃書，簡直形同瞎子摸象，遇到什麼就以為是什麼。那麼如何能預見未來，並且步伐穩健地朝目標邁去？是知企劃書可作為迎向未來的重要指標。

企劃書的意義

★企劃書,又稱「計畫書」。

★計畫:為了達成一個目標時,所採取行動方針的靜態構想。

　計劃:完成靜態構想時「規劃」、「設計」等腦力激盪的過程。

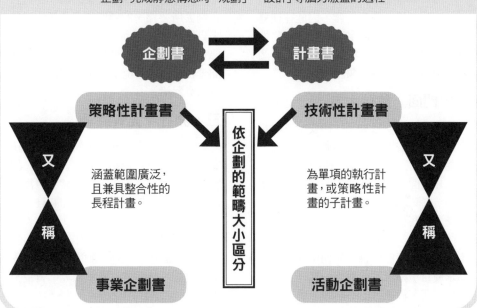

企劃書 ⇄ 計畫書

策略性計畫書　　　　　　技術性計畫書

依企劃的範疇大小區分

又　　涵蓋範圍廣泛,
　　　且兼具整合性的　　　為單項的執行計
　　　長程計畫。　　　　　畫,或策略性計
稱　　　　　　　　　　　　畫的子計畫。　　又

事業企劃書　　　　　　　活動企劃書　　　稱

他山試金石

❶ 唐僧師徒四人遠赴西天取經途中,唐僧手拿一份「三藏西天取經企劃書」,為孫悟空、沙悟淨、豬悟能(豬八戒)三徒兒解說此行相關事宜。大家聽得津津有味。

❷ 唐僧師徒四人行經火焰山下,遇到突發狀況,該怎麼辦?大夥兒露出慌張、懊惱、不安等神情。

能因時制宜、隨機修訂的,才是好的企劃書。

❸ 原定計畫不可改

也許可以借把鐵扇來

不如就打道回府

＊※○○×÷

❹

UNIT 8-2
事業企劃書

　　由於事業企劃書所涵蓋的範疇廣泛、時間久遠、內容龐雜，因此往往寫成長篇大論，是一部名副其實的策略性計畫「書」。以下按事業企劃書的九個基本結構，分成四大類說明。

一、門面：美觀大方

　　「封面」、「目錄」、「摘要」三項為事業企劃書的門面，以美觀大方為宜，才能給人留下美好的第一印象。

　　1. 封面：必須註明主題名稱、提案單位、撰寫團隊（人員）、撰寫日期等，並搭配一些相關圖案以美化版面。

　　2. 目錄：「封面」後，必須羅列整本企劃書的章節目錄，以便檢閱。目錄務求眉目清晰、章節無誤、頁碼正確；並用不同字級標示出不同的章節。

　　3. 摘要：「目錄」之後的摘要可有可無。如果企劃書內容過於繁複，建議加上摘要作提綱挈領式的說明，讓人可以迅速有效地掌握整本企劃書的重點。

二、鳳頭：精彩華麗

　　接著，從「緣起」、「分析」開始，正式進入企劃書的主體。由於此二項為整本企劃書的起首，故宜如鳳頭，精彩華麗，才能「先聲奪人」，贏得先機。俗話說：「好的開始是成功的一半。」凡事有個好的開始，往往意味著對未來的成功多了幾分自信；撰寫企劃書也是如此，開頭很重要，一定要找到適當的切入點，循序漸進，導入正題。

　　4. 緣起：交代企劃書撰寫的背景、動機、目標、期望、宗旨等，讓人對該企劃書有一個粗略的了解。

　　5. 分析：在撰寫正文之前，先對該企劃書所要探討的問題進行分析。以螢火蟲復育計畫為例，如光害嚴重、水質惡化、環境變遷、汙染的源頭等問題詳加分析之後，才能進一步提出具體可行的因應對策。

三、豬肚：充實飽滿

　　「細目」、「方案」則為企劃書的正文，也就是整本企劃書的主要內容，故宜如豬肚，充實飽滿，以紮實、豐富的內容取勝。由於該企劃成敗的關鍵操之在此，其重要性可想而知。

　　6. 細目：通常包括工作人員、組織表、分工計畫、策略、戰術、管道、政策、流程、時程表、各類預算、資金來源等。

　　7. 方案：企劃書未定案前，應提出二至三個方案，提供決策高層選擇；最後定案的企劃書，應具有一個合適可行的方案，甚至要寫出備案。任何方案都要根據所掌握的情報，來預測實施後的效果。

四、豹尾：強而有力

　　「結論」、「附錄」為企劃書的結尾，要如豹尾，強而有力。

　　8. 結論：企劃書的主體還包括「結論」，理應簡明扼要總結整個企劃的內容。如事件較單純者，亦可省略此項。

　　9. 附錄：如果還有相關文件、補充資料，應放在「附錄」。引用參考資料來源，如報章、雜誌、專書、期刊、網路等，應分門別類在最後加以註明。

事業企劃書的結構

一、門面

美觀大方

★封面
★目錄
★摘要

為事業企劃書的門面，以美觀大方為宜，才能給人留下美好的第一印象。

二、鳳頭

精彩華麗

★緣起
★分析

自此開始，正式進入企劃書的主體。

此二項為整本企劃書的起首，故宜如鳳頭，精彩華麗，才能「先聲奪人」，贏得先機。

三、豬肚

充實飽滿

★細目
★方案

為企劃書的正文，也是整本企劃書的主要內容，故宜如豬肚，充實飽滿，以紮實、豐富的內容取勝。

四、豹尾

強而有力

★結論
★附錄

為企劃書的結尾，要如同豹尾一般，強而有力。

相對來說，活動企劃書涵蓋的範圍較小、時間短暫、內容單純，通常短短幾頁或一、二頁即可完成；與事業企劃書的長篇大論不可同日而語。以下將常見活動企劃書的內容，概分為十項：

一、活動名稱

此項為企劃書的必要結構，一般寫在開頭最醒目處，猶如文章的標題。名稱必須彰顯出活動的精神所在。

二、活動緣起或目標

緣起或目標可用來闡述企劃該活動的動機、目的，藉以傳達辦活動的宗旨。但緣起或目標不一定要兼備，有則寫無則略，亦可自行改成「宗旨」、「緣由」或完全省去。

三、活動日期、地點

活動日期、地點為企劃書之必要結構，一定要具體且正確地呈現出來。

四、主辦、協辦單位

主辦、協辦單位，甚至贊助場商等，可有可無。因為某些私人活動本無主辦、協辦、贊助等事實，自然無須提及。又或者在名稱、緣起中已經交代過，也不必重複。

五、活動對象

活動對象為企劃書的必要結構，務必撰寫清楚，標示明白。

六、活動方式

有些活動的進行方式一目了然，如烤肉、唱歌、下棋等，不必再列出活動方式了。但有些活動的概念十分籠統，如夏令營、讀經班、自然生態研習等活動，可視實際需求羅列活動方式。以夏令營為例，是在室內聽演講、看表演的靜態藝文活動，或上山下海，深入偏鄉的田野考察行程，真的有必要在企劃書中記載清楚。

七、活動行程

此項亦為企劃書的必要結構，一方面可以讓有意參加者了解整個活動流程，一方面也可以讓主辦單位事先安排好行程，以便屆時照表操課、依序執行，事半而功倍。

八、經費來源、預算

經費來源、預算很重要，可依實際需要決定要不要列在活動企劃書上。如作為主辦方內部工作企劃書，當然要明白列出經費來源、預算支出等細目；但若為對外公告的行銷企劃書、促銷方案計畫等，則不宜把這種「商業機密」公諸於世。

九、工作人員職務分配

可有可無，應根據實際情形而定。

十、聯絡方式、承辦人

如為公領域活動企劃書，一般都會載明聯絡方式（地址、電話、手機、E-mail、FB、Line……），加上承辦人姓名，以便聯繫。如為私人活動企劃書，得視真實需求而定，並無強制規定。

總而言之，上述十項為活動企劃書常見的內容，得依實際情況自行增減，不一定要全派上用場，亦可斟酌加入「贊助廠商」、「報名方式」、「活動方案」、「備案」、「備註」等，以切合實際需求最重要。

活動企劃書的內容

一、活動名稱 必要
一般寫在開頭最醒目處，名稱必須彰顯出活動的精神所在。

二、活動緣起或目標
緣起或目標可用來闡述企劃該活動的動機、目的，藉以傳達辦活動的宗旨。

三、活動日期＆地點
活動日期、地點，一定要具體且正確地呈現出來。 必要

四、主辦＆協辦單位
主辦、協辦單位，甚至贊助場商等，可有可無。私人活動無此項，自然無須提及；又或在名稱、緣起中交代過，則不必重複。

五、活動對象
活動對象務必寫清楚，標明白。

必要

六、活動方式
有些活動的進行方式一目了然，不必再列出活動方式了。但有些活動的概念十分籠統，可視實際需求羅列活動方式。

七、活動行程 必要
可讓參加者了解整個活動流程，也可讓主辦單位事先安排行程，以利依計畫執行。

八、經費來源＆預算
經費來源、預算很重要，但可依實際需要決定要不要列在活動企劃書上。

九、工作人員職務分配

總務	趙薇薇
公關	錢如海
接待	孫大山
庶務	李珊珊

十、聯絡方式＆承辦人
如為公領域活動企劃書，一般都會載明聯絡方式、承辦人姓名，以便聯繫；但私人活動企劃書，得視真實需求而定。

如非必要結構，可依實際情況，自行斟酌增減。

UNIT **8-4**
企劃書的作法

撰寫企劃書時，有幾個需要注意的地方，可分為「事前準備」、「內容呈現」及「形式要求」三方面來說。

一、事前準備

寫作任何企劃書之前，必須清楚掌握構成企劃書的八個基本要素，即 5W、2H 和 1E。

（一）5W

1.What（什麼）：說明企劃的目的、內容是什麼。

2.Who（誰）：說明企劃的相關人員、活動的參與對象是誰。

3.Where（哪裡）：說明企劃的施行場所在哪裡。

4.When（何時）：說明企劃的執行時間在何時。

5.Why（為什麼）：說明為什麼要撰寫此一企劃書。

（二）2H

1.How（如何）：說明整個企劃要如何進行，用什麼方式來落實。

2.How much（多少錢）：說明整個企劃內容付諸實行，從頭至尾，需要多少預算。

（三）1E

Effect（效果）：預測整個企劃可能產生的效用和效果。

如為商業性活動企劃，以預估成本、效果為最重要。但也不是每份企劃書都具備此八個基本要素，如旅遊企劃書的效果很難用數據、文字來表述，因此可以略而不提。

二、內容呈現

無論事業企劃書或活動企劃書，在內容呈現上，有五個基本要領：

1. 文字簡潔流暢，構想完整表達。

2. 邏輯嚴謹有條理，節奏要明快。

3. 具體列出真實數據和實際情況。

4. 使用肯定句，要對企劃有信心。

5. 反復校對，資料務求正確無誤。

三、形式要求

寫作企劃書，在形式上亦有一定之要求：

1. 標題、本文、註解和圖說，可藉由字級變化，以示區別。

2. 版面宜清爽、大方，應有適當的留白，不可太過於擁擠。

3. 在每個章節之前，可以用簡要的概說，來闡明重點所在。

4. 在各章節內，不同的主題內容應另立小標題，加以標示。

5. 重要內容可加粗字體、加上底線，或用顏色字來表現。

6. 所企劃的內文細項，儘量以「條列方式」逐一羅列出來。

7. 數據統計、分析結果，儘量以圖表呈現，讓版面更活潑。

8. 詳細編定流程表或進度表等，以便掌握整個企劃的進行。

此外，為了作業上方便起見，現代化企劃書多以電腦打字，版面為橫向編排，採 A4 紙張列印出來，之後再行裝訂。因為電子檔案適合長久保存，也能隨時編修，快速又便捷，還可省去不少麻煩！

圖解應用文——職場・大考・生活必勝絕招100回

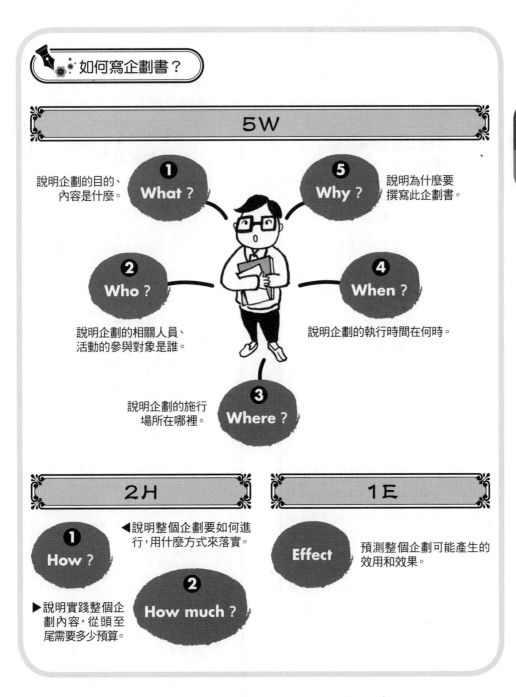

如何寫企劃書？

5W

說明企劃的目的、內容是什麼。 ① What？

⑤ Why？ 說明為什麼要撰寫此企劃書。

② Who？

④ When？ 說明企劃的執行時間在何時。

說明企劃的相關人員、活動的參與對象是誰。

③ Where？ 說明企劃的施行場所在哪裡。

2H

① How？ ◀說明整個企劃要如何進行，用什麼方式來落實。

▶說明實踐整個企劃內容，從頭至尾需要多少預算。 ② How much？

1E

Effect 預測整個企劃可能產生的效用和效果。

UNIT 8-5
實用職場大全

企劃書是一種實用文體，無論公、私場合皆適用。職場上的運用尤為重要，茲舉二例如次：

一、「明日之星歌唱比賽」企劃書

> ### 「明日之星歌唱比賽」企劃書
>
> 一、活動宗旨：明星社區發展委員會於即日起舉辦「明日之星歌唱比賽」活動，期能發掘居民的歌唱才華，紓解沉重的工作壓力，溝通彼此間感情，歡迎大家一起來共襄盛舉。
>
> 二、參加對象：明星社區居民
>
> 三、初賽：
> 1. 日期：8/1（三）~8/7（二）
> 2. 時間：20:00p.m.~21:30p.m.
> 3. 地點：社區活動中心 B1 金嗓廳
> 4. 流程：20:00p.m.~20:30p.m. 兒童組
> 　　　　20:30p.m.~21:00p.m. 長青組
> 　　　　21:00p.m.~21:30p.m. 成人組
>
> 四、複賽：
> 1. 日期：8/12（日）
> 2. 時間：8:00a.m.~12:00a.m.
> 3. 地點：社區活動中心 B1 金嗓廳
> 4. 流程：8:00a.m.~ 8:20a.m. 來賓致辭
> 　　　　8:20a.m.~ 9:20a.m. 長青組
> 　　　　9:20a.m.~ 9:30a.m. 中場休息
> 　　　　9:30a.m.~10:30a.m. 成人組
> 　　　　10:30a.m.~10:40a.m. 中場休息
> 　　　　10:40a.m.~11:40a.m. 兒童組
> 　　　　11:40a.m.~11:50a.m. 中場休息
> 　　　　11:50a.m.~12:00a.m. 頒獎
>
> 五、報名：7/16（一）~7/20（五）請洽本社區發展委員會 葉小姐 分機 2356
>
> 六、獎金：各組取前三名頒贈獎狀及獎金，第一名新臺幣壹萬元、第二名伍仟元、第三名貳仟元。
>
> 七、如有未盡事宜，將於社區公布欄再行公告。

二、「兒童暑期夏令營」活動企劃書

> ### 「兒童暑期夏令營」活動企劃書
>
> 一、活動宗旨：鼓勵學齡兒童走出戶外，親近大自然，了解我們所生活的環境，從小培養愛鄉土、護家園的環保意識。
>
> 二、主辦單位：小綠綠文教基金會
>
> 三、協辦單位：螢火蟲保育協會
>
> 四、活動時間：107 年 8 月 17 日至 19 日
>
> 五、活動地點：綠野仙蹤生態保護園區
> 　　　　　　　（○市○鄉○路○號）
>
> 六、參加對象：臺北市國小四至六年級學生
>
> 七、參加人數：預計 120 人
>
> 八、活動內容：
> 1. 認識常見的水生植物
> 2. 觀察蝴蝶種類與生態
> 3. 了解淡水魚生長環境
> 4. 見證螢火蟲復育過程
> 5. 揪出環境汙染的元凶
>
> 九、活動方式：
> 1. 採田野調查、實地探勘、統一講解、分組討論、經驗分享等方式進行。
> 2. 活動期間集中住宿，並分成10小隊實施各項生活競賽。
> 3. 活動結束前將舉行「環保大會考」，選出 10 位「環保小狀元」，由主辦單位頒發獎狀乙只、精美禮品乙份，以資鼓勵。
>
> 十、活動費用：伍仟元
> 　　　　　　（含食宿、交通、平安險）
>
> 十一、報名日期：即日起至 5 月 20 日止
> 　　　報名地點：各小學教務處課外活動組
> 　　　查詢網站：www.happysummer.com.tw
> 　　　查詢電話：(02)12345678 #5520
>
> 十二、報到時間：8 月 17 日
> 　　　　　　　　上午 8:00~8:30
> 　　　報到地點：小綠綠文教基金會正門口
> 　　　　　　　　（○市○路○號）
>
> 十三、攜帶物品：健保卡、文具、防蚊藥品、防晒裝備及盥洗衣物等。
>
> 十四、如有未盡事宜，將於本基金會網站另行公告。

職場教戰守策

社區歌唱比賽企劃書

What ? 藉由歌唱比賽,以溝通鄰里情感。

Who ? 凡明星社區居民,不分男女老少。

Where ? 明星社區活動中心 B1 金嗓廳

When ? 初賽:
1. 日期:8/1(三)~8/7(二)
2. 時間:20:00p.m.~21:30p.m.
複賽:
1. 日期:8/12(日)
2. 時間:8:00a.m.~12:00a.m.

How ? ★各組由初賽選出若干名優勝者
★決賽時,各組前三名可以獲獎

How much ? 第一名　新臺幣一萬元
第二名　新臺幣五千元
第三名　新臺幣二千元

Effect ? ★發掘居民的歌唱才華
★紓解沉重的工作壓力
★溝通鄰里之間的感情

兒童夏令營活動企劃書

What ? 鼓勵兒童培養愛鄉土的環保意識。

Who ? 北市國小四至六年級生,120 人。

Where ? ○市○鄉綠野仙蹤生態保護園區

When ? 107 年 8 月 17 日、18 日、19 日

How ?
1. 認識常見的水生植物
2. 觀察蝴蝶種類與生態
3. 了解淡水魚生長環境
4. 見證螢火蟲復育過程
5. 揪出環境汙染的元凶

How much ? 參加的每位學童費用是五千元(含食宿、交通、平安險)

UNIT **8-6**
日常生活好幫手

在日常生活中，無論做任何事之前，都應該先有完善的規劃；如此一來，「事到臨頭」時，才能有備而無患，成竹在胸，朝著既定的目標邁去，以收事半功倍之效。本文擬以個人私領域的活動企劃為例，試作「報考研究所讀書計畫書」、「三天兩夜旅遊企劃書」如次：

一、報考研究所讀書計畫書

「中國文學研究所考試」
讀書計畫書

一、目標：自從大學中文系畢業後，在出版社工作多年，發現對文學的熱情依舊，因此想好好準備研究所考試，希望明年能如願重返校園。

二、時間：107 年 9 月 1 日至 108 年 5 月 31 日（共 9 個月）

三、科目：中國文學史、中國思想（哲學）史、小學（文字、聲韻、訓詁）、專業國文、普通英文

四、整體進度：

第一次復習	9月、10月、11月
第二次復習	12月、隔年元月
第三次復習	2月（9天年假）、3月
考前總復習	4月
全力衝刺期	5月

五、實際進度：

星期	一	二	三	四	五	六	日
上午	上班	旁聽	上班	上班	上班	文學	哲學
下午	上班	旁聽	上班	旁聽	上班	小學	文學
晚上	英文	小學	小學	哲學	英文	國文	國文

（每階段復習結束後，視實際狀況再行調整）

二、三天兩夜旅遊企劃書

「三天兩夜臺中行」
旅遊企劃書

一、緣起：學測放榜後，終於可以鬆一口氣了，我們幾個高中死黨決定結伴出遊，到臺中吃美食、賞美景，享受美好的暑假時光。

二、遊伴：海帶、大媚子、小芯仔、形形、丫丫

三、日期：8/15（三）~8/17（五）

四、集合：8/15 早上 7:00 統聯三重重陽站

五、行程：

8/15（三）　7:15 搭統聯 1620 出發→10:20 抵達臺中→10:30 步行去吃豆花→10:35 坐免費公車至「○○旅店」放行李→10:45 借免費腳踏車至中山公園→11:30 騎車至「○○美食坊」午餐→13:00 騎車至中友百貨→16:30 步行至一中街→19:30 騎車回旅店→20:00 搭免費公車買宵夜→21:00 回旅店吃宵夜、聊天

8/16（四）　8:30 享用旅店免費早餐→10:00 坐免費公車至東海大學→11:30 步行至藝術街午餐→14:00 坐免費公車至彩虹眷村→17:00 坐免費公車至逢甲夜市→20:00 坐免費公車至市政府附近→21:30 坐免費公車回旅店看影片

8/17（五）　8:30 享用旅店免費早餐→10:00 坐免費公車至勤美誠品綠園道、草悟道、臺中歌劇院→12:00 步行至「○○屋」午餐→13:30 坐免費公車去買名產→15:00 坐免費公車至「○○眼科」吃冰→16:30 坐免費公車至統聯站搭車北上→20:00 抵達重陽站→各自回家

六、費用：（以每人為單位計算）

交通費　統聯網路訂來回票 520 元、公車 ×2 = 30 元

住宿費　旅店 ×2 = 1480 元

伙食費　午餐 ×3 = 1050 元、晚餐 ×2 = 500 元、宵夜 150 元、豆花 40 元、吃冰 180 元

雜　費　逛街 500 元、伴手禮 500 元

預備金　1000 元

七、預估費用：共約 6000 元

八、備註：請帶身分證、健保卡等重要證件。

日常活動規劃

報考研究所讀書計畫書

What ? 工作多年後，想回學校讀研究所

Where ?
★固定回大學母校旁聽專業科目
★每天都到市立圖書館努力 K 書

When ? 107.9.1~108.5.31，為期 9 個月

Why ? 可按表操課，收事半功倍之效

How ?
★旁聽時，要全神貫注並做筆記
★今日事今日畢，絕不拖拖拉拉

How much ?
★書是以前就買好的，——免費
★旁聽各科老師的課，——無價

Effect ?
★考上母校研究所是「目標」
★進理想中的學校為「夢想」

三天兩夜旅遊企劃書

What ? 放榜後，想好好享受美麗的暑假

Who ?
高中的死黨 5 人：
海帶、大媚子、小芯仔、彤彤、ㄚㄚ

Where ? 3 天 2 夜臺中之旅

When ? 8/15（三）、8/16（四）、8/17（五）

Why ? 事前計劃周詳，才能玩得盡興

How ?
★大眾運輸工具、腳踏車、步行
★事先做好功課、手機衛星導航

How much ? 預估費用每人約 5000 元，另須再帶 1000 元備用金

第9章
啟事、便條與名片

UNIT **9-1** 啟事概說

啟者，開也；引申為說明、陳述、告白之意。所謂「啟事」，乃向人陳述事情，以達廣告周知之效。故舉凡向社會大眾陳述意思，藉由媒體、張貼等方式宣告的文書，即為「啟事」。

啟事的目的與分類

依照刊登啟事的目的不同，大致可分為四類：

（一）**公告通知類**：以啟事公布周知，可使不明住所的眾多特定對象，藉此獲得訊息。如校友會、同鄉會、追悼、公祭、徵聘、招生等啟事屬之。

（二）**公告類**：以啟事公開事情的真相，使社會大眾得以了解實情。如喜訊、喪訊、聲明、道歉等啟事屬之。

（三）**徵求類**：以啟事徵求、取得廣大群眾的注意、同情或迴響，進而達成特定之目的。如懸賞、尋訪、警告、募捐、推介等啟事屬之。

（四）**公告聲明類**：藉由啟事公告周知，以完成法律程序。如遺失、徵詢等啟事屬之。

啟事的法律責任

啟事既是公開向人們陳述事情的文書，就必須受到現行法律的規範，且發布者具有一定的法律責任：（一）啟事內容不可用情緒性字眼；否則，須負侵權、毀謗等刑責。（二）啟事中涉及懸賞部分務必履行承諾；否則，可依法追究相關法律責任。但就接收者而言，由於啟事屬於民法中「非對話方式」，因此通知或警告啟事，不保證對方一定會看到，也不能保證他一定了解啟事的內容，故不一定產生實質的法律效力。

啟事的結構

一則結構完整的啟事，須具備四大元素：

（一）**名稱**：啟事的開頭須標明性質，如「遺失啟事」、「遷移啟事」等；且字體應加大、加粗，讓人一目了然。

（二）**內容**：啟事的內容，敘述要具體、文字須簡潔，且絕對不可使用情緒性字眼。

（三）**對象**：啟事中必須標明接收的對象。發布者可能針對一個人、一群人或所有民眾宣告事情，無論如何，一定要載明對象。

（四）**具名**：啟事的末端，具名、不具名都無妨。若要具名，可以選擇用全名、略名、本名或化名。有時為了保護個人隱私，不具名也沒關係。

啟事的寫作要領

啟事的寫作要領，可歸納成四點：

（一）**標題要醒目**：開頭務先載明該啟事的性質，以此為標題，字體須加大、加粗，力求醒目。

（二）**內容須簡明**：啟事的內容務必簡短、明確，說清楚、講明白即可，不必講究文學情韻、藝術技巧等。

（三）**措辭求妥貼**：遣辭用字要具體、得宜，絕不可使用情緒性字眼。

（四）**法律應遵守**：不可涉及洩露個人隱私、國家機密，或未經證實的傳聞、違反社會秩序的言論等，都不可出現在啟事中。總之，撰寫啟事時，須嚴格遵守法律規範。

啟事範例

（一）公告通知類

星斗大學 EMBA 招生啟事

一、招生組別：企業管理組50名
二、報名日期：106年6月15日至106
　　　　　　年7月20日，一律採
　　　　　　網路報名。
三、考試日期：106年8月1日
四、簡章發售處：星斗大學各校區警衛室
五、報名簡章：即日起開始發售。
洽詢電話：(02)12345678#3211

不具名亦無妨

（二）公告類

道歉啟事

　　本人年少無知，與表姊夫溫✕帆發
生不倫之戀，今蒙 表姊謝小姐寬宏大
量，不予追究，特刊啟事以表歉意，並
保證與表姊夫分手，絕不再介入他倆的
婚姻。

道歉人　黎✕恩

陳述事實即可，
絕不出現情緒
性字眼。

具名：用略名。

（三）徵求類

懸賞啟事

　　本人於民國106年10月6日搭
乘市公車「紅32」（開往捷運民權
西路站方向），約下午四時於「中山
國小站」下車，將香檳色手提袋遺留
在車內，袋中有金色iphone8手機、
GUCCI太陽眼鏡（琥珀色）及水藍花
邊陽傘等物品。如有仁人君子拾獲，請
電0912345678，物歸原主，當致酬金
新臺幣參仟元整。

失主　曾水水　敬啟

具名：用全名。

（四）公告聲明類

徵詢啟事

　　本人向住在臺北內湖的陳迪諾先生
購置銀色Mazda3中古房車乙輛，引
擎號碼12345，牌照號碼AA1233。社
會各界如有任何異議，請於十天內提
出，逾期即辦理過戶；日後倘有問題，
概與本人無關。

魚丸阿伯　謹啟

住址：新北市淡水區英專路17號
電話：(02)12345678

具名：用化名。

UNIT 9-2
便條概說

便條的意義與功用

所謂「便條」，就是簡易方便的字條。便條是一種簡便的書信，無論內容或形式均較書信更為簡化；就傳遞方式言，它可以託人轉交，或直接留言給對方，就是不必經過郵寄的手續。

便條雖然不適用於正式場合、陌生朋友或長輩，但在關係密切的親友之間卻是極實用的一種文體。比方說訪友不遇，如同王徽之「乘興而來，興盡而返」之際，還可以留張便條給好友，告訴他你來過了，或約定下次拜訪的時間。

舉凡留言、訪友、請託、請假、答謝、祝福、探詢、邀約、回復、餽贈……，均可使用便條，足見其應用層面之廣泛。

便條的結構與作法

便條可以直接留給告知對象，只要寫箋文即可；如想託人轉交給當事人，則應箋文、封文俱全。其封文比照託帶書信的寫法，詳見本書〈4-2 信封的結構與寫法〉。

便條的內容結構，包括：標題、稱謂、正文、交遞辭和落款五部分；其中「標題」與「交遞辭」可有可無。

（一）標題

便條通常只有用在請假或留言時，才會在正文之前特別標明「請假條」、「留言條」等字樣。其他時候，多半不會寫上標題。

（二）稱謂

撰寫人對受條者的稱呼，就是「稱謂」；一般包含受條人的名字和稱呼，

如「迪諾老弟」，迪諾是名字，老弟是稱呼，合起來便是稱謂。稱謂的寫法有兩種：

1. 前稱謂式：即在正文之前，頂格書寫，稱謂之後加上冒號。

2. 後稱謂式：指在正文之後，換段寫上「此致」或「此上」之類的交遞辭，然後平抬書寫稱謂。

（三）正文

正文是撰條人所要傳達的主旨所在。通常於稱謂後，換行空兩格書寫，寫法與書信相同，但較為隨興，意盡則止。另一種是先寫正文，再用交遞辭，標明這些話是留給何人。兩種寫法殊途同歸。

（四）交遞辭

如採「前稱謂式」寫法，則無須使用「交遞辭」；只有「後稱謂式」寫法才能見到。用在「正文」和「稱謂」之間，多為「此致」、「此上」等辭語，具有傳達的作用。

（五）落款

便條的落款，一般包括署名和日期兩項。署名之後，也可加上禮告敬辭，如「○○拜留」、「○○啟」、「○○上」等。另外如有附件，還可以加上附件語，如「附上中秋月餅乙盒」。

便條的特色就是簡便，寫作時應格外留意：

1. 內容簡潔扼要，切忌拖泥帶水。

2. 表意具體明確，避免產生誤解。

3. 一切公開透明，不宜涉及機密。

4. 形式簡易隨興，適合熟識親友。

便條範例

請假

請假條

珍環經理：
　　因我女兒臨時高燒不退，必須帶去看醫生，下午請假半天。重要業務已託惠蘋代理，明天見！

　　　　　　　　　　芹默　敬啟
　　　　　　　　　　4月19日

留言

留言條

　　茲因會議需要，祈　惠借小圓桌3張、矮腳椅12把，請交來人搬下，用畢即還。
　　此奉
庸政兄

　　　　　　　　　　弟允理　敬啟
　　　　　　　　　　5月26日

贈物留言

　　妹昨日從南部老家回來，特帶臘腸乙盒奉贈，敬祈　哂納。
　　此上
梅莊姊

　　　　　　　　　　妹蘭依　謹啟
　　　　　　　　　　7月24日

拜訪留言

安道兄：
　　今夜冒雪來訪，恰君不在；我興盡而返。明日午後三時擬再趨謁，敬請稍待。

　　　　　　　　　　弟子猷　拜留
　　　　　　　　　　元月13日

UNIT **9-3**
名片概說

名片的意義與使用

何謂「名片」？即印有主人姓名、機關職銜、聯絡資料等訊息的小紙片，通常於初見面時作為自我介紹、提供聯繫交流之用途。

名片的起源甚早。在秦漢之際，人們相互拜訪或謁見長輩時，開始使用「謁」來通報姓名。「謁」為名片的前身，在削好的竹片、木片上書寫自己的姓名。如沛公（劉邦）引兵過陳留時，酈食其曾踵軍門上「謁」。東漢末至南北朝之間，人們稱竹木名片為「刺」。相傳禰衡遊許昌，曾身帶一「刺」，結果因無處投遞而導致上面的字跡模糊。隨著紙張的發明、普及，名片多以紙片製作，故又有「名紙」之稱。

時至今日，名片成為重要的社交工具之一。使用時應講究社交禮儀，如遞送名片的基本順序是由尊而卑或由近而遠。交換名片宜先客後主，先低後高；切勿跳躍式進行，讓人產生厚此薄彼的錯覺。名片最主要的作用是自我介紹，也可以搭配介紹信、致謝信、邀請信、慰問信或禮物等使用，如此一來，致送人的身分便一目了然。此外，名片上還可以寫下簡短的留言，代替便條使用。

名片的款式與留言

名片的尺寸 9cm×5.4cm，宜符合國際標準，資料必須正確無誤，用適於保存的材質製作，以美觀大方為佳。其款式有直式、橫式二種：

（一）直式名片

舊時中文名片多為直式。其背面空白，正面分為三部分：右行印有服務機關與職銜；中行為姓名，字體略大；左行字體偏小，為基本聯絡資料，如地址、電話、傳真、E-mail 信箱等。

（二）橫式名片

以前為英文名片所慣用，今日中文名片也多為橫式。內容與直式大同小異，只是改成由左而右橫行書寫。背面同樣是空白，正面一樣分為三部分：上行印有服務機關與職銜；中行為姓名，字體略大；下行字體偏小，為基本聯絡資料，如地址、電話、傳真、E-mail 信箱等。

名片亦可用來留言，當作便條的替代品，故寫法與便條約略相同。

（一）稱謂

寫法與便條相同。分為「前稱謂式」、「後稱謂式」兩種：前者寫在正文之前；後者放在正文之後，用交遞辭「此致」或「此上」等，加以銜接。

（二）正文

為留言的主要內容，應以精簡扼要為原則。如果字少，可以寫在正面；字多時，宜寫背面，或空間不夠，再轉回正面書寫亦可。

（三）落款

留言的結尾可分為兩種：

1. 正面留言：只要在姓之前、姓與名之間側書自稱，於姓名後加上「敬啟」、「留上」等禮告敬辭（末啟辭），之後再寫上日期即可。

2. 背面留言：正面一樣要寫，如前所述。背面正文之後，如對長輩請加上「名正肅」，給晚輩用「名正具」，平輩則二者皆可。

 名片留言

正面	背面

正面

歐鏑汽車實業有限公司總經理

弟 **陳 迪 諾** 拜留
3月21日

公司：○市○路○號
電話：(02)12345678

背面

思齊兄：
　　茲介紹馬小躍君趨謁候教，如蒙　延見，銘感五內。

名正肅

說明：馬小躍攜帶陳迪諾的名片謁見華思齊，請其賜教。

正面

優苣櫥櫃精品有限公司董事長

弟
張 要 文 敬邀
6月18日

面陳　　公司：○市○路○號
陳總經理　電話：(02)12345678

背面

　　明日為小女彌月之期，晚間六時三十分在寒舍敬備菲酌。恭請　光臨。
　　此致
小諾兄

名正具

說明：張要文派人攜帶他的名片去邀請陳小諾來家晚宴。

正面

滄浪圖書出版有限公司責任編輯

學生 **顏 如 玉** 謹上
9月12日

留陳　　公司：○市○路○號
王老師　電話：(02)12345678

背面

傅道老師：
　　中秋佳節將至，持帶港式月餅乙盒奉上，敬祈　哂納。

名正肅

說明：顏如玉帶月餅來見王老師，未遇，留下名片告知。

正面

陌上桑數位影像輸出中心

妹
秦 羅 敷 敬叩
即日

留陳　　公司：○市○路○號
蔣君姊　電話：(02)12345678

背面

蔣君姊：
　　臨時奉派公出，擬搭今晚五時三十分班機至馬尼拉，未克面辭，乞　見諒。未竟工作，煩請代勞，感謝！

名正具

說明：秦羅敷臨時因公遠行，留下名片告知同事黃蔣君。

UNIT 9-4
教甄、升學萬靈丹

啟事、便條與名片雖然形式簡便、內容單純，但因實用價值高，無論教師甄試或升學考試偶爾也會露臉，不可因為簡單而忽視其存在。

1.【　】複選：閱讀下文，選出敘述正確的選項：（106 年學測）

> 名片的種類式樣之多，就如同印名片的人一樣。有足以令人發笑的，有足以令人駭怕的，也有足以令人哭不得笑不得的。若有人把各式的名片聚集起來，恐怕比香菸裡的畫片還更有趣。
>
> 官僚的名片，時行的是單印名姓，不加官銜。其實官做大了，人就自然出名，官銜的名片簡直用不著。惟獨有一般不大不小的人物，印起名片來，深恐自己的姓名太輕太賤，壓不住那薄薄的一張紙，於是把古往今來的官銜一齊的印在名片上，望上去黑糊糊的一片，就好像一個人的背上馱起一塊大石碑。
>
> 身通洋務，或者將要身通洋務的先生，名片上的幾個英文字是少不得的，「湯姆」、「查利」都成，甚而再冠上一個聲音相近的外國姓。因為名片也者，乃是一個人的全部人格的表現。（梁實秋〈名片〉）

畫片：早期菸商為宣傳產品並防止香菸折損，在菸盒中放置的小圖片。

(A) 單印名姓而不加官銜的名片，表示名片主人並不看重外在的虛名。

(B) 有些人無法自我肯定，只能用層層疊疊的官銜來證明自己的存在。

(C) 作者將名片上的官銜喻為大石碑，暗指為官者應知任重道遠之意。

(D) 作者對於通洋務者必在名片上加英文姓名，語帶嘲諷，不以為然。

(E) 名片比畫片有趣之因，在於可從中看出各種不同的人格表現方式。

2.【　】下列□□中的辭語，依序最適合填入的選項是：（101 年學測）
甲、近自海外旅遊歸來，特選購當地名產乙盒，敬希□□
乙、來訪未晤，因有要事相商，明早十時再趨拜，務請□□為幸
丙、茲訂於元月十七日下午六時，敬備□□，恭候光臨
(A) 哂納／賜見／菲酌
(B) 拜收／稍待／嘉禮
(C) 笑納／曲留／華筵
(D) 惠存／恭候／賀儀

3.【　】凡遇借還款物、訪晤邀約、招飲辭宴、洽商會期等，為了避免書信的繁複，常有使用＿＿＿的必要。（97 年北體院教甄）
(A) 名片 (B) 契約 (C) 啟事 (D) 便條

4.【　】撰寫啟事時，必須就事論事，舉凡涉及他人隱私或未證實的行為都不可提，以免觸犯：（97 年北體院教甄）
(A) 誹謗罪 (B) 偽造文書罪 (C) 詐欺罪 (D) 汙辱罪

5.【　】下列何者與現代網路上刊布訊息之功能最為相近？（教甄考古題）
(A) 契約 (B) 簡報 (C) 啟事 (D) 書信

6.【　】名片因已印有持有人之姓名，故利用其背面留言時，可不署名。如利用名片背面向長輩書寫留言時，下列哪一選項正確？（教甄考古題）
(A) 名已具 (B) 名已肅 (C) 名正具 (D) 名正肅

教甄、升學法寶

1.【B.D.E】(A) 單印名姓而不加官銜的名片，表示「官做大了，人就自然出名，官銜的名片簡直用不著」。(B) 正確：有些人無法自我肯定，只能用層層疊疊的官銜來證明自己的存在。(C) 作者將名片上的官銜喻為大石碑，暗指「被無形的包袱壓得喘不過氣來」。(D) 正確：作者對於通洋務者必在名片上加英文姓名，語帶嘲諷，不以為然。(E) 正確：名片比畫片有趣之因，在於可從中看出各種不同的人格表現方式。

2.【A】甲、近自海外旅遊歸來，特選購當地名產乙盒，敬希□□。按：「哂納」、「笑納」可以，「拜收」（叩拜後收下）、「惠存」（名產無法保存）不宜。乙、來訪未晤，因有要事相商，明早十時再趨拜，務請□□為幸。按：「賜見」、「稍待」、「曲留」皆可，只有「恭候」不宜。丙、茲訂於元月十七日下午六時，敬備□□，恭候光臨。按：只有「菲酌」（粗食淡酒）可以，「嘉禮」（婚禮）、「華筵」（豪華筵席）、「賀儀」（寫於婚嫁時禮金封套上的用語）皆不宜。

3.【D】(A) 名片：印有主人姓名、機關職銜、聯絡資料等訊息的小紙片，通常於初見面時作為自我介紹、提供聯繫交流之用途。(B) 契約：當兩個以上的當事人，對某一事情彼此互相同意，根據法律、條例或習俗等就能成立一個契約。(C) 啟事：即向社會大眾陳述意思，藉由媒體、張貼等方式宣告的文書。(D) 便條：凡遇借還款物、訪晤邀約、招飲辭宴、洽商會期等，為了避免書信的繁複，經常使用。

4.【A】撰寫啟事時，必須就事論事，凡涉及他人隱私或未證實的行為都不可提，以免觸犯「誹謗罪」。

5.【C】(A) 契約：當兩個以上的當事人，對某一事情彼此互相同意，根據法律、條例或習俗等就能成立一個契約。(B) 簡報：以簡明扼要的方式，向人介紹自己的產品、業務、計畫、研究成果、行銷策略等的報告。(C) 啟事：即向社會大眾陳述意思，藉由媒體、張貼等方式宣告的文書。(D) 書信：用來向他人傳遞消息或溝通思想、情感等的文字，是人與人之間社交往來、情意交流的重要媒介。

6.【D】名正肅：表示自己的名字已恭敬地印在名片的正面。「名」是名片主人的姓名。「正」指名片的正面。「肅」即敬具之意。

實用百寶盒

據《後漢書·禰衡傳》載：「禰衡……建安初，來遊許下。始達潁川，乃陰懷一刺，既而無所之適，至於刺字漫滅。」「刺」即今之名片也。謂禰衡遊許昌，剛到潁川時，身上暗藏著一張名片；但由於沒地方可以投遞，導致名片上的字跡都模糊不清了。後世遂演變成一句成語：「懷刺漫滅」，用以比喻懷才不遇。

禰衡才學蓋世，但因生性傲慢，憤世嫉俗，說起話來尖酸刻薄，曾公然批評當時的賢士大夫都是酒囊飯袋，只有孔融、楊修勉強可以算是人才。俗話說：「個性決定命運。」或許禰衡這樣的人命中注定要懷才不遇；非但如此，他先後得罪了曹操、劉表，最後被黃祖殺害，死時年僅26歲。

第10章
履歷自傳

UNIT **10-1**
履歷自傳概說

圖解應用文——職場・大考・生活必勝絕招100回

　　自傳是一篇自我介紹的文章，透過有系統的文字敘述簡要說明自己的成長背景、興趣、專長、志向、未來規劃等，讓別人可以快速、概略地認識我這個人。而履歷是綱要式、表格式的簡化自傳，所以一般通稱為「履歷表」。可見自傳是自我介紹的正文，履歷為其附表。照理說，正文應放在前，附表宜置於後；但就履歷自傳而言卻剛好相反，屬於附表的履歷要置之於前，而正文的自傳宜放在履歷表之後，為什麼？不外乎求學或求職時，陌生的主考官必須先藉由履歷表上的學歷、經歷、專長、志向等客觀資訊來粗略了解應試者，如果覺得此人的才學、條件等符合錄取需求才翻閱其自傳，作進一步的審視；如一看履歷表的基本資料發現不吻合，就不必再讀自傳了，以節省時間和精力。

履歷的功用

　　所以說履歷就是履歷表，是簡化的自傳，主要用在條列作者重要的基本資料，如姓名、年齡、聯絡方式、學歷、經歷、專長、興趣等，使人一目了然，可迅速掌握此人的能力、特徵。因此，履歷表無疑是履歷自傳的門面，其重要性不言而喻。

（一）自我推銷的工具

　　西方俗諺說：「履歷是通往面試之路的護照。」沒錯，履歷自傳都是自我推銷的工具，既然是推銷，必須適當的包裝，把最好的一面顯露出來給別人看才能贏得青睞。至於缺點、瑕疵的一面，沒必要「原形畢露」，應該儘量「避而不談」。記住在履歷表上只要羅列個人的專長、經歷、榮譽事跡等，絕不可暴露本身的弱點、失業、不良紀錄……，如果這麼做無疑是拿磚塊砸自己的腳，那必是一份失敗的履歷，你將失去面試的大好機會。

（二）面試對談的材料

　　面試時，主考官會問什麼問題呢？其實就是履歷表上所寫的基本資料、學經歷、專業能力等。只要履歷表上具體列出每份工作的性質、起訖時間，每項執照的流水編號、取得時間等；面試時，不要太緊張，態度誠懇，就你所知，據實以告，一切必能水到渠成。

自傳的功用

　　自傳是履歷表的正文，必須將綱要式、表格式的履歷資料用簡潔流暢的文字加以陳述。自傳的內容是給人第一印象的關鍵，從遣辭用字可間接看出傳主的學養，故下筆宜謹慎！

　　就名人、偉人而言，自傳是個人生平的回顧，甚至是歷史研究的素材。如許多政客、企業家喜歡出版自傳，回顧自己的前半生。我們也會透過閱讀偉人傳記，了解那個時代的歷史；如讀魯迅〈自傳〉，便是認識民初白話文學史珍貴的材料。

　　就學校、機關、公司而言，自傳往往可作為個人重要經歷的憑證，如家庭背景、成長環境、求學過程、工作經驗等，所以絕對要如實記錄，不可作假，否則可能涉及偽造文書罪。

　　就個人而言，自傳是求學、求職時自我推銷的工具。我們可以透過一篇精彩扼要的自傳，為自己塑造良好的主觀印象，以達毛遂自薦之目的。

履歷表與自傳

履歷表

履歷表是簡化的自傳,主要用在條列作者重要的基本資料,如姓名、年齡、聯絡方式、學歷、經歷、專長、興趣等,使人一目了然。

(一)自我推銷的工具

必須適當的包裝,把最好的一面呈現出來;至於缺點、瑕疵,儘量「避而不談」。

(二)面試對談的材料

面試時主考官會問什麼?其實就是履歷表上所寫的基本資料、學經歷、專業能力等。

自傳

自傳是履歷表的正文,必須將綱要式、表格式的履歷資料用簡潔流暢的文字加以陳述。

名人、偉人

就名人、偉人而言,自傳是個人生平的回顧,或歷史研究素材。

學校、機關、公司

就學校、機關、公司而言,自傳往往可作為個人重要經歷的憑證。

個人

就個人而言,自傳是求學、求職時自我推銷的工具。

 實用百寶盒

毛遂自薦

話說秦軍包圍趙國的邯鄲城,趙王見情況危急,派平原君趙勝趕緊到楚國去搬救兵。平原君打算從食客中挑出 20 人一同前往,但選來選去,合乎資格者只有 19 個。毛遂於是自告奮勇,請求讓他為趙國盡一份心力。

平原君說:「您來到我的門下已經三年了,卻沒有任何作為,應該不算是賢士。如果真是出類拔萃的人才,好比把鐵錐放進布袋中,尖端應該一下就顯露出來。我看您還是留在家裡吧!」

「那麼,今天就請您將我放進布袋中!」毛遂回答,「如果早日把我放進袋內,我應該早就嶄露頭角了。」

平原君實在找不到其他人選,只好答應帶毛遂一起去楚國。同行的 19 人都看不起毛遂,更不相信這傢伙能發揮什麼作用,不過是湊個人數而已。

到了楚國之後,平原君與楚王單獨談了整個上午,仍然說服不了楚王出兵救趙,邯鄲城岌岌可危。此時,19 位食客在殿外等得心急如焚,便慫恿毛遂進去一探究竟。毛遂果然有兩把刷子,憑著他的三寸不爛之舌,成功說服楚王與趙國歃血為盟,達成聯楚抗秦的神聖使命。之後,當然順利擊退秦兵,邯鄲之圍迎刃而解。

因此,後世出現「毛遂自薦」的成語,用來表示自告奮勇、自我推薦之意。

UNIT 10-2
履歷表的作法

履歷表是履歷自傳的門面，製作時必須掌握幾個原則：1.表格、字體大小適中，版面宜美觀大方。2.一定要仔細校對，所有資料應正確無誤。3.舉凡學經歷之排列，務必由近而遠。4.只羅列優點與長處，遵守「隱惡揚善」的原則。

一、報考系所／應徵職務的名稱

為了讓徵才機關工作人員方便作業起見，報考系所、應徵職務的名稱宜列在「履歷表」標題下第一行最醒目的位置；如果報考、應徵項目超過兩種以上，也要依序註明清楚。如此一來，可省去行政人員不少麻煩，也避免被誤放或忽略，造成遺珠之憾。

二、基本資料

應包括姓名、出生年月日、年齡、性別、籍貫及聯絡資料（電話、手機、E-mail、地址和方便的聯絡時間等），務必簡要填寫清楚，以利日後聯繫。年齡須據實以報，因為這是無法改變的事實。聯絡電話以留下市話為宜，不可只留手機，會讓人感覺不夠真誠。

三、照片

履歷表的右側，習慣會有一欄要黏貼照片，這是必備的，不可省略！且要貼上傳主半年內的近照，髮型、妝扮應該與現在的模樣差不多，以方便辨認；絕對不要以藝術照、生活照充數，或用修圖軟體過度修飾、美化。自然就是美，以真面目示人，才能展現最大的誠意。當然，形象要端莊，穿著要整潔、得體，這是基本要求。

四、學歷

由近至遠，先高後低，寫到高中（職）、專科為止。如有研究所以上學歷當然要優先呈現，其次是大學，再來是高中（職），必須詳細載明學校、系所、科別的全名，不可用簡稱；接著，註明就讀的起訖時間。

五、經歷

一般寫工作經歷，一樣由近至遠，先正職再兼職，依序排列，並加註每份工作的起訖時間。如為社會新鮮人無任何工作經驗，則寫高中（職）以上之班級、社團、活動幹部的經歷，切記由近至遠排列！

六、專業技能

如果項目不多，請依時間次序由近至遠排列，逐一填寫執照全名、證號、取得時間等；如果獲得專業認證過多，只須擇要記錄，當然寫最近取得、與應徵項目較相關的，其餘省略。

七、語文能力

先寫外語能力，如英文、日文、西班牙文等，再寫本國語文如臺語、客語、粵語等，如應徵國內或中國大陸的學校、工作，國語應該可以省略。每種語文能力依聽、說、讀、寫四層面加以評估，一般分為優、良、普、可四等級，不宜出現「劣」等！

八、其他

如「得獎紀錄」、「榮譽事跡」，有才寫，沒有則省略。「希望待遇」、「希望工作地點」，一般會寫「依公司規定」，所以是可有可無的項目。「家庭狀況」可以寫，但應呈現出家人都有正當工作、過正常生活，有時似乎又與事實不符，那就不寫，別自找麻煩！

履歷表範例

放在第 1 行為宜。　　　　基本資料　　　　一定要附上形象端莊的近照。

履 歷 表

應徵項目：童書編輯

姓　名	納蘭文青	性　別	女
生　日	81 年 9 月 19 日	年　齡	26 歲
身分證號	○○○○○○○○○○	籍　貫	中國瀋陽
手　機	○○○○○○○○○○	電　話	○○○○○○○○○
地　址	168 清宮市東區長春路 100 號		
E-mail	Zona2018@yahoo.com.tw		

學　歷	京師大學中國文學研究所碩士（103 年 9 月至 105 年 6 月） 京師大學中國文學系學士（99 年 9 月至 103 年 6 月） 清水市立尊賢高級中學（96 年 9 月至 99 年 6 月）
經　歷	唐代文學研究協會專任研究助理（106 年 2 月至 107 年 8 月） 桃太郎兒童才藝班兼職作文老師（104 年 3 月至 105 年 10 月） 王老師文理補習班工讀生（100 年 5 月至 104 年 1 月）
證　照	CWT 中文檢測高等通過　證號○○○○○（106 年 8 月） 全民英檢高級通過　證號○○○○○（104 年 5 月） 珠心算三級檢定通過　證號○○○○○（94 年 3 月）

請依時間順序，由近至遠排列。

語　言 能　力	英語	聽：□優 ■良 □普 □可 說：□優 ■良 □普 □可 讀：■優 □良 □普 □可 寫：■優 □良 □普 □可	日語	聽：□優 ■良 □普 □可 說：□優 ■良 □普 □可 讀：□優 □良 ■普 □可 寫：□優 □良 ■普 □可

得獎紀錄	紅樓文學獎　　　　　　獲散文組第三名（104 年 7 月） 大專盃古典詩詞創作　獲律詩佳作　　（102 年 11 月） 100 學年度國語文競賽　獲朗讀組優勝　（100 年 10 月）
專　長	文學、歷史、寫作、朗讀
興　趣	閱讀、旅遊、攝影
個　性	積極進取，樂於學習新事物

這幾項作用不大，純粹為了裝飾版面而列；
但依然要認真寫，絕對不可以吊兒郎當。
如興趣寫「吃飯、睡覺、打東東」，這就太「廢」了！

如果沒有，就不要列出此欄，免得自暴其短。

UNIT 10-3
自傳的作法

　　原則上一份履歷自傳應以 A4 紙張兩頁為宜，履歷表一頁，自傳一頁。依照正常版面編排，除了標題「履歷表」、「自傳」的字體宜放大之外，其餘皆用 12 級字。由此可知，一篇自傳的字數以 600~800 字之間為佳，最多不可超過 900 字。

　　由於自傳是一篇自我介紹的文章，通常習慣寫成四段或五段。行文務求簡潔流暢，敘述一定要具體真實，雖說基於「隱惡揚善」原則，只寫自己的優點、長處，但切忌誇大其辭、自吹自擂。以下就自傳的內容，分項說明之。

一、個人生平

　　簡單介紹自己的姓名、個性、興趣、專長、能力、價值觀等，記住都要正向思考，個性不外乎積極進取、認真負責、熱心助人等正面人格特質；興趣也是有意義，可以為自己加分的興趣，如看書、聽音樂、運動等。強調專業能力之餘，也要突顯自己具有溝通、協調、危機處理等處世能力。

　　此外，家庭部分可談，可不談。如提及家庭，只要簡述家中成員及其概況即可，切勿喧賓奪主了，畢竟他們只是自傳中的配角而已。還有一定要讓人感覺你的家庭和樂、經濟至少是普通，家人一切正常，總之，不可透露任何負面的訊息。

二、求學經驗

　　如為升學用自傳，這是最重要的一部分，可以寫成兩段。從學業表現、幹部經驗、社團活動、競賽成果、實習經驗、研究報告、人際關係等切入。寫作重點在於具體切實，如「我在校期間品學兼優」，太空泛了，應作：「我在校成績連續四年保持班上前三名，並當選兩個學期的模範生，接受校長公開表揚。」任何陳述性文句不具有說服力，請務必舉例說明，如此一來，更易取信於人。

三、工作經驗

　　如為求職用自傳，這是最重要的一部分，可以寫成兩段。但如為社會新鮮人沒有工作經驗，只好把打工、幹部、社團或活動的經驗寫進來，重點在展現個人的工作能力及應對進退、溝通協調的處世能力。寫作重點一樣以具體切實為主，如「我善於危機處理」，何以見得呢？不如這樣寫：「有一次遇到客訴，在我們店裡的火鍋湯底被撈起一張衛生紙。我立刻向客人道歉，表示以後會更加注意；但客人卻一副得理不饒人的樣子。我只好立刻調閱監視器，結果發現那張衛生紙是客人起身講手機時，被電風扇吹進去的。真相大白以後，化解了客人對我們店裡飲食衛生上的疑慮。」舉例說明，讓例證替你的危機處理能力背書。

四、未來展望

　　這部分是「虛寫」，寫出你對未來的期許，雖然不一定會實現，但在自傳中很重要；因為有夢最美，誰也不想錄取一個沒有夢想的人！建議可從「近期（約半年內）目標」、「中期（約一、二年內）目標」和「長期（約五至十年內）目標」三階段著手，明確寫出對未來的志向、規劃和理想等。曾有學生這樣寫：「計畫永遠趕不上變化，以後的事以後再說吧！」這是錯誤示範。

自　　傳

　　我的姓名是納蘭文青，是家中的獨生女，從小父母寵愛我但絕不縱容。雙親一向尊重我的選擇，如讀什麼學校、學什麼才藝等都依照我自己的意願；唯獨對於我的品德教育、生活習慣，他們就會嚴格要求。因為父母認為一個人成就高低倒是其次，最重要的是人品要好，擁有好的品行、養成好的習慣，這才是一個人最無形且無價的資產。所以，每當我犯了錯，母親的藤條、父親的責罵絕對少不了，這也讓我清楚地明白治學固然難，修身更難；做事儘管不易，處世更是不容易。

　　我從小喜歡閱讀，沉浸在文學、歷史的國度裡，可以讓人忘掉所有的煩惱與憂愁。我熱愛寫作，透過文字表達情思，既可以與自己展開深情的對話，還可上友古人，下啟來者，如能文遇知音，如陶淵明所說：「奇文共欣賞，疑義相與析。」那就更完美了！因此，我從國中時代起就勤於筆耕，無論校刊、各類作文比賽、報章雜誌等都成為我時常投稿的園地，雖然退稿如雪片般飛來，但我不灰心，畢竟對一個樂在寫作的人來說，提筆的過程就是一種享受。何況我還曾獲得「紅樓文學獎」散文組第三名、「大專盃古典詩詞」律詩佳作的殊榮，這給了我極大的鼓舞，更加堅定我持續寫作的決心。

　　擔任研究助理期間，我負責處理協會內的大、小業務，如每年定期舉行兩場研討會相關事宜，從事前的籌備與聯繫、場地的布置、現場的接待、會後研討會刊物的出版等，我都能與同事合作無間，圓滿達成任務，深獲上司肯定。當然，我自己亦從中獲益良多，這讓我更加清楚：任何一件事情的成功都不是靠一個人的能力，一蹴可幾，而是「眾志成城」，團結力量大。身為小螺絲釘雖然不起眼，但我覺得扮演好自己的角色，隨時隨地發揮應有的作用，小螺絲釘依舊是缺一不可的存在。我個性隨和，做事積極進取，又充滿好奇心，喜歡學習新事務，每每成為上司和同事眼中的得力幫手，不論分內、分外的工作，只要有需要效勞之處，我都非常樂意加入其中。

　　由於以前曾擔任兒童才藝班作文老師，我始終覺得文學、寫作與兒童是世上最美好的組合。如今欣聞 貴公司有意徵求童書編輯，我想以本人的學、經歷，以及對文史的鍾愛、對寫作的熱情，我有自信可以勝任愉快，故不揣鄙陋特此毛遂自薦，懇請 惠允面試機會。如蒙錄用，我定當竭盡所能，全力以赴。

第 1 段：強調父母重視品德教育和生活習慣；破除世人對名校畢業生、獨生女的刻板印象。
第 2 段：強調喜歡閱讀、寫作，而且得過獎；突顯自己的興趣與能力，非一般中文系畢業生。
第 3 段：強調自己以前的工作經驗，能與他人合作無間，做事積極進取，又樂於學習新事務。
第 4 段：強調自己具備了勝任童書編輯的專業、能力與自信，進而希望可以獲得面試的機會。

履歷自傳主要針對升學、求職而言，是非常重要的一種實用文書。本文我們試著來介紹履歷表、自傳的種類，並了解其性質和功能；因為唯有「知己知彼」，才能選擇適當的形式，運用自如，事半功倍，脫穎而出。

履歷的種類

（一）履歷卡

這是最簡單的一種求職文書，通常到文具店就可以買到。內容包括姓名、性別、生日、年齡、籍貫、通訊電話、地址、學歷、經歷、應徵職務等，只要依序照實填寫即可。但只適用於較基層的工作，或投遞至小公司，因為它無法彰顯個人的能力與特色。

（二）履歷表

履歷表的內容已較履歷卡詳細，除了上述基本項目，還會列出婚姻狀況、健康情形、專長、志趣等；如能搭配自傳使用，履歷表已經稍稍可以發揮功能。但仍只適用於一般中階的工作或中型公司行號；因為它畢竟是制式化的表格，不是專門為你量身打造，難免有些格格不入。

（三）履歷自傳表

就是我們一再強調的「履歷表」加「自傳」的綜合體，版面、格式、寫法等可以依個人特色、應徵需求量身訂製，保證切合你的需要，想突顯的能力、專長就儘量呈現出來，想藏拙、隱匿的缺失或弱點絕對不會被列出來。因為這一切都出於你自己的精心規劃，你正是這份履歷自傳表的最佳男（女）主角，沒人會來搶你風采、扯你後腿，你

大可以盡情展現自己的優點、揮灑自己的色彩。無論升學、求職等任何情況，這都是最理想的求職文書。

（四）公務人員履歷表

這是針對公營事業機關人員、各級學校教職員工所特別設計的履歷表格，內容項目包括：考核、獎懲、檢覈、甄審、家屬、住屋狀況、考試或晉升、訓練及進修等，鉅細靡遺。「公務人員履歷表」主要用作基本人事資料的檔案，所以必須不厭其詳地填寫；由於它屬於制式化表格，通常只要到銓敘部網站下載即可。

自傳的種類

我們一般所謂自傳，可分為用來描述生平、自我推薦者二種：

（一）描述生平的自傳

這類自傳屬於「面」的描寫，內容猶如自我告白，旨在描述自己的生平事跡。如胡適《四十自述》，回顧了自己童年、少年、青年時代的點點滴滴，是作者前四十年生命經驗的紀錄，我們可以從中體會一代學人成長、蛻變的心路歷程。這類自傳不但具有時代意義、歷史意義，還能啟迪後人「見賢思齊」，作為我們治學修身的借鏡。

（二）自我推薦的自傳

我們在升學、求職時，經常會用到「自我推薦的自傳」。這類自傳屬於「點」的敘述，內容以一段學習的經歷、一個難忘的事件或一項工作的目標為寫作重心，旨在展現自己的才學、專長、興趣等，以博取好感，獲得錄取。

升學、求職法寶

履歷的種類

（一）履歷卡

★到文具店可以買到。
★依序照實填寫即可。
★適用於較基層工作。

（三）履歷自傳表

「履歷表」加「自傳」的綜合體，版面、格式、寫法等可依個人特色、應徵需求量身訂製，是最理想的求職文書。

（二）履歷表

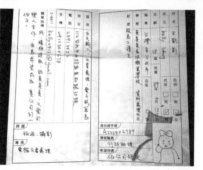

★須搭配自傳使用，才可發揮功能。
★適用於中階層的工作或公司行號。

（四）公務人員履歷表

★為公營事業機關人員、各級學校教職員工設計的履歷表格。
★屬於制式化表格，可以到銓敘部網站下載，再逐項填寫即可。

自傳的種類

描述生平的自傳

★屬於「面」的描寫，內容猶如自我告白，旨在描述自己的生平事跡。
★如胡適《四十自述》，回顧了童年、少年、青年時代的點點滴滴。

自我推薦的自傳

★我們在升學或求職時，經常用到「自我推薦的自傳」。
★屬於「點」的敘述，旨在展現自身才學、專長、興趣等。

第11章
簡報、演講與廣告

UNIT **11-1** 簡報概說

簡報的意義

何謂「簡報」？就是以簡明扼要的方式，向人介紹自己的產品、業務、計畫、研究成果、行銷策略等的報告。因此，又有「簡介」、「報告」等異稱。簡報，起源於漢武帝初年的「邸報」，是一種簡明扼要的手抄報。隨著印刷術興起，到唐朝，出現了印刷的邸報。時至現代，就形成公開發行的報紙、內部傳閱的簡報兩種。

簡報的目的，在於簡報者透過簡明扼要的方式，向接受簡報的人傳達訊息，使他們對所簡報的內容產生認知和支持。簡報的性質，可依接受簡報者的不同，分為三類：（1）上行：指向上級單位進行工作會報、業務檢討等。（2）平行：用於同級單位或外部單位之間的溝通、交流。（3）下行：就是對下級通報相關情況或傳達意圖。

簡報的方式

簡報的方式可概分為八種，每一種都有其優、缺點。我們應考量現場設備、使用工具及與會人數等因素，慎選簡報方式，以收事半功倍之效。

（一）口頭簡報

由簡報者對接受簡報的人當面進行口頭報告。優點是簡單方便，可以立刻掌握聽眾的反應，還可適時補充、說明。但缺點是如果簡報者口才不佳，可能無法引起人們的興趣。

（二）書面簡報

將簡報內容印成書面資料，送給接受簡報的人自行閱讀。優點是節省時間，又人手一冊，方便隨時參閱。缺點是無法保證人人都會看，也不能及時得知讀者的反應如何。

（三）看板簡報

將簡報內容做成大型海報，由簡報者參照上面的圖表、數據等，進行口頭解說。優點是兼具口頭簡報、書面簡報的長處；缺點是不適用於大場面，且大型海報容易破損，攜帶不便。

（四）投影簡報

將簡報內容做成投影片，利用設備將影像投射出來，同時加以口述說明。優點是製作簡易，費用低廉，且攜帶方便；缺點是只適用於中型報告。

（五）幻燈簡報

將簡報內容製成幻燈片，配合錄音講解，以利同步播放。優點是生動有趣，可重複使用；缺點是場地受限，製作成本不低，且資料更新不易。

（六）電影簡報

將簡報內容拍成影片，拿到現場播放。優、缺點都與幻燈簡報相同。

（七）閉路電視簡報

將簡報內容製成錄影帶，以閉路電視系統播出。優點是錄好後可在同一時間給不同地點的人觀看，操作上較幻燈、電影簡報簡易；缺點是費用高昂，資料更新不易。

（八）電腦多媒體簡報

利用電腦多媒體的文字、圖案、影像、聲音及動畫等元素進行簡報，繪聲繪影，十分吸睛。優點是電腦普及，製作容易，內容多姿多采；缺點則是須具備相關的設備與專業能力。

簡報的方式

（一）口頭簡報

優點 簡單方便
★可掌握聽眾反應
★可適時補充說明

缺點 如果演講者口才不佳，無法引起聽眾的興趣。

（三）看板簡報

英語會話技巧概說
一、..............
　(1)..............
　(2)..............
二、..............
　(1)..............

優點 兼具口頭簡報與書面簡報的長處

優點 ★不適用於大場面
★易破損，不好帶

（六）電影簡報

 優點 與幻燈簡報相同　 **缺點** 與幻燈簡報相同

（七）閉路電視簡報

 優點 ★錄好可在同一時間給不同地點的人觀看
★在操作上較幻燈簡報、電影簡報更為簡易

 缺點 ★錄製費用高昂　★資料更新不易

（二）書面簡報

＊編印成書面資料，讓接受簡報的人自行參閱，不再當面宣讀、解說。

 優點 ★節省時間
★隨時參閱

優點 ★不保證人人會看
★不知讀者的反應

（四）投影簡報

＊將圖文資料書寫、影印在塑膠片上，用投影機把影像投射到布幕，作為講解時的輔助工具。

 優點 ★製作簡易
★費用低廉
★攜帶方便

優點 ★適用於中型報告

＊其功能如今已被 Powerpoint 取代。

（五）幻燈簡報

＊先將圖片、文字製作成幻燈片，再透過幻燈機把影像投射到布幕，配合錄音講解，可同步播放。

 優點 ★生動又有趣
★可重複使用

缺點 ★場地備受限制
★製作成本不低
★資料更新不易

＊今日已被 Powerpoint 所取代。

（八）電腦多媒體簡報

優點 ★電腦普及
★製作容易
★內容精彩

缺點 須具備相關設備、專業能力

UNIT 11-2
演講概説

演講的意義

凡特定的時間之下，在公開場合以聲音、語言為主，動作、表情為輔，針對某個具體的議題，鮮明、完整地發表自己的主張或看法，甚至還可與臺下群眾展開對話、意見交流的活動，稱為「演講」、「講演」或「演說」。

由於演講是一人對多數群體的公開談話，與私下一對一、一對少數人的說話方式自然不同。為了確保臺下每個人都能聽懂所說的內容，演講時必須字正腔圓，語速適中，還得注意說話語氣、聲音的抑揚頓挫等。就語速而言，一分鐘平均只可說一百五十字左右，過與不及都有問題；因此，撰寫講稿要把握這個原則。以一場兩小時的演講為例，應預留前面開場白、介紹演講者的時間，約五至十分鐘；再留最後十五至二十分鐘，與觀眾互動、交流；真正演說時間只剩約九十至一百分鐘，所以演講稿儘量控制在一萬五千字以內。

演講的形式

演講的主要形式，可分為四種：

（一）照讀式演講

指演講者拿著事先擬定的講稿，登上臺去，向聽眾逐字逐句宣讀一遍，亦稱「講稿式演講」。優點是演講的內容經過仔細推敲、精心鋪排，慎重其事，不易出錯，一般適用於隆重而嚴肅的場合，如總統就職或慶典上的演講、府會院諸方重要的聲明、各類活動主辦國領袖或首長的致辭等。缺點是照本宣科，嚴重影響講者與聽眾間的交流。

（二）背誦式演講

即演講者先前準備好講稿，反復背誦，直到滾瓜爛熟後，上臺脫稿向大眾演講，故又稱「脫稿演講」。這種演講方式較適合演講比賽或初出茅廬者，優點是有備而來，壓力較小。但缺點是演講者無法臨場發揮，與聽眾間存在著一定的隔閡；萬一臨時忘詞可就慘了，腦中瞬間一片空白，當場出盡洋相。

（三）提綱式演講

就是演講者先列出演說的重點和大綱而已，並未把所要講的內容一字一句寫成講稿，當場再依據之前所擬的綱要，搭配現場實況，即席發揮，故又有「提示式演講」之稱。這種演講方式的優點是可避免照讀式、背誦式演講與聽眾之間的格格不入，既可事前準備，反復琢磨，又能臨場反應，與臺下人群保持良好的互動。是初學者進一步提升自己演講實力可行而有效的一種方式。

（四）即興式演講

演講者之前沒有充分的準備，到了現場才觸景生情、因事動念，隨即運用自己畢生學識、經歷、見聞、體會等，對著臺下觀眾即興發表演說。這是最高明的一種演講形式，必須是德、才、學、識、膽兼具的高人才能駕輕就熟，運用自如。一般初學者，或才學平庸之士，最好別輕言嘗試此種演講形式，以免「畫虎不成反類犬」，淪為信口開河，言不及義，邏輯混亂，漏洞百出，那才真是貽笑大方！

演講的方式

(一) 照讀式演講

講稿式演講

 優點 演講的內容經過仔細推敲、精心鋪排，慎重其事，不易出錯。

 適用 隆重、嚴肅的場合。

缺點 照本宣科，影響與聽眾間的交流。

慶典上演講

勝選時演說

記者會談話

重要的聲明

(二) 背誦式演講

脫稿演講

 優點 有備而來，壓力較小。

 適用 演講比賽、初出茅廬者。

 缺點 1. 無法臨場發揮　2. 與聽眾有隔閡
3. 忘詞出盡洋相

有備而來，照本宣科

自說自話，缺乏互動

萬一忘詞，出盡洋相

(三) 提綱式演講

提示式演講

 優點 可事前準備，又能臨場反應，與臺下人群保持良好互動。

 適用 是初學者進一步提升演講實力的一種方式。

(四) 即興式演講

優點 最高明的演講形式，必須是高人，才能運用自如。

適用 初學者或平庸之士，別輕言嘗試，以免弄巧成拙。

UNIT 11-3 廣告概說

廣告的定義

根據專家學者統計，現代人每天從早到晚竟然會接觸到超過千則以上的廣告。無論手機、電視、傳單、看板、報章、雜誌等廣告訊息就這樣充斥在我們的日常生活中。

什麼是「廣告」呢？依其原文（Advertising）來看，正是使人注意、左右大眾心意的意思。1984年美國行銷協會（簡稱AMA）對「廣告」所下的定義：「廣告是由確認的廣告主，在付費的原則下，以非人際的形式，對其觀念、商品或服務，所進行的展現與推廣。」若以中文的角度來解釋，廣告就是「廣泛的告知」之意。

我們認為廣告應該有廣義、狹義兩種：前者包括經濟性廣告、非經濟性廣告（如政策宣導廣告、公益廣告、選舉廣告等不具營利性質者）；後者單指「經濟性廣告」而言，以促進商品銷售或提供勞動服務資訊為目的的廣告，因為以商業獲利為主，故又稱為「商業廣告」。然而，一般所謂廣告，通常指狹義廣告，亦即經濟性廣告、商業廣告。

廣告的功能

既然一般廣告指商業廣告而言，可見經濟功能為廣告最重要的存在意義；但除此之外，廣告還具有傳播、教育、文化等功能。

（一）經濟功能

隨著廣告業的興衰，可視為經濟成長或衰退的一項重要指標。因為廣告的投資金額越大，代表經濟越繁榮；反之，廣告預算逐年萎縮，表示經濟成長節節衰退。

（二）傳播功能

無論經濟性廣告、非經濟性廣告，都必須透過傳播告知的方式，讓社會大眾了解廣告的內容。然後再經由它的說服力，不斷地放送、深化，以達到認同、身體力行的目的。

（三）教育功能

廣告同時肩負社會教育的功能，因為透過這些訊息的宣傳，可以讓民眾從中得到醫療知識、環保觀念、防災措施、理財資訊、流行趨勢等，在在說明廣告與現代人生活息息相關。

（四）文化功能

廣告引領風尚，形成一股流行趨勢，甚至演變成社會的次文化。如臺灣人中秋節烤肉的習慣，居然源於萬家香醬油的廣告：「一家烤肉萬家香」。又如「好東西要和好朋友分享」、「認真的女人最美麗」、「慈母心，豆腐心」等廣告用語，成為你我朗朗上口的名句。

廣告文案

雖說廣告是一門綜合藝術，它與經濟學、行銷學、社會學、心理學、語言學、文學、藝術等密不可分；但據研究顯示，廣告效果的好壞百分之五十至七十取決於廣告文字，足見廣告文案的重要性。

文案是廣告的靈魂所在，尤其是「標題」，必須用三言兩語突顯出產品的優點、特色，直接吸引群眾目光。「正文」以言簡意賅、淺顯易懂為佳，務必將產品的基本資訊、主要訴求等，用任何體裁、任何形式表露無遺。

無所不在的廣告

非經濟性廣告

如政策宣導廣告、公益廣告、選舉廣告等不具營利性質者。

不以商業獲利為目的

經濟性廣告

以促進商品銷售或提供勞動服務資訊為目的的廣告，因為以商業獲利為主，故又稱為「商業廣告」。

廣告之大宗

廣義的廣告	狹義的廣告
=	**=**
非經濟性廣告	經濟性廣告
+	**=**
經濟性廣告	商業廣告

廣義的廣告

非商業

拒絕酒駕
平安回家

商業

每日蔬果
健康快活

狹義的廣告

商業 勞務

澳洲
我來了

打工度假
實現美麗夢想

商業 商品

白皙 緊緻

吹彈可破
逆齡美肌

KS-II

廣告的功能

(一) 經濟功能

廣告業的興衰，可視為經濟成長或衰退的一項重要指標。

(二) 傳播功能

無論經濟性廣告、非經濟性廣告都具有傳播的功能。

(三) 教育功能

廣告亦肩負社會教育的功能，與現代人生活息息相關。

(四) 文化功能

廣告引領風尚，形成一股潮流趨勢，甚至演變成社會的次文化。

UNIT **11-4**
妙趣橫生的語言

電視上外語補習班廣告金句:「語言是最佳的武器、最輕的工具。」不錯,語言是老祖宗生活的凝煉、智慧的結晶,值得我們深入挖掘,低迴品味。

幽默機智

春秋時代,齊國晏嬰身材短小,其貌不揚。有一天,奉命出使楚國,到了城門外,楚國官員存心刁難他,故意開側邊小門迎接。

晏子問道:「為何不開大門呢?」官員輕蔑道:「迎接大人物才開大門,而先生您身高不滿五尺,何須如此大費周章?這道小門就足以讓您進城了!」晏子面不改色地說:「相傳使臣到大國,必定從大門入境;看來只有奉命出使『狗國』才會走『狗門』吧。」

楚國官員一聽,羞紅了臉,立刻為自己無禮的行為向晏子賠罪;心中不由得佩服他的機智善辯。隨即,命人開大門迎賓。

又三國時,曹操大軍來犯,孔明匆匆趕往東吳,準備聯吳抗魏;但吳將周瑜卻一心求和,無意出兵。

孔明臨機應變,表示同意周瑜的作法,並建議他:曹操生性好色,只須獻出「江東二喬」,曹兵必然退去。周瑜聽了臉色大變。孔明舉證歷歷道:曹操愛子曹植曾作〈銅雀臺賦〉:「立雙臺於左右兮,有玉龍與金鳳,攬『二喬』於東南兮,樂朝夕之與共。」

周瑜勃然大怒,因為大喬是孫策的夫人,小喬正是他的愛妻;豈有此理?真是欺人太甚!從此,他堅決與曹軍誓不兩立。

其實「二喬」指「二橋」,銅雀臺的兩座橋。孔明故意曲解文意,藉此激怒周瑜,以扭轉局勢,達成聯兵抗曹的目的。

民情風俗

向人表達感恩之意,英文說:"Be grateful all the time." 國語說:「知恩圖報。」臺語則說:「喫人一斤,還人四兩。」同樣意思,不同語言卻有不同的詮釋方式:西方要人時時心懷感激;中國人除了「知恩」之外,還強調「圖報」的觀念,可見有恩報恩,禮尚往來,格外具有人情味;臺灣人更可愛了,在此以接受請客比喻受人恩惠,說如果吃人家一斤東西,至少得回報對方四兩,唯有這樣才能聊表心意,充分展現出我們純樸謙遜、熱情好客的民族性。

天降豪雨時,國語形容是「傾盆大雨」,臺語稱之為「傾桶倒」,皆用大桶大桶水從天傾倒而下的意象,來比喻大雨滂沱,雨勢之猛烈。西方人更有趣了,他們居然說:"It rains cats and dogs." 下大雨就下大雨,怎麼說成貓貓狗狗從天而降呢?關於這句西諺最常見的解釋,是說從前的英國街道建造不良,每當豪雨成災,就會淹死許多貓兒、狗兒;雨停後,人們看到屍橫遍野的貓、狗,就誤以為牠們是從天上倒下來的。又有一說,暴雨來襲之際,劈哩啪啦的雨聲、如雷貫耳的巨響,簡直像貓兒、狗兒群起咆哮與哀號聲,令人聞之觸目驚心。

唯有深入了解各地的民情風俗,才能體會不同的語言文化,並從中咀嚼出各種語言的獨家風味、絕妙趣味。

語言的趣味

幽默機智

晏子出使楚國

> 請問這裡是狗國嗎？

晏子面不改色地說：「相傳使臣到大國，必定從大門入境；看來只有奉命出使『狗國』才會走『狗門』吧。」

孔明智激周瑜

「二喬」實指「二橋」，銅雀臺的兩座橋。孔明故意曲解文意為江東二大美人：大喬與小喬，藉此激怒周瑜，以扭轉局勢，達成聯兵抗曹的目的。

民情風俗

表達感恩之意

英文	Be grateful all the time.
中文	知恩圖報
臺語	吃人一斤，還人四兩

> 感恩

天空大雨滂沱

中文	傾盆大雨
臺語	傾桶倒
英文	It rains cats and dogs.

第12章
蒐集資料

UNIT 12-1
圖書館簡介

早期，圖書館是蒐集、典藏圖書的地方。時至今日，圖書館已成為一般圖書館和資訊中心的總稱。因為在資訊化的時代裡，圖書資料的種類多元，包括實體與電子、印刷與非印刷（如寫本、繪本）、書與非書（如 CD、DVD），圖書館儼然成為人類知識的寶庫，蘊藏著無限珍寶等待有心人前往開採。

圖書館的類型

根據民國90年1月17日公布的《圖書館法》，將圖書館依其設置機構與服務對象的不同，分為五種類型：

（一）國家圖書館

原名「國立中央圖書館」，於民國85年改為「國家圖書館」。它是全國最高的圖書館，負責掌管圖書資料的蒐集、編藏、考訂、出版品國際交換、輔導圖書館事業之發展等。據《圖書館法》第15條規定，出版人應於發行出版品時送存國家圖書館及立法院圖書館各一份。

（二）公共圖書館

素有「民眾大學」之稱的公共圖書館，服務對象為社會大眾，無分男女老幼、士農工商。它的任務在於：

1. 提供圖書資訊服務。
2. 推廣全民的社會教育。
3. 辦理各類型文化活動。

可見公共圖書館是提供國人終身學習的主要場所。

（三）大專院校圖書館

以大專院校師生為主要服務對象，支援學術研究、教學、推廣服務，並適度開放供社會大眾使用。目前由十二所大學訂立的「優久大學聯盟圖書館館際圖書互借辦法」，其中東吳大學、淡江大學、逢甲大學、輔仁大學等校師生可以跨校借書，資源共享，充分利用各圖書館。

（四）中、小學圖書館

以中、小學師生為服務對象，依學制不同，可分為高級中學、高級職業學校、特殊學校、國民中學、國民小學圖書館。旨在支援教學、協助學習，彷彿是一座教學資料中心。

（五）專門圖書館

以專屬人士為服務對象，蒐集特定主題或類型的圖書資料，如中央研究院各專業領域圖書館、立法院國會圖書館、飲食文化圖書館、地方戲曲圖書館等，甚至還有兒童玩具圖書館。

圖書館的功能

現代化圖書館的共同功能，在於：

（一）文化性

圖書館除提供圖書、資訊服務，還會舉辦各種藝文展覽、文化講座、民俗活動等，肩負起文化薪傳的重任。

（二）教育性

圖書館是提供民眾終身學習的地方，也是落實社會教育的重要場所。

（三）休閒性

圖書館如與周邊景觀、特色相結合，亦可成為市民假日休閒的好去處。

（四）資訊性

如今各大圖書館都提供便捷的資訊傳遞服務，讓讀者可以調閱遠地的圖書資料，充分發揮資源共享的精神。

📝 圖書館的功能

★早期，圖書館是蒐集、典藏圖書的地方。

★時至今日，圖書館已成為一般圖書館和資訊中心的總稱。

圖書資料的種類多元，包括實體與電子、印刷與非印刷（如寫本、繪本）、書與非書（如 CD、DVD），圖書館儼然成為人類知識的寶庫。

（一）文化性

★圖書館除提供圖書、資訊服務，還會舉辦各種藝文展覽、文化講座、民俗活動等，肩負起文化薪傳的重任。

★如國家圖書館近期舉辦「生命的慶典：墨西哥亡靈節特展」、「漫遊臺灣──從漫畫認識福爾摩沙」等，一系列文化活動都為國人提供豐富的精神食糧。

（二）教育性

★圖書館是提供民眾終身學習的地方，也是落實社會教育的重要場所。

★無論兒童室中讀繪本的小朋友、報章雜誌區翻閱書報的銀髮族，或自修室內埋首書堆的青年學子，圖書館都引領人們走入知識的殿堂。

（三）休閒性

★圖書館如與周邊景觀、特色相結合，亦可成為市民假日休閒的好去處。

★如臺北市立圖書館北投分館與鄰近的北投公園、溫泉博物館結合，環境優美，充滿濃濃懷舊風味，每到假日遊客絡繹不絕，成為觀光的勝地。

（四）資訊性

★如今各大圖書館都提供便捷的資訊傳遞服務，讓讀者可以調閱遠地的圖書資料，充分發揮資源共享的精神。

★如十二所優久大學聯盟成員的師生可以跨校借書，資源共享，充分利用各圖書館。

實用百寶盒

您聽過「氣味圖書館」嗎？其實它是一家由國外設計師創辦的香水專賣店。館內蒐集超過 300 種味道，讓顧客以氣味串聯記憶的方式調製出屬於自己的香水，充分展現獨一無二的個人品味。無論「春假味」的歡愉感、「平裝書味」的文青風、「雨後花園味」的小清新，還是「寶貝爽身粉味」的純真無邪……，都能喚起我們潛意識中的嗅覺印象。

UNIT 12-2 電子資源概說

生處 E 世代中的我們，查資料不一定要到圖書館去，經常隨時隨地滑開手機，輸入關鍵字，所要查找的資訊立刻映入眼簾，方便又迅速。

電子資源形態

常見的電子資源形態多元，我們可大致分為五類：

（一）線上藏書目錄

一般各大公、私立圖書館都有提供「線上藏書目錄」查詢服務，讀者可以在館外查詢其館藏資料，粗略了解該圖書資料的基本內容、館藏情形，確定需要借閱，再前往館中調書。

（二）電子資料庫

如擁有電子資料庫，那就更完美了，連上圖書館都不用。有些只要取得授權，登入帳目、密碼，便可以就地瀏覽電子資料庫的內容；有些開放式資料庫更方便，不必取得授權，隨時隨地都歡迎您的光臨。

電子資料庫還可分為六種不同的呈現形式：

1. 書目：只提供原始資料的出處、摘要而已，可以檢索書目，但無法查看全文。

2. 全文：可以檢索全文，但只看得到文字，圖片從缺。

3. 影像：掃描原始資料而成，圖、文皆得以保持原貌，但無法進行檢索。

4. 全文影像：既可做全文檢索，也可以呈現原始資料（圖、文）之原貌，是最為理想的電子資料庫類型。

5. 數據：提供一些統計數據和圖表，如財務、金融機構的統計資料等。

6. 新聞：提供線上即時新聞報導，或保留一些已經過期的新聞資料等。

（三）電子期刊

以往的期刊多以紙本形式發行，如今隨著國人閱讀習慣改變，也為了響應政府的環保政策，許多期刊不再印刷成紙本，直接以數位化形態發表。

（四）電子書

書本也是如此，今天實體書本逐漸式微，以數位化方式發行的電子書正方興未艾。這將成為未來圖書出版的一個新趨勢。

（五）電子工具書

如電子百科全書、電子字典、電子地圖等，都是透過數位化形式來呈現。電子工具書，隨問隨答，有求必應，儼然成為現代人生活中的好幫手。

線上查詢系統

其實利用我們所熟知的幾大搜尋引擎（google、yahoo、蕃薯藤等）就可以找到各大公、私立圖書館網站，進而利用其查詢系統搜尋我們所要查找的圖書資料，簡便又實用！

（一）全國圖書書目資訊網（NBINeT）

網址：http://nbinet.ncl.edu.tw/

可以查到中華民國境內所有圖書資料的書目資訊及其館藏地點。

（二）全國文獻傳遞服務系統（NDDS）

網址：https://ndds.stpi.narl.org.tw/

提出申請後，就享有全國文獻傳遞的服務。

電子資源形態

（一）線上藏書目錄

一般各大公、私立圖書館都有提供「線上藏書目錄」查詢服務，讀者可以在館外查詢其館藏資料，粗略了解該圖書資料的基本內容、館藏情形。

（二）電子資料庫

如擁有電子資料庫，那就連上圖書館都不用。

❶ 書目
❷ 全文
❸ 影像
❹ 全文影像
❺ 數據
❻ 新聞

（三）電子期刊

隨著閱讀習慣改變，也為了響應環保政策，許多期刊不再印刷成紙本，直接以數位化形態發表。

（四）電子書

今天實體書本逐漸式微，以數位化方式發行的電子書正方興未艾。

YouTube

可以盡情觀賞別人的影音作品，也可以自己操刀，錄製影片與人分享。

LiTV 線上影視

線上追劇的絕佳選擇，韓劇、日劇、宮廷劇及各種電影，讓您看個過癮！

（五）電子工具書

★如電子百科全書、電子字典、電子地圖，都是透過數位化形式來呈現。

★電子工具書，隨問隨答，有求必應，儼然成為現代人生活中的好幫手。

維基百科

無論遇到任何疑難雜症，只要上網查維基百科，保證問題迎刃而解。

Google

日常生活中任何大、小事，問「谷歌」絕對錯不了！

附錄：一、重要題辭一覽表

（一）婚育類

題辭	解釋	用途
文定吉祥／文定厥祥	《詩經・大雅・大明》：「文定厥祥，親迎于渭。造舟為梁，不顯其光。」謂文王親迎太姒，場面盛大。文定，今指訂婚。	賀訂婚
緣訂三生、白首成約、良緣宿締、盟結良緣、永縮同心、誓約同心		賀訂婚
詩詠關雎／君子好逑	《詩經・周南・關雎》：「關關雎鳩，在河之洲。窈窕淑女，君子好逑。」此為賀新婚之詩。	賀結婚
螽斯衍慶	《詩經・周南・螽斯》：「螽斯羽，詵詵兮，宜爾子孫振振兮。」祝人婚後多子、多孫、多福氣之意。	賀結婚
詩題紅葉	宮女韓氏與士子于祐因紅葉題詩，後竟結為夫婦；而有「今日卻成鸞鳳友，方知紅葉是良媒」的詩句。	賀結婚
鴻案相莊	用梁鴻妻孟光「舉案齊眉」之典，祝人夫妻恩愛，相敬如賓。	賀結婚
鶼鰈情深、鳳凰于飛、琴瑟和鳴、花開並蒂、花好月圓、珠聯璧合、佳偶天成、天作之合、五世其昌、秦晉之好、大道之始、治平初基		賀結婚
明月重圓、鵲橋重渡、寶鏡重圓、琴瑟重調、鸞膠新續、畫屏再展		賀再婚
妙選東床	郗鑒為女兒選中「坦腹東床」的王羲之為婿；從此「東床」成為佳婿之代稱。	賀嫁女
雀屏妙選	竇毅選婿，屏風上繪有一對孔雀，約定射中眼睛者，便將女兒嫁給他。唐高祖李淵最後抱得美人歸。	賀嫁女
跨鳳乘龍／乘龍快婿	秦穆公女弄玉與蕭史跨鳳乘龍，雙雙飛升仙界，成為令人稱羨的神仙眷侶。	賀嫁女
燕燕于飛	《詩經・邶風・燕燕》：「燕燕于飛，差池其羽。之子于歸，遠送于野。」為國君送妹出嫁之詩。	賀嫁女
摽梅迨吉	《詩經・召南・摽有梅》：「摽有梅，其實七兮。求我庶士，迨其吉兮。」寫女子到了適婚年齡急於出嫁的心情。	賀嫁女
之子于歸／桃夭及時／桃灼呈祥／宜室宜家	《詩經・周南・桃夭》：「桃之夭夭，灼灼其華。之子于歸，宜其室家。」為賀嫁女之詩；祝福新娘子嫁到夫家，能使一家和睦、人丁興旺，開枝散葉。	賀嫁女
熊夢徵祥	用《詩經・小雅・斯干》之典，古人相信夢熊、夢羆為生兒子的徵兆。	賀生子
弄璋誌喜	用《詩經・小雅・斯干》之典，古人拿璋（美玉）逗弄兒子，希望他將來長大品格如玉，成為謙謙君子。	賀生子
石麟降世	稱讚別人的兒子聰明絕頂，人品出眾。	賀生子
麟趾呈祥	用《詩經・周南・麟之趾》典故，藉讚美文王子孫繁昌，以祝人子孫良善、昌盛。	賀生子
玉燕投懷	相傳唐代名相張說的母親因夢見玉燕入懷而有孕，後產下張說。今日以此祝人生得貴子之意。	賀生子

題辭	解釋	用途
懸弧之慶	據《禮記·內則》載，古人如生下男孩，便在門的左邊掛一張弓，稱為「懸弧」。	賀生子
天降麟兒、喜得寧馨、德門生輝、芝蘭新茁、雛鳳新聲、英聲驚座		賀生子
祥徵虺夢	用《詩經·小雅·斯干》之典，古人相信夢虺（小蛇）、夢蛇為生女兒的前兆。	賀生女
弄瓦誌喜	用《詩經·小雅·斯干》之典，古人拿瓦器（紡錘）逗弄女兒，希望她將來長大成為一位稱職的主婦。	賀生女
輝增彩帨	據《禮記·內則》載，古代生女孩時，會將彩帨（佩巾）設置在門的右邊。帨，音稅。	賀生女
明珠入掌、設帨徵祥、玉勝徵祥、小鳳新聲、彩鳳新雛、喜比孟麟		賀生女
璧合珠聯、玉樹聯芬、棠棣聯輝、雙株競秀、班聯玉筍、花萼欣榮		賀雙生
樂享含飴	祝人可以「含飴弄孫」，共享天倫之樂。	賀生孫
繩其祖武	繩，繼續；武，足跡。繼續踏著祖先的足跡前進，比喻孫子可以繼承祖業之意。	賀生孫
飴座歡騰、瓜瓞延祥、慶衍龍孫		賀生孫

（二）哀輓類

題辭	解釋	用途
五福全歸、桑梓流光、梁木其頹、明德流徽、文星遽落、騎鯨西去		輓男喪（通用）
魯殿靈光	漢代魯恭王好建宮室，後來漢朝式微，宮殿多遭毀壞，只有魯靈光殿倖存。遂用「魯殿靈光」比喻碩果僅存的人事，亦可輓老年男子之喪。	輓男喪（老年）
福壽全歸、駕返道山、跨鶴仙鄉、南極星沉、北斗星沉、露冷椿庭、高山仰止、泰山其頹、哲人其萎		輓男喪（老年）
人琴俱杳	王獻之（字子敬）過世後，王徽之取其琴彈之，卻老是彈不好，故而感慨道：「嗚呼！子敬人琴俱亡。」	輓男喪（中年）
歸真返璞、音容宛在、典型猶在、仁風安仰、芳徽千古、大德垂芳		輓男喪（中年）
玉樓召記	相傳天帝白玉樓落成，遣使下凡召李賀升天，代撰一篇〈白玉樓記〉。李賀遂英年早逝。	輓男喪（少年）
修文赴召	晉代蘇韶鬼魂回來與陽世兄弟相見，說顏淵、卜商在陰間擔任修文郎。後世遂用「修文」指早逝的文人。	輓男喪（少年）
天不假年、玉折蘭摧、玉樹長埋、壯志未酬、英風宛在、命厄華年		輓男喪（少年）
女界典型、閨範長存、徽音遠播、涼月淒清、花落萱幃、忘憂草謝		輓女喪（通用）

題辭	解釋	用途
駕返瑤池、萱萎北堂、慈萱永謝、慈竹風摧、慈雲歸岫、月冷西池、母儀千古、女宗安仰、懿德長昭		輓女喪（老年）
彤管流芳、婺彩沉輝、巾幗稱賢、母儀足式、壼範猶存、淑德永昭		輓女喪（中年）
玉簫聲斷	唱戲少女玉簫愛上青年唐韋皋，兩人定下七年之約。至第八年，唐韋皋仍音訊全無；玉簫痛不欲生，遂絕食身亡。	輓女喪（少年）
蘭摧蕙折、曇花萎謝、遽促芳齡、繡閨花殘、繡幃香冷、鳳去樓空		輓女喪（少年）
風木興悲／皋魚之痛	用《韓詩外傳》典故：皋魚喪親，而有「樹欲靜而風不止，子欲養而親不待」之嘆。	輓父母
抱痛西河／喪明之痛	用子夏於西河講學期間，因喪子哭到雙目失明之典。	輓喪子
立雪神傷	據楊時、游酢拜見程頤時「程門立雪」的典故，謂如今老師已謝世，再立於雪地，只有使人黯然神傷。	輓師長
馬帳空依	馬融常於絳帳中講學授徒，「馬帳」、「絳帳」遂成為老師之代稱。師長辭世，自然馬帳空依了。	輓師長
師表千古、桃李興悲、風冷杏檀		輓師長
話冷雞窗	晉代宋處宗買來一隻長鳴雞當寵物，就把牠養在窗前的籠內。某天，長鳴雞居然能開口說話，原本木訥的宋處宗鎮日與牠閒聊，不久口才大有長進。後世遂以「雞窗」為書房之代稱；「話冷雞窗」則用來弔同學之喪。	輓同學
響絕牙琴	俞伯牙因好友鍾子期辭世，再也無人賞識他的琴藝，故摔琴以謝知音。從此，知音不在了，伯牙的琴聲也終成絕響。	輓友人
山陽聞笛	用「竹林七賢」中向秀、嵇康的典故：向秀返鄉途中，行經山陽，聽聞笛聲，忽然想起昔日與亡友嵇康一起出遊、宴飲的歡樂時光，因而寫下一篇〈思舊賦〉。	輓友人
學究天人、立言不朽、望尊泰斗、天喪斯文、大雅淪亡、文壇失仰		輓學界
甘棠遺愛	《詩經・召南・甘棠》：「蔽芾甘棠，勿翦勿伐，召伯所茇。」讚美召伯對百姓的庇護，人們永遠懷念他。愛屋及烏，故格外珍惜他所留下的甘棠，樹木再茂盛，也無人去剪除。	輓政界
峴首留碑	相傳羊祜鎮守襄陽時，常與友人登峴山飲酒賦詩，而有江山依舊、人事全非的感慨。羊祜離世後，人們於此建廟立碑，歲時饗祭，望見其碑，莫不暗嗚流涕。	輓政界
耆德元勛、勛猷共仰、忠勤足式、國失賢良、才厄經綸、萬姓謳思		輓政界
國失干城、將星忽墮、柳營聲淒、功在旂常、名齊衛霍、碧血丹心		輓軍界
貨殖流芳	因為《史記・貨殖列傳》記載財貨流通的情況，故以「貨殖」借指商界。	輓商界
端木遺風	孔子門生子貢（端木賜）善於經商，因而致富；此謂死者如端木賜般具有出色的商業才能。	輓商界
少伯高風	范蠡，字少伯，在助越王句踐復國後，功成身退，經商致富，化名「夷子皮」、「陶朱公」。民間因此尊他為商聖或財神。	輓商界
西疇風冷、東皋雲黯、布穀鳴哀		輓農界

圖解應用文──職場・大考・生活必勝絕招100回

題辭	解釋	用途
高山流水	俞伯牙彈高山調、流水曲，鍾子期彷彿親見泰山巍峨聳立、黃河滔滔奔流。後世用來形容琴藝之精湛，或欣逢知音，亦可弔音樂界人士之喪。	輓音樂界
廣陵響絕	嵇康臨死前，後悔沒把〈廣陵散〉的絕技傳授給袁孝尼，從此這麼美妙的樂曲即將成為絕響。	輓音樂界

（三）壽誕類

題辭	解釋	用途
南極騰輝／星輝南極	由於「南極仙翁」是古代傳說中的老壽星，故以此象徵男人長壽之意。	祝男壽
天保九如	《詩經・小雅・天保》：「天保定爾……如山如阜，如岡如陵，如川之方至……如月之恆，如日之升，如南山之壽，……如松柏之茂，無不爾或承。」連用九個「如」字，以祝賀福壽綿長之意。	祝男壽
松柏長青、松鶴遐齡、嶽降佳辰、庚星煥彩、齒德俱尊、德碩年高、慶益懸弧、慶衍桑弧、椿庭日暖		祝男壽
堂北萱榮／北堂萱茂	因為古代「北堂」位於屋舍東房後方，為主婦所居，故為女性、母親之代稱。又「萱閣」、「萱堂」本指母親的居所，亦借代為母親。此即祝賀女子長命百歲之意。	祝女壽
寶婺星輝	寶婺，星座名，又借指女神。此為祝福女子長生不老、青春永駐，如寶婺星般光輝燦爛。	祝女壽
慈竹長青、瑤池春永、春濃萱閣、萱庭集慶、慶衍萱疇、花燦金萱、蟠桃獻頌、懿德延年、輝生錦帨		祝女壽
弧帨同懸	據《禮記・內則》載：「子生，男子設弧於門左，女子設帨於門右。」鄭玄注：「弧者，示有事於武也。帨，事人之佩巾也。」故以門上同時掛弓、設佩巾，象徵祝賀男女雙壽之意。	祝雙壽
椿榮萱茂、椿萱不老、桂蘭齊馥、星月爭輝、人月同圓、雙星朗照、極婺聯輝、福祿雙星、金石同堅、壽城同登、弧帨增華、仙偶齊齡		祝雙壽

（四）喜慶類

題辭	解釋	用途
鵬摶九霄、壯志凌雲、滄海寬程、前程似錦、君子務本、依仁游藝、朝乾夕惕、好古敏求、學無止境		賀畢業
倚馬長才	相傳桓溫率師北伐時，曾命袁虎倚在戰馬前起草一篇告示。袁虎不一會兒功夫，便寫滿七張紙，且文情並茂。後世用以形容文思敏捷。	賀得獎（作文）
黼黻文章、繡虎雕龍、錦心繡口、援筆立就、如椽巨筆、健筆凌雲、行雲流水、含英咀華、妙筆生花		賀得獎（作文）

文

題辭	解釋	用途
筆走龍蛇、鐵畫銀鉤、龍飛鳳舞、秀麗遒勁、入木三分、健筆凌雲		賀得獎（書法）
歌唱類：陽春白雪、玉潤珠圓、繞梁韻永、響遏行雲、新鶯出谷		賀得獎（音樂）
演奏類：高山流水		
優孟衣冠	優孟曾著孫叔敖衣冠，並模仿其言行舉止，形神畢肖，適時地提醒楚莊王別忘好好撫恤孫叔敖的後代。後世用來稱讚一個人的演技精湛，維妙維肖。	賀得獎（戲劇）
一鳴驚人、懸河唾玉、口若懸河、立論精宏、發揚正論、辯才無礙		賀得獎（演講）
允文允武、智勇兼全、健身強國、龍騰虎躍、術德兼修、我武維揚		賀得獎（體育）
鵬程發軔、初展鴻猷、其命維新、德業日新、鶯喜高遷、龍門聲價		賀升遷
眾望所歸、民之喉舌、造福桑梓、桑梓之光、邦國楨幹、選賢與能		賀當選
功在桑梓、明鏡高懸、德政可風		賀政界
祕傳金匱	金匱，指中醫名著《金匱要略》。謂此人彷彿得到東漢名醫張仲景《金匱要略》的祕方，形容醫術十分高明。	賀醫界
杏林春暖／杏林之光	三國時董奉為人治病，不收醫藥費，僅要求患者病癒後幫忙種杏樹，重者五株，輕者一株。久而久之，蔚然成林；「杏林」遂成為醫界的代稱。	賀醫界
術精岐黃、聖手佛心、妙手回春、懸壺濟世、華佗再世、扁鵲復生、仁心仁術、疴瘝在抱、醫德可風		賀醫界
洙泗高風	洙、泗均為孔子故鄉山東曲阜境內的河川，故以此借代教育界。此即歌頌其人具有至聖先師孔老夫子般的崇高風範。	賀教育界
儒林菁莪／化育菁莪	「菁莪」出自《詩經・小雅・菁菁者莪》，以喻英才也。「儒林菁莪」，謂其為學界之精英。「化育菁莪」，指其為國家作育英才，功不可沒。	賀教育界
絃歌不輟／絃歌盈耳	據《莊子・秋水》：「孔子遊於匡，宋人圍之數匝，而絃歌不輟。」本指用絃樂器伴奏而吟詠，後引申為讀書風氣興盛，禮樂教化不間斷之意。	賀教育界
杏壇之光／杏壇春暖	據《莊子・漁父》：「孔子遊乎緇帷之林，休坐乎杏壇之上。」後人遂於孔廟大成殿前築壇、建亭、書碑、植杏，取名為「杏壇」。而今「杏壇」為教育界之泛稱。	賀教育界
功宏化育、百年樹人、敷教明倫、春風化雨、廣栽桃李、黌舍巍峨		賀教育界
業紹陶朱／陶朱媲美	范蠡助句踐復國後，棄官從商，化名「陶朱公」，累積萬貫家財。此指繼承陶朱之業，祝人生意興隆、財源滾滾。	賀商店
貨殖報國、貨財廣殖、生財有道、萬商雲集、駿業宏開、富國裕民		賀商店
名山事業、金匱石室、左圖右史、琳瑯滿目、斯文在茲、坐擁百城		賀書店
近悅遠來、群賢畢至、貴客盈門		賀旅店

題辭	解釋	用途
北海高風	東漢孔融因任官青州北海郡，故世稱「孔北海」。相傳孔融十分好客，曾說：「座上客常滿，樽中酒不空，吾無憂矣。」	賀酒店
金樽酒滿、飛觴醉月、瓊漿玉液、太白遺風、飲者留名、聞香下馬		賀酒店
玉盞流霞、北苑春芽、武夷九曲		賀茶館
美輪美奐	輪，高大。奐，眾多。美輪美奐，形容房子裝飾得十分華美。	賀新居
鳳鳳棲梧／鳳棲高梧	「鳳」音會，鳥叫聲。鳳凰選擇棲息在適合自己的梧桐枝上，人也要挑選適合自己的地方安居。用來祝賀新居落成也。	賀新居
甲第宏開	「甲第」，既指古代科舉考試「三甲」及第，兼指皇上所賜的高級宅第，即「進士宅」。象徵主人的房子一如進士宅般宏偉寬闊。	賀新居
肯堂肯構、輝增堂構、堂構更新、華堂集瑞、瑞靄朱軒、潭第鼎新、大啟爾宇、駟門高啟、潤屋潤身		賀新居
出谷遷喬／鶯遷喬木	《詩經‧小雅‧伐木》：「伐木丁丁，鳥鳴嚶嚶。出于幽谷，遷于喬木。」後世遂用「出谷遷喬」、「鶯遷喬木」以喻遷居或升遷。	賀遷居
孟母遺風	用「孟母三遷」之典：孟子的母親把家搬到市場旁、墳墓邊，都不是好住所；最後住到學校附近，讓孟子從小耳濡目染，養成勤奮向學的好習慣。	賀遷居
里仁為美、德必有鄰、擇鄰式好、鳳振高岡、良禽擇木、卜云其吉		賀遷居

附錄：二、著名對聯精選集

（一）節慶聯

寒食雨傳百五日，花信飛來廿四春。	清明節聯
從冬至到寒食剛好是一百零五天，而寒食的第三日即清明節，現今清明掃墓完全取代了寒食節的習俗。又依節氣，春天從小寒到穀雨共有廿四種花依序開放，故有廿四種應花期而來的「花信風」。	
代代龍舟競渡，追懷屈子；年年角黍投江，祭奠詩魂。	端午節聯
相傳「愛國詩人」屈原於農曆五月五日投汨羅江，以身殉國。楚地百姓乘舟追救不及，而後有龍舟競渡的活動；又怕屈大夫死後沒東西吃，人們紛紛將角黍投江，今日演變成包粽子的習俗。	
天上一輪滿，人間萬里明。	中秋節聯
中秋夜，天上一輪明月高掛，月圓人團圓，照亮人間，處處大放光明。	
話舊他鄉曾作客，登高佳節倍思親。	重陽節聯
化用王維〈九月九日憶山東兄弟〉詩：「獨在異鄉為異客，每逢佳節倍思親。」農曆九月九日重陽節，自古有「重九登高」之習俗。	

（二）喜慶聯

南山欣作頌，北海喜開樽。	祝壽聯
開樽作頌，喜氣洋洋，歡慶壽誕。其中「南山」、「北海」為了叶平仄故云，應暗含「福如東海」、「壽比南山」之吉祥寓意。	
比飛卻似關雎鳥，並蒂常開連理枝。	新婚聯
謂從此夫唱婦隨，如關雎鳥之比翼雙飛；兩人喜結連理，如花開並蒂，永遠成雙成對。	
無奈花落去，有緣鳳歸來。	再婚聯
無奈前一段婚姻如春花之落去，所幸再遇到有緣人像鳳凰還巢般來歸，從此雙宿雙飛，攜手迎向幸福。	

瑞應寶婺離雙闕，喜見仙娥墜九天。	生女聯
眼看「寶婺」（婺女星）離開天上宮闕，原來是仙女下凡，降生為這個小女娃。	
中郎有女傳家業，道韞能詩壓弟昆。	生女聯
東漢大儒蔡邕(中郎)有女兒文姬飽讀詩書、通曉音律，得以傳承乃父之志業；東晉才女謝道韞一句詠雪詩，便較堂兄弟技高一籌，而贏得「詠絮才子」的美譽。藉文姬、道韞二才女，賀人喜獲千金。	
老樹著花晚成大器，枯楊生稊樂享暮年。	老來得子聯
賀人老來得子，一如老樹開花，大器晚成；就像枯楊生稊，可以快樂地享受暮年時光。	
瓜瓞欣看綿世澤，梧桐喜報長孫枝。	生孫聯
賀人喜獲金孫，如瓜瓞延祥，福澤綿長；像梧桐衍慶，孫枝茁秀。	
魚躍禹門隨變化，鶯遷喬木任飛騰。	遷居聯
用鯉躍龍門化為龍、鶯居幽谷遷於喬木的典故，祝福喬遷者步步高升、愈來愈好。	
壯志克伸，福星載路；新猷初展，甘雨隨車。	升遷聯
賀人壯志得伸，從此一路順遂；大展宏圖，走到哪裡都有甘霖隨行，前途美好。	

（三）輓聯

思親蠟盡情無盡，望父春歸人未歸。	輓父親聯
蠟燭燒盡了，但思念父親的心情卻無窮無盡；盼望著春回大地，但親愛的爸爸卻永遠不會回來了。	
荊花樹上知春冷，萱草堂中不樂年。	輓母親聯
「荊花」，即紫荊花，指兄弟同枝並茂之意。「萱草」，為母親之代稱。謂即使是春天，兄弟們仍覺心灰意冷，只因家中的母親辭世了，大家無法像從前一樣快樂地過日子。	

圖解應用文──職場‧大考‧生活必勝絕招100回

妝臺花殘悲鶴唳，繡閣月冷夢鵑啼。	輓妻聯
古代「男主外」、「女主內」，「妝臺」、「繡閣」皆為家中女主人活動範圍，故以此借代為妻子。老婆死了，「妝臺花殘」、「繡閣月冷」，鰥夫當如鶴鳥悲唳、杜鵑哀啼，痛不欲生。	
恩愛良妻，苦雨淒風吹汝去；可憐兒女，大啼小哭要娘回。	輓妻聯
傳神寫出賢妻往生，鰥夫頓時陷入一片愁雲慘霧中，自己的情緒已然潰堤；還要面對年幼的兒女呼天搶地哭著找媽媽的情景。	
當年幸立程門雪，此日空懷馬帳風。	輓業師聯
藉楊時與游酢當年程門立雪、馬融曾在絳帳授徒的典故，隱含如今業師辭世了，怎不教人興起立雪神傷、馬帳安仰之慨？	
素車有客奔元伯，絕調無人繼廣陵。	輓友人聯
用范巨卿素車為好友張元伯奔喪、嵇康遇害後〈廣陵散〉遂成絕響之典，表達對摯友隕落的哀慟之情。	

（四）楹聯

疾風知勁草，烈火見真金。	廳堂聯
用來勉勵自己進德修業，無論品德、才學皆禁得起考驗，所謂「真金不怕火煉」是也。	
無絲竹之亂耳，樂琴書以消憂。	書房聯
集劉禹錫〈陋室銘〉、陶淵明〈歸去來兮辭〉文句，而成一副對聯，用以傳達書齋主人的雅趣，沉醉於書香琴韻中，自得其樂。	
疏影橫斜水清淺，暗香浮動月黃昏。	庭園聯
出自林和靖〈山園小梅〉其一，這是公認描寫梅花的名句；直接引用可以當一副對聯，又可展現園主風雅脫俗的品味。	
清風明月本無價，近水遠山皆有情。	庭園聯
江上之清風、山間之明月，眼見之則成色，耳聞之而為聲，是造物者賜予人們的無窮寶藏，故說「清風明月本無價」。而人對萬物抱以一種民胞物與的情懷，用有情的眼光看世界，則遠山近水、一花一木莫不含情脈脈，是為「近水遠山皆有情」。	

為文自古稱三上，作賦於中可十年。	廁所聯
化用歐陽修「三上文章」（馬上、枕上、廁上）、左思〈三都賦〉之典。謂歐公為文自古有「三上」之說，強調廁所其實是構思文章的好地方；再說左思〈三都賦〉寫了十年，在家中到處擺滿紙筆，想到什麼就隨手寫下，其中廁所也是他作賦的場所之一。從上、下兩聯可以讀出廁所之意，故為廁所之聯語。	

（五）行業聯

扁鵲重生稱妙手，華佗再世頌白衣。	醫院聯
像古代名醫扁鵲重生一樣，能妙手回春，救人性命；那穿白袍的大夫，醫術了得，猶如華佗再世般。	
劉伶問道誰家好，李白回言此處佳。	酒樓聯
因為酒鬼劉伶酒癮發作，曾假祭祀之名，哄妻子準備一桌酒菜，結果又喝得頹然醉倒。李白亦嗜酒如命，據說他在長安酒家痛飲，「天子呼來不上船，自稱臣是酒中仙。」所以，很明顯為酒樓之聯語。	
翁所樂者山水也，客亦知夫風月乎。	酒店聯
用歐陽修「醉翁之意不在酒，在乎山水之間也」的典故，並以「風月」暗示風月場所，加上「樂」字、「客」字，點出酒店之含意。	
坐，請坐，請上坐；茶，泡茶，泡好茶。	茶樓聯
據說是撰聯者用以諷刺店中伙計前倨後恭的態度：當他還是窮書生時，伙計僅以「坐」、「茶」二字來招呼；初出茅廬後，伙計亦稍微恭敬些；如今他功成名就，伙計對他禮遇有加，百般討好，讓他心中五味雜陳，忍不住作此聯以託諷。	
德必有鄰邀陸羽，園經涉足學盧仝。	茶行聯
因為盧仝好飲茶，著有〈七碗茶歌〉，堪與撰有《茶經》的「茶聖」陸羽齊名。故此聯謂邀陸羽，學盧仝，自然與茶有關，為茶行之用聯。	

祝君多進步，踵事且增華。	鞋店聯
希望你多行動，踏著前人的足跡，愈來愈進步、愈來愈好。除了可指因襲前人的步伐前進，漸入佳境；亦用作鞋店之聯語，希望客人多走路，穿上一雙好鞋，可以讓你走出自己的美好人生。	
是留侯橋邊拾起，看王令天上飛來。	鞋店聯
留侯張良曾為圯上老人拾鞋、穿鞋，後獲授兵書。仙人王喬曾任葉縣令，其車騎每騰空飛行，將至必有雙鳧飛來，人們舉網捕捉，只網獲王喬腳上的鞋子。由此可知，為鞋店之聯語。	
能解丈夫燃眉急，善濟君子束手難。	當鋪聯
當鋪可以解決大丈夫的燃眉之急，典當換了錢，問題便迎刃而解；也能救濟仁人君子的束手無策，有道是：「一分錢逼死英雄漢。」當鋪可讓人暫時周轉，安然度過難關。	
還我廬山真面目，愛他秋水舊風神。	照相館聯
相片可以讓我們看到自己的廬山真面目，也可以化剎那為永恆，留住影中人的秋水舊風神，讓人再三回味。	
察看秋毫如照燭，從此老眼不生花。	眼鏡行聯
秋毫，鳥類到秋天新生的細毛，此指極微小的東西。意謂配了一副好眼鏡，就可以像點蠟燭一樣，再微小的東西也看得清清楚楚；從此，就不再為老花眼所困擾了。	
筆架山高虹氣現，硯池水滿墨花香。	文具店聯
筆架、硯臺、墨水，不就是「文房四寶」（筆、墨、紙、硯）中的三項？所以，到處陳列這些東西的地方，便是文具店了。	
零零星星亦分南北，拉拉雜雜都是東西。	雜貨店聯
雜貨店裡，賣的都是零零星星的南北貨；店內東西更是拉拉雜雜，各種民生用品，應有盡有。	
六禮未成，轉眼洞房花燭；五經不讀，霎時金榜題名。	戲臺聯
因為演戲嘛，做做樣子即可，聘禮沒完成，就跳到洞房花燭夜；同理，《五經》不用真的讀，一下便金榜題名了。	

生意興隆通四海，財源茂盛達三江。／鴻猷大展，駿業肇興	各行業通用聯
旨在傳達生意興隆、財源廣進之意，故適用於各行各業。	

（六）其他

讀萬卷書，行萬里路；綜一代典，成一家言。	題贈聯
此為清代龔自珍贈魏源之對聯，勉勵他多讀書，也要增廣見聞，才能成一家之言。	
計利當計天下利，求名應求萬世名。	題贈聯
這是于右任贈蔣經國之聯語，道出人民對為政者的深切期待：希望他為天下人謀大利，並為自己贏得千秋萬世的美名。	
世事多因忙裡錯，好人半自苦中來。	座右銘聯
曾國藩以此自勉：勿因忙碌而出差錯，要從困苦中，努力修養自身的好品格。	
發憤識遍天下字，立志讀盡人間書。	座右銘聯
蘇東坡曾以發憤識字、立志讀書自我勉勵。	

（七）古今名聯

德配天地，泗水文章昭日月；道貫古今，杏壇禮樂冠華夷。	山東曲阜孔廟聯
由於「泗水」是山東省境內的一條河流，呼應孔子是山東人。孔子是萬世師表，功在「杏壇」（教育界）；又提倡禮樂制度、華夷之別，足以「德配天地」、「道貫古今」！	
生死一知己，存亡兩婦人。	安徽霍縣韓信墓祠聯
韓信曾因蕭何的力薦，得到劉邦重用；後來卻因蕭何礙於呂后淫威，而將他騙至長樂宮鐘室殺害。對韓信來說，真是「成也蕭何，敗也蕭何」，他的榮辱生死全繫乎知己蕭何一人。「兩婦人」指對韓信有「一飯之恩」的漂母，曾救濟過他；以及對他痛下殺手的呂后，取其性命，並夷其三族（父族、母族、妻族）。	

青山有幸埋忠骨，白鐵無辜鑄佞臣。	松江才女徐氏題岳廟聯
青山何其有幸，成為忠臣岳飛的埋身之所；白鐵何其無辜，被鑄成岳廟前佞臣秦檜夫婦的跪像。	
門對千根竹，家藏萬卷書。	解縉名聯
道出讀書人家中，門前翠竹林立，屋內藏書萬卷，竹韻書香，環境清幽宜人。	
天增歲月人增壽，春滿乾坤福滿堂。	林大欽春聯
過新年，天地多了一年，人也添了一歲；春光降臨，充滿人間，一如福氣溢滿廳堂。此聯內容吉祥，氣象開闊，既應景，又十分討喜，至今仍廣受歡迎。	
風聲、雨聲、讀書聲，聲聲入耳；家事、國事、天下事，事事關心。	顧憲成題東林書院楹聯
道出讀書人民胞物與的入世情懷：風聲、雨聲、讀書聲，都傳進他的耳中；家事、國事、天下事，他無一不關心。	
有志者，事竟成，破釜沉舟，百二秦關終屬楚；苦心人，天不負，臥薪嘗膽，三千越甲可吞吳。	蒲松齡自勉聯
上聯：先化用俗諺：「有志者事竟成」，再用西楚霸王項羽「破釜沉舟」大破秦兵的典故。下聯：先濃縮「皇天不負苦心人」的俗語，次用越王句踐「臥薪嘗膽」滅吳復國之典。皆自我勉勵只要下定決心，不怕苦，不怕難，最後一定能如願以償。	
曾三顏四，禹寸陶分。	鄭板橋題蘇州網師園濯纓水閣聯
上聯化用曾子「吾日三省吾身」、顏回「非禮勿視，非禮勿聽，非禮勿言，非禮勿動」的典故，強調讀書人應時時反躬自省，克己復禮，修身養性。下聯又用陶侃之言：「大禹聖者，乃惜寸陰；至於眾人，當惜分陰。」勉人應愛惜光陰，努力進德修業。	
相逢儘是彈冠客，此去應無搔首人。	董邦達名聯
「彈冠客」出自〈漁父〉：「新沐者必彈冠」，謂剛洗完頭的人一定會彈去帽上的灰塵；用在美髮業，指愛乾淨的客人洗完頭，從此不再因頭癢而搔首。亦可借指潔身自愛的政客，廉正守法，不再令人因頭疼而搔頭。	
今日到南苑，明日到北海，何時再到古長安？嘆黎民膏血全枯，只為一人歌慶有；五十割琉球，六十割臺灣，而今又割東三省！痛赤縣邦圻益蹙，每逢萬壽祝疆無。	章太炎諷慈禧太后七十壽誕聯
一針見血指出慈禧太后把持朝政，禍國殃民，割地賠款，上下苟安諸事，言辭犀利，毫不留情面。	
大膽的假設，小心的求證；認真的作事，嚴肅的作人。	胡適自勉聯
上聯大膽假設，小心求證，是做學問的態度；下聯認真做事，嚴肅做人，是待人接物的處世之道。胡適以此聯期許自己治學處世皆能謹慎以對。	
一身詩意千尋瀑，萬古人間四月天。	金岳霖悼林徽音之輓聯
民初哲學家金岳霖追悼他心中永遠的才女林徽音，說她集靈氣、詩意與美麗於一身，一首〈你是人間四月天〉，終將萬古流芳。	
行義當然，則雲停風舉；天保定爾，如日升月恆。	李嗣璁題臺北行天宮聯
上、下聯首句嵌有「行」、「天」二字，稱頌關聖帝君的忠義行徑，如日之升，如月之恆，直可與天地同在，亙古長存。	
雞鳴茅屋聽風雨，戈盾文章起鬥爭。	老舍贈茅盾聯
這是作家老舍送給同道友人茅盾的名號聯，其中嵌有「茅盾」二字。上聯寫出文人的入世情懷，一大早便起來關心外界的風風雨雨；下聯說他用文章當武器，針砭時事，不惜與人打筆仗，只為捍衛所信仰的價值。	

主要參考書目

1. 張仁青 《應用文》 臺北：文史哲出版社 　2003 年

2. 蔡信發 《應用文》 臺北：萬卷樓圖書公司 　2005 年

3. 孫永忠 《新編應用文》 臺北：洪葉文化 　2009 年

4. 黃俊郎 《應用文》 臺北：東大圖書出版公司 　2010 年

5. 吳光濱主編 《大學寫作》 新北：新文京開發出版公司 　2012 年

6. 謝金美 《應用文》 高雄：麗文文化事業公司 　2013 年

7. 王偉勇 《應用文寫作》 臺南：成大出版社 　2015 年

8. 王能杰等編 《中文職場寫作》 臺北：三民書局 　2016 年

國家圖書館出版品預行編目資料

圖解應用文——職場・大考・生活必勝絕招
100回／簡彥姈著. -- 初版. -- 臺北市；五
南, 2019.09
　　面；　公分
　ISBN 978-957-763-541-9（平裝）

　1.漢語　2.應用文

802.79　　　　　　　　108012132

1XFJ

圖解應用文——
職場・大考・生活必勝絕招100回

作　　者 — 簡彥姈（403.4）

發 行 人 — 楊榮川

總 經 理 — 楊士清

總 編 輯 — 楊秀麗

副總編輯 — 黃文瓊

責任編輯 — 吳雨潔

封面設計 — 陳立珊

美術設計 — 劉好音

出 版 者 — 五南圖書出版股份有限公司

地　　址：106台北市大安區和平東路二段339號4樓

電　　話：(02)2705-5066　傳　　真：(02)2706-6100

網　　址：http://www.wunan.com.tw

電子郵件：wunan@wunan.com.tw

劃撥帳號：01068953

戶　　名：五南圖書出版股份有限公司

法律顧問　林勝安律師事務所　林勝安律師

出版日期　2019年9月初版一刷

定　　價　新臺幣360元